KB048886

미코의
보물상자

# 미코의 보물상자

ミーコの宝箱

모리사와 아키오 장편소설
이수미 옮김
《무지개 곶의 찻집》《당신에게》

샘터

**차례**

제1장

미
코
와
나
베
짱

나의 유일한 가족의 이름은 사치코幸子.

올해 초등학교 1학년이 된 딸이다.

유치원을 졸업하고 책가방을 짊어지게 된 후로 자신을 둘러싼 환경에 대해 조금씩 알아가기 시작하면서 약간 되바라졌다는 느낌도 든다. 하지만, 그래도 아직은 말이나 행동에서 아이다운 순수함이 묻어 나오니 보고 있으면 나도 모르게 꼭 끌어안고 싶어진다. 가능하다면 온종일 철썩 달라붙어 있고 싶을 정도로 사랑스러운 생물이다.

사치코라고 하면 "참 고상한 이름이네"라는 말을 종종 듣는다. 얼핏 칭찬 같지만 '옛날 이름 같다'는 속뜻이 담겨 있다는 걸 안다. 그래도 나는 사치코라는 이름이 마음에 든다.

행복한幸 아이子.

이렇게 단순하면서도 좋은 이름은 없다고 생각한다.

사치코의 애칭은 치코다.

사치코의 '사'를 빼고 치코라 부르는데, 엄마인 내가 어릴 때부터 미코라고 불리니 사이좋은 짝꿍 이름 같아서 더 좋다. 그래서 치코에게도 '엄마'가 아니라 '미코'라고 부르게 한다.

치코라는 별명에는 이런 소망도 담았다.

나와는 다른 아이.

'치가우 코'를 줄여서 치코이다(일본어로 '치가우違う'는 '다르다'는 뜻 – 옮긴이).

딸은 나와 정반대의 삶을 살았으면 좋겠다. 좋은 환경에서 애정에 굶주리는 일 없이 편하게 자랐으면 좋겠다. 마지막까지 이름 그대로의 인생이길 바란다.

나는 이따금 생각한다. 인생에는 노력해서 바꿀 수 있는 것과 바꿀 수 없는 것이 있다고. 바꿀 수 없는 것 중에서 가장 중요한 의미를 지니는 것은 '어떤 부모에게서 태어났는가'다. 치코의 아빠가 알코올 의존증에 빚까지 남기고 잠적했다는 사실과, 엄마인 내가 간병 일을 하면서 유사성매매 업소에 나간다는 사실. 언젠가는 치코도 알게 될지도 모른다. 어쩌면 끝까지 감출 수 있을지도 모르지만……. 아무튼 유일한 가족인 엄마의 애정만큼은 아주

질릴 정도로 듬뿍 줄 생각이다. 아니, 반드시 그러겠다고 맹세했다. 신을 믿지 않으니 나 자신에게 맹세한 것이지만.

내 어머니는 열여섯 살 때 나를 낳고 그로부터 몇 개월 후 실종되었다고 한다. 나는 고관절이 빠진 상태로 태어나 몇 년간 깁스를 하고 지내야 했다. 아기를 낳고 기르는 것만으로도 열여섯 살 '소녀'에겐 힘든 일인데 나처럼 손이 많이 가는 아기를 키워야 했으니 그 짐이 얼마나 무거웠을까? 나도 내 아이를 낳아 길러보고서야 비로소 엄마가 나를 버렸을 때의 심정을 상상이나마 할 수 있게 되었다. 하지만 어디까지나 상상일 뿐이다. 나는 치코를 버린다는 생각은 할 수조차 없으니까. 만약 엄마와 내가 동급생이었다 해도 분명 친구는 될 수 없었으리라. 왠지 그런 느낌이 든다.

아버지는 엄마에게 버림받은 아기를 조부모에게 맡기고 미국으로 휙 건너가버렸다. 이탈리안 셰프를 꿈꿨던 아버지에게 미국에서 식당을 맡아 운영할 기회가 생긴 것이다. '남자에겐 아이보다 꿈이 중요하다'며 아버지는 육아를 포기했다. 그리하여 나는 아버지의 부모님 손에 자라게 되었다.

할아버지는 가구류를 만드는 목수였는데 기술이 상당히 좋았다. 과묵하지만 성격이 무척 온화한 분이어서 어린 나는 늘 할아버지께 의지하곤 했다.

반대로 할머니는 상식에서 벗어날 정도로 엄격한 분이었다. 훈육이라는 이름하에 온갖 학대에 가까운 짓을 당한 아픈 기억이 있다. 그 할머니가 매년 크리스마스에 만들어준 단팥죽(왜 케이크가 아닐까?)은 왜 그렇게 맛있었는지……. 서른두 살이 된 지금도 잊을 수가 없다.

그 단팥죽, 먹고 싶네…….

나는 유년기를 추억하며 한낮의 혼잡한 신주쿠 거리를 걸었다.

오늘은 크리스마스이브.

거리도 사람도 마치 꿈이라도 꾸는 듯 들뜬 분위기였다. 그와 동시에 굉장히 바빠 보이기도 했다.

어릴 적엔 자란 환경 탓에 기쁨과 서글픔이 섞인 복잡한 기분으로 크리스마스를 보내야 했지만, 치코의 엄마가 된 후로는 매년 행복한 기분으로 크리스마스를 맞을 수 있어 좋았다. 새근새근 잠든 치코의 머리맡에 몰래 선물을 놓는 순간의 설렘은 마치 꿈만 같았고, 다음 날 아침 선물을 확인할 때 치코의 얼굴에 피는 웃음꽃은 무엇과도 바꿀 수 없을 만큼 소중했다. 그 미소는 '내가 받는 선물'이었다.

지금 거리를 걷는 내 어깨에 걸쳐진 가방 안엔 '업무용 도구'가 가득 들어 있어 제법 무겁다. 모두 치코가 보면 안 되는 물건들이다. 이제부터 사용하게 될 성인 장난감 한 세트와 상대를 결박할 밧줄, 양초, 로션이랑 몇 가지 코스튬, 건전지……. 가장 들키고 싶지 않은 것은 산타가 치코에게 주는 선물, 그림책에 등장했던 미밋치라는 이름의 토끼가 그려진 잠옷이다. 이 선물이 들어 있다고 생각하면 똑같은 가방이 반대로 가볍게 느껴지니 신기할 따름이다.

나는 빨강과 초록과 금색으로 화려하게 장식된 큰길을 오른쪽으로 돌아서 시궁창 냄새가 약간 느껴지는 골목으로 들어갔다. 조금 더 걸으면 오늘의 일터인 러브호텔이 나온다. 엘리베이터를 타고 3층까지 올라가 오른편으로 향하자 손님이 기다리는 303호실이 보였다.

그 문 앞에서 두 번 연속으로 심호흡을 했다.

보통 엄마에서 SM의 여왕으로 변신하기 위한 의식.

이건 일이다, 일.

후우, 하아. 후우, 하아.

그리고 나는 303호실 문을 열었다.

"나베짜~앙, 또 못 참고 나 찾아왔어? 정말 이런 걸 너무 좋아한다니까."

침대에 걸터앉아 성인 비디오를 보고 있는 단골손님 옆에 나란히 앉았다. 그의 허벅지에 내 허벅지가 딱 붙도록 했다.

"아, 오랜만이야. 미코 손이 그리워서 또 만화 그려 왔어. 자, 이

거 봐."

"어디 어디?"

나베짱의 본명은 와타나베 다카유키. 세상에 딱히 알려지지 않은 무명 만화가다. 나이도 쉰은 족히 넘었다. 머리숱은 적고 복부 비만인 데다 거의 '아버님'이라 불러야 될 것 같은 사람이지만, 이 방 안에서는 내가 더 강해야 하고 야해야 한다. 어쨌거나 여왕이니까.

나에게 나베짱은 보통 손님과는 조금 다른 존재다. "원고료가 너무 싸서 말이야" 하고 투덜거리면서도 멀리 오다와라에서 매번 신칸센 할인 티켓을 이용하여 일부러 나를 만나러 와주는 VIP 고객이다. 게다가 한 달에 두 번씩 이 년 전부터 계속 찾아주고 있다. 손님에게는 절대 쓸데없는 감정을 품지 말자고 결심한 나라도 이렇게까지 해주는 나베짱에게는 어느 정도 애정을 느끼게 된다.

나베짱이 그려 온 만화(라고 해도 콘티 수준)는 오늘 해보고 싶은 플레이 내용이었다. 여자 경찰 역할인 내가 레오타드(다리 부분이 없고 몸에 꼭 끼는, 아래위가 붙은 옷) 차림의 노출증 환자 나베짱을 불심검문하면서 괴롭히는 설정이었다.

"오는 길에 아키바에 들러 미코가 입을 제복도 사 왔어. 이거 입어."

아직 봉투에서 꺼내지도 않은 여경 코스튬을 건넸다. 가격표까지 붙은 채였다.

"와아, 초미니네. 귀엽다."

"그렇지? 나는 이거 입을게. 레오타드는 말이야, 꼭 끼는 게 좋아."

발레리노가 입는 것 같은 까만색 레오타드는 어쩐지 새것이 아닌 듯했다.

"우와, 변태. 나베짱, 그거 평소에도 입지?"

"아니야. 사이즈가 맞나 싶어서 집에서 한번 입어봤어."

"집에서 입고 뭐했어?"

"어……."

"변태 짓 했지?"

나는 서서히 여왕 모드로 돌입하면서 사무소에 서비스 개시 전화를 걸었다. 지금부터 세 시간 동안 나만의 방법으로 즐거움을 듬뿍 선사할 것이다.

나베짱의 젖꼭지를 손톱으로 살살 긁으면서 옷을 벗기고 정성을 담은 손짓으로 옷걸이에 걸었다. 벗긴 신발도 가지런히 놓았다. 말끔하게 다림질된 셔츠를 칭찬하는 건 부인을 넌지시 추어올리기 위해서다. 나 같은 서른 넘은 여자가 단골손님을 붙잡기 위해서는 이런 여성스러운 배려가 무엇보다 중요한데, 젊은 아이들에게 이 비결을 가르쳐줘도 전혀 들을 생각을 하지 않는다. 뭐, 나도 스무 살에 삼십 대 아줌마한테 이런 말을 들으면 그냥 귀찮은 잔소리로만 느껴졌으니 뭐라 할 말이 없지만.

우리는 본격적인 플레이에 돌입하기 전에 발가벗고 욕실로 들어갔다. 살균용 비누 구린스를 사용하여 고객의 다리 사이나 손을 중심으로 정성껏 씻어준다. 무척 강한 세제라서 너무 많이 사용하면 손이 거칠어지지만, 그래도 이 작업만큼은 절대 게을리해선 안 된다. 이걸로 씻으면 성병이 있는 사람은 환부가 얼얼해지면서 아파하기 때문에 곧 눈치챌 수 있다. 이런 일을 하는 나 같은 사람이 자기 몸을 지키려면 절대 빠뜨려선 안 되는 과정이다.

나는 에로틱 모드로 완전 전환하여 나베짱의 성기랑 고환이랑 항문을 미끈미끈 씻어주는데, 이 시점에는 아직 성기가 해삼처럼 흐늘흐늘하다. 일부 변태남은 자기가 흥분될 만한 상황이 아니면, 즉 학대를 당하기 전엔 조금도 '할 마음'이 생기지 않는 모양이었다. 그래도 나는 구린스를 묻힌 손가락으로 성기를 몇 번이나 문지르고 돌려대며 주름 사이사이까지 정성껏 씻어준다.

"미코."

"응?"

"사실은 미코랑 이러는 것도 오늘이 마지막이야."

온몸을 꼼꼼히 씻은 후 샤워기로 거품을 씻어 내릴 때 나베짱이 한숨 섞인 목소리로 말했다.

"어, 왜?"

"나, 만화가 그만두기로 했어."

"아……."

15

"출판계가 불황이라……. 잘나갈 때랑 비교하면 원고료가 반 이하로 줄었어. 단행본으로 출간한 몇 작품도 전혀 안 팔리고 있고. 바쁜데 생활은 너무 빡빡해."

"그런데도 비싼 돈을 쥐가며 나를 만나러 와준 거야?"

그만 쓸데없는 말을 해버렸다.

"아하하하. 미코랑 이걸 못 하면 스트레스가 쌓여서 일이 손에 잡히지 않아."

"그렇게 말해준다면 나야 기쁘지만……."

"또 작은아들이 대학에 안 간다니까, 그럼 고향인 홋카이도로 가서 여유롭게 지낼까 하고. 이십오 년을 일했는데, 이제 꿈을 버려야 될 때가 온 것 같아."

나베짱의 자학적인 웃음이 약한 독이 되어 나를 전염시켜 내 기분까지 깜빡 바닥으로 가라앉을 뻔했지만 가까스로 버텼다. 욕실에서 나온 후 파친코 구슬 크기의 굳은살이 박인 나베짱의 오른손 가운뎃손가락을 입에 넣고 애지중지 핥아주었다.

"나베짱이랑 이제 못 만난다니 섭섭해. 그만큼 오늘은 잔뜩 괴롭혀줄 거야."

최고로 에로틱한 목소리를 내며 그의 양쪽 고환을 꾹 잡으니, "아아아……" 하는 신음 소리가 흘러나오면서 나베짱의 성기가 충혈되기 시작했다. 자, 이제 SM 모드에 돌입하려는데, 오늘 나베짱이 유난히 감상적이다. 침대 가장자리에 걸터앉더니 주저리주저리 이야기를 꺼내놓기 시작했다. 애써 세워놓은 성기가 시들어 간다. 이럴 때 귀 기울여 들어주는 것도 나의 중요한 임무다.

"지난주에 있었던 일인데."

"응."

나는 나베짱의 젖은 몸을 수건으로 닦아주면서 대답했다.

"밤에 집 근처 편의점에 뭘 사러 가는데 가게 앞에 초등학교 1학년쯤 돼 보이는 여자아이랑 엄마가 있더라고. 그 아이가 엄마한테 열심히 이야기하는 거야."

"응."

"엄마, 달님이 정말 예뻐, 바닐라 아이스크림처럼 반짝반짝해, 라고. 그런데 엄마는 완전히 무시하고 스마트폰만 만지작거리네? 아이가 엄마 관심을 끌고 싶었는지 팔꿈치를 잡고 당겼어. 그때, 그 엄마, 뭐라고 했을 것 같아?"

나는 왠지 가슴이 두근거리고 숨이 막혀서 아무 말도 하지 못한 채 그저 고개만 저었다.

"시끄러워, 달은 언제든 볼 수 있잖아."

"……."

"그 아이 눈에 순식간에 눈물이 고이더라. 스마트폰도 언제든 볼 수 있잖아, 라고 작은 소리로 중얼거리면서."

"……."

"그 모습을 보는데 왜 그런지 애처로워서 나까지 울컥했지. 그러니 갑자기 미코 젖가슴을 빨고 싶어지더라고. 어, 미코, 왜 그래?"

물방울 하나가 내 볼을 타고 주르르 흘러 떨어졌다.

"아하하, 왜 이러지? 괜히 눈물이 나네."

일 초로 충분한데.

딱 일 초만 얼굴을 들고 같이 달을 봐주기만 하면 되는데.

그러면 그 아이의 마음은 피를 흘리지 않아도 되는데.

"아, 맞다. 미코도 어린 딸이 있다고 했지?"

"응……."

이야기를 들으며 치코를 떠올렸다가 그만 감정이입하고 말았다.

"미코는 절대 그런 엄마가 아닐 거야. 나를 괴롭힐 때도, 뭐랄까, 사랑이 느껴지거든."

이런 이런. 여왕이 위로를 받다니.

나는 감사의 뜻을 담아 "그런 쓸데없는 말은 안 하는 거야"라고 눈물 어린 눈으로 흘겨보다가 두 개의 고환을 꾹 잡아주었다. 아까보다 한층 강한 힘으로.


여경 코스튬은 착용감이 꽤 관능적이어서 이런 옷이라면 연기에 푹 심취할 수 있을 것 같았다. 플레이를 할 때 배역이랑 의상은 의외로 중요하다. 어제는 이웃집에 사는 섹시한 아가씨 역할이었고 그 전에는 직장 상사였다. 또 그 전에는 학교 수영복 차림의 발랄한 동아리 선배 역할이었다. 그리고 그 전에는……, 그냥 보통 여왕이었던 것 같다. 이런 식으로 일을 할 때마다 다양한 얼굴을 연기할 수 있다는 게 그리 나쁘지는 않다. 내가 아닌 누군가가 되어 평소의 나라면 절대 할 수 없는 행동을 함으로써 몸 안쪽에 녹처럼 들러붙은 영혼의 때 같은 것을 긁어낸다.

손님들도 아마 비슷한 감각일 것이다. 사람들은 누구나 '바른 인간'의 탈을 쓰고 가식적인 호흡을 반복하는 동안 마음속에 오래된 화약을 조금씩 쌓아간다. 그러다 언젠가 그 화약은 폭발 위험을 견디지 못하고 터져버린다. 폭발했을 때 자신이 잃을 것이 얼마나 큰지를 현명한 어른들은 안다. 그럴 때 그들은 '나'라는 도구를 돈으로 사서, 다른 인격을 연기하며 겹겹이 쌓인 화약에 안전하게 불을 붙인다. 물론 나는 가차 없이 폭발시켜준다. 쾅! 하고 성대하게. 폭발은 격렬할수록 좋다. 쌓인 불쾌감을 죄다 모아서 한방에 날려주는 것이 프로의 기술이다. 손님들은 그걸 기대하고 나에게 비싼 돈을 지불한다.

대폭발 후 그들은 자기 마음속에 펼쳐진 공터를 둘러보며 개운해진 얼굴로 나에게서 떠나간다. 그리고 다시 얼룩진 화약을 하루하루 조금씩 쌓아간다.

나베짱의 레오타드 차림은 너무 흉했다. 수상쩍은 변태남 그자체였다. 하지만 저마다 성적 취향이 다르다는 점을 충분히 이해하기에, 나는 너그러운 마음으로 '변태'를 받아준다.

"삐뼉, 거기 변태 아저씨, 꼼짝 마."

"어……, 저, 저요?"

"당신, 그 재킷 안에 뭐 입었어? 나한테 보여줘 봐."

"어, 아, 아뇨, 저기."

"뭐가 저기야? 얼른 양손을 벽에 붙여. 반항하면 수갑 채운다"라고 말하면서 나베짱을 등 뒤에서 끌어안고 윗옷 단추를 하나씩 풀기 시작했다.

한심스럽게도 "아아……" 하고 환희에 떨며 신음하는 나베짱.

"어머머? 뭐야, 이 레오타드는. 우후후. 역시 당신은 변태였어. 그 차림으로 뭘 할 작정이었는지 말해봐."

"아…….."

"솔직하게 말하지 않으면 현행범으로 체포할 거야."

"저기, 그, 미니스커트, 속을……."

"설마 만지고 싶다고 말하려는 건 아니겠지?"

나베짱이 애절한 얼굴로 고개를 끄덕였다.

"그렇게 해줄 순 없지. 역시 이 변태한텐 수갑이 필요해."

나는 나베짱의 팔을 난폭하게 붙잡아 뒷짐을 지우고 수갑을 채웠다.

"어라, 그 레오타드 안에 숨긴 딱딱한 물건은 또 뭐야? 혹시 흉기 아냐?"

레오타드 위로 다리 사이를 충분히 어루만지다가 단단해진 성기를 쑤욱 끄집어냈다.

"허, 허억."

"역시 이렇게 위험한 물건을 갖고 있었군. 발사하지 못하도록 꽉 묶어둬야지 안 그러면 큰일 나겠어."

"제, 제발……. 그러지 마세요."

나베짱과 나는 남에게 절대 보여줄 수 없는 또 다른 인격을 고스란히 드러냈다. 드러내면 드러낼수록 내면의 상처가 치유의 점막으로 덮여갔다.

그저 조용히 살아가고 싶어도 사회 속의 인간이라면 누구나 타인에게 상처를 입게 마련이다. 통증을 느낄 때마다 상처를 핥기 위한 새로운 인격이 필요해진다. 그런 식으로 하나씩 갖추게 된 다양한 인격을 능숙하게 가려 쓸 수 있게 되었을 때 비로소 우리는 '어른'이라는 범주에 속하게 된다. 그제야 마음에 상처를 입지 않고 피해갈 수 있는 요령을 터득하고, 약한 타격으로 끝나도록 유도하는 것이 가능해진다.

자기 안에 생성된 수많은 인격을 들춰내고 대체 어느 것이 진짜 나인지 고민하는 것만큼 무의미한 일도 없다. 모두 진짜 '나'이니까. 사람은 누구든 행복해지고 싶고, 안정되고 싶고, 사랑받고 싶어 한다. 솔직하게 드러낸 자신의 모든 것을 누군가가 다 받아주면 좋겠다고 생각한다. 그렇다면 내가 연기하는 다중 인격을 우선 나 자신이 먼저 받아들여야 하지 않을까? 그것이 인간의 가장 자연스러운 모습이다.

"아윽, 그, 그렇게 꽉 묶으면……."

"참 시끄러운 변태네. 이제부터 신체검사를 하겠다. 침대 위에 엎드려 엉덩이 들어."

지금 이 순간에는 SM의 여왕이지만 몇 시간 후 낡은 아파트로 돌아가면 인생에 조금 지친 싱글맘이 되고 내일 아침 6시부터는 간병인이 된다. 어떤 모습이 진짜 나인지는 모르겠다. 그런 건 아무래도 좋다. 나는 그저 살기 위해 수많은 '나'를 연기할 뿐이다. 지금 고객인 나베짱 엉덩이를 강제로 벌리는 이 손으로 목숨보다 소중한 치코의 저녁밥을 차려주고, 또 같은 손으로 노인이나 장애인에게 잠옷을 갈아입힌다. 어느 손도 나의 진짜 손이다.

"혹시 이 지저분한 구멍 속에도 흉기를 감추고 있는 거 아냐?"

"허어억, 그, 그럴 리가요. 하지 마세요."

물론 나도 성을 팔아 돈을 버는 게 좋은 일이라고 생각하지는 않는다. '성매매도 훌륭한 일이야. 자부심을 가져도 돼'라는 허울 좋은 말을 들으면 구역질이 난다. 싱글맘 대부분이 '빈곤층'인 이 나라에서 치코와 내가 행복하게 살아가려면 돈은 없는 것보다 있는 편이 낫다. 아니, 있는 편이 훨씬 나은 게 당연하다. 궁핍한 어른은 마음이 피폐해져서 자식에게 화풀이를 한다. 그로 인한 갖가지 사건 사고로 뉴스가 도배되는 세상이다. 나는 그런 인생은 사절이다. 치코는 나와 '다른 아이'여야 한다. 어른의 분풀이 대상이 되어선 안 된다. 치코는 내가 가진 사랑을 모조리 받아 마땅한 존재다. 그래서 나는 하루 종일 간병 일을 하여 버는 돈과 같은 금액을 불과 삼십 분 만에 벌 수 있는 이 일을 그만둘 수가 없다.

사랑하지도 않는 남자가 내 몸을 만지는 건 끔찍한 일이 아닐 수 없다. 정말이지 피하고 싶은 스트레스다. 그런 이유로 상대를 가학하는 것을 전문으로 하는 SM 클럽의 일은 비교적 괜찮을 것 같았다. 만지기는 해도 만짐을 당하는 횟수는 다른 업소에 비해 압도적으로 적으니까.

"어머나, 똥꼬를 왜 이렇게 떨어? 내가 어떻게 해주길 원해?"

"어, 어……."

"설마 이렇게 해달라는 건 아니겠지?"

타액을 듬뿍 머금은 혀로 항문 주변을 날름날름 핥았다.

"아, 아아……."

"뭐야? 변태 주제에 소녀 목소리를 내고."

인생에 돈이 다는 아니지만 돈이 없으면 힘들다. 돈 때문에 마음이 뿌리째 썩기도 하고 돈 때문에 소중한 사람을 잃는 경우도 있다.

돈은 중요하다.

그렇게 중요한 돈을 지불해주는 손님이니 소중히 대하자고 결심했다. 고작 세 시간 플레이를 위해 5만 엔이라는 거금을 지불해주는 사람들이다. 5만 엔이라면 2박 3일 오키나와 여행도 갈 수 있는 돈이다. 그러니 오키나와 여행에서 얻을 수 있는 만족감 이

23

상의 것을 서비스해야 한다.

그리고 마지막에 '고맙다'는 말을 듣고 싶다.

"허, 헉. 거, 거긴……, 빠, 빨지 마세요."

"좋으면서 뭘 그래? 몸이 다 떨리잖아, 이 변태."

이따금 생각한다. 타인의 입에서 나오는 '고맙다'는 말이 삶의 지표가 될 수도 있다고. 어쨌거나 '고맙다'는 말을 들으면 돈과 보람을 동시에 얻는다. 돈은 기쁨의 대가다. 이를테면 박수 같은 것이다. 이 세상은 상대에게 기쁨을 주는 사람이 돈을 버는 구조이다.

만약 돈과 보람 양쪽 다 못 얻는다면?

사람은 살아갈 수 없다.

배도 마음도 굶주린 채 아사하기만을 기다릴 뿐이다.

"좋으면서 거짓말했지? 벌을 줘야겠군."

"어……, 버, 벌이라뇨."

나는 축 늘어진 엉덩이를 향해 채찍을 휘둘렀다. 나베짱은 채찍을 좋아하지만 너무 아프면 싫어하는 사람이라 적당한 강도로 조절했다. 이 년간 호흡을 맞춰온 결과이다. 지렁이처럼 붓지는 않아도 피부가 빨개질 정도의 절묘한 강도로.

레오타드 가운데가 옆으로 밀려 나베짱의 엉덩이가 다 드러났다. 만족스러운 신음을 흘리는 나베짱의 한심한 모습은 채찍으로 맞아 마땅한 인간쓰레기로도 보였다. 그와 동시에 사랑스럽기도 했다. 인간은 모두 사랑받아야 할 쓰레기다. 쓰레기에게 채찍을 휘두르는 나도 누군가에게 사랑받는 쓰레기이고 싶다.

"아아악, 죄송합니다. 이제 안 하겠습니다."

"흉기를 이렇게나 새빨갛게 부풀려놓고 죄송하다고만 하면 다야? 이것 봐, 밑동을 묶었는데도 딱딱하잖아. 여전히 나쁜 짓을 하겠다는 뜻인데?"

분명 나베짱의 인생도 고통으로 가득할 것이다. 누구나처럼 마음 어딘가에 피가 밴 채 살아가는 사랑해야 할 동료이다. 안이하게 죽음을 선택하는 일 없이 조심조심 살아가는 사람들. 쓰레기라도 사랑스러운 이유이다.

죽음보다 삶을 선택한 나베짱에게도 그를 살게 만드는 '보물'이 뭔가 하나는 있을 것이다. 틀림없이.

나에게 치코라는 '보물'이 있는 것처럼······.

플레이가 끝난 후 나베짱과 함께 호텔을 나와서 근처 찻집에 들어갔다. 손님과 이렇게 개인적인 시간을 보내는 건 스스로 금지해왔지만, 오늘의 나베짱은 특별했다. 이 년간 신칸센을 타고 정기적으로 나를 찾아와준 손님인데 이제 두 번 다시 만나지 못한다 생각하니 정에 이끌려 차 한잔 정도는 같이 마시고 싶었다.

"나는 아이스 카페오레. 미코는?"

세 시간 동안 '여경 플레이'를 실컷 즐긴 나베짱은 더러운 얼굴 껍질을 한 겹 훌렁 벗어버린 듯 개운한 표정이었다. 세 시간 전보다 다섯 살은 젊어 보였다.

"나는 오렌지 주스."

"네, 알겠습니다."

여중생으로도 보이는 젊은 점원이 고개를 꾸벅 숙이고 주방 쪽으로 사라졌다.

"이 가게에 오는 것도 오늘로써 마지막이구나."

"자주 왔었어요?"

일이 끝난 후엔 더 이상 여왕이 아니므로 나는 적당히 높임말을 섞어 쓴다.

"응. 미코랑 놀고 난 후에 여기서 멍하니 차 한잔하니 좋더라고."

나베짱이 별안간 목소리를 낮추더니 다시 말을 이어갔다.

"SM은 말이야, 심신을 풀가동하니 꽤 피로해져. 수영하고 난 뒤처럼 온몸이 나른하고 저런 느낌. 그래서 여기 들어와서 한숨 돌리고 갔지."

"아하, 그랬구나. 그래도 나베짱은 끝난 후에 피곤해 보이진 않았어요. 오히려 명랑해진다고 할까."

지금도 필요 이상으로 명랑해 보인다.

"아하하하. 그거야 마음이 활기로 가득 차니까. 울분을 모조리 발산하거든."

나베짱의 시선이 스윽 창밖으로 흘렀다. 그에 이끌려 나도 바깥을 바라보았다.

"어, 비?"

"응, 비가 오네."

어느새 혼잡한 신주쿠 거리에 형형색색의 우산 꽃이 피었다.

"나베짱, 우산 있어요?"

"아니. 역까지 뛰어가면 돼. 미코는?"

"일단 접는 우산을 갖고 왔어요."

"준비성이 좋네."

"그렇죠?"

중학생 같은 점원이 다가와서 아이스 카페오레와 오렌지 주스와 계산서를 두고 갔다. 우리는 각자의 빨대에 입을 대고 차가운 액체를 목으로 흘려보냈다. 야한 짓을 공들여 한 뒤에는 유난히 목이 말라서 차가운 액체라면 뭐든 맛있다.

꿀꺽꿀꺽 마시고 "후우" 하고 한숨 돌리는데 나베짱이 담배에 불을 붙이면서 이쪽을 보았다.

"예전부터 궁금했는데."

"응?"

"미코는 왜 이런 일을 하게 됐어?"

이런 일……이라니.

"이런 일에 돈을 지불하는 건 나베짱이지요?"

마음에 조금 상처를 입은 것 같아서 일부러 싫은 소리를 했다. 물론 장난스러운 말투로.

"아하하하. 미안. 그런 의미가 아니라…… 미코는 굉장히 상식적인 사람이라서 보통 직업도 괜찮을 것 같거든. 역시, 그건가? 돈이 좋아서?"

"뭐, 그게 정답이죠" 하고 웃으면서 고개를 끄덕였다. 대가가 싸다면 성매매 따위 절대 하지 않겠지.

"나 사실은 간병 일도 해요."

"간병?"

"응, 일주일에 서너 번 정도 방문해서 간병하는 일이에요. 일당은 고작 8000엔. 8000엔 정도는 삼십 분 만에 벌 수 있는데."

"그건 그래."

"나는 싱글맘이니까 벌 수 있을 때 많이 벌어서 저금해둬야죠. 안 그러면 나중에 딸 학비라든가 불안해서."

"그렇구나. 반대로 묻겠는데, 그럼 왜 굳이 간병을 해? 돈 되는 일만 하면 되잖아."

나베짱이 악의라곤 조금도 없는 얼굴로 말하기에 나도 거짓이라곤 조금도 없는 대답을 들려주었다.

"속죄하는 거예요."

"응?"

"옛날에 노인을 제대로 공경하지 못해서……, 간병은 그에 대한 속죄의 뜻으로 시작했는데……."

어쩐지 혼잣말처럼 중얼거려버렸다.

"그게 무슨 뜻이지?"

나베짱이 고개를 갸우뚱한 순간 담뱃재가 테이블 가장자리로 톡 떨어졌다. 나베짱이 그 재를 입김으로 살짝 불어서 바닥으로 떨어뜨렸다.

그걸 본 나는 왜 그런지 심장 주변이 꽉 막힌 듯 답답해졌다. 버려진 담뱃재가 나 자신처럼 느껴져서인지도 몰랐다.

"나는 부모님에게 버림받은 아이였어요."

되도록 태연한 척 말하려고 노력했기에 다행히 목소리는 담담했다.

"태어나자마자 엄마가 실종되고, 얼마 후에 아빠도 해외로 가버렸죠……. 할머니, 할아버지가 날 키워주셨어요. 그런데도 두 분한테 효도라고 할 만한 일을 한 번도 한 적이 없어요……."

"그래서 속죄라고……."

나는 왠지 모를 한숨을 참으며 고개를 끄덕였다.

"할아버지는 다정했지만 할머니는 엄청 무서웠어요. 지금 같으면 학대라고 할 수 있을 만큼 엄한 훈육을 받았죠."

"그래도 그 덕분인지 미코한테 여자다움이랄까 세련된 면이 있어."

29

나는 애매하게 미소 지으며 오렌지 주스를 입에 머금었다. 아마 나베짱의 말이 맞을 것이다. 할머니의 훈육은 옛날식이었지만 배워서 손해 볼 건 없었다.

"보통 할아버지, 할머니들은 손주한테 상냥하지 않나?"

"보통은 그렇겠죠. 그런데 우리 할머니는 보통이 아니었어요."

"예를 들면?"

"예를 들면……."

나는 가랑비가 흩날리는 창밖을 바라보며 아픈 과거를 되돌아보았다.

"바닥에 놓인 전기밥솥을 뛰어넘었다고 마당 구석에 있는 백일홍나무에 묶어놓고 빗자루로 때리기도 하고……."

"으앗. 그건 정말 학대잖아."

"그렇죠? 그런 게 일상적으로 일어났어요."

그때의 공포는 어른이 된 지금 떠올려도 심장이 두근거릴 정도다. 이런 이야기를 하면 오늘밤에 악몽이라도 꿀 것 같아서 하고 싶지 않았지만.

"유치원에 들어간 해부터는 할아버지랑 할머니 둘이서 자고 나 혼자 불단 있는 방에 재웠어요. 그 방, 귀신 나올 것 같고, 무서웠어……."

"조금 더 클 때까지 같이 자게 했으면 좋았을 텐데."

"보통은 그렇겠죠? 그런데 할머니가 옆에 있으면 무서워서 더 못 잤을지도 모르겠다."

나는 그렇게 말하고 피식 웃었다. 귀신보다 무서운 사람의 손에 자랐다니 웃음밖에 안 나왔다.

"그렇게 무서웠구나."

"무섭다는 말로도 모자랄 정도였다니까요."

우리는 어이없다는 듯한 표정으로 마주 보며 살짝 웃었다.

"외로웠겠다. 어릴 적 미코."

"외로웠을 거예요. 아마도."

"아마도?"

"안 좋은 기억은 뇌가 자동으로 삭제하는지 별로 남아 있지 않아요."

"그게 자기방어 본능이라는 건가?"

"홋, 그럴지도."

내 오렌지 주스가 바닥을 드러냈는지 빨대가 즈즈즉 소리를 냈다. 만약 할머니가 들었다면 아주 혼쭐이 났을 것이다.

"몇 년 전 만화에 이런 대사를 적었어. 별로 안 팔렸지만."

"어떤?"

"인생에서 최악의 불행은 자신의 고독을 알아차리는 거라고."

"……."

"이상한 질문인데, 미코, 사춘기 때라든지 자살하고 싶었던 적 없어? 나는 이래 봬도 꽤 자살 생각을 많이 한 편이야."

"으음……."

전혀 없었다고 하면 거짓말이다.

누구든지 학교에서 따돌림을 당하거나 부모와 다투거나 애인에게 차이거나 하면 '죽음'을 잠시 상상하는 경우가 있다. 사춘기 때의 내가 품었던 자살 충동도 분명 그 정도였다고 생각한다.

"자살을 진지하게 생각한 적은 없어요."

"그렇구나. 미코는 강하네. 부모한테 버림받은 사람의 고독과 불행은 굉장히 깊을 것 같은데. 자살하고 싶어지는 것도 무리는 아니지."

내가 둔감하다는 뜻인가?

아니면 나베짱 말대로 정신적으로 강한가?

문득 할머니에게 몇 번이나 들었던 대사가 뇌리에 되살아났다.

"중학교 2학년 때부턴가……. 할머니가 이런 말을 했어요. 낙태 안 하고 낳아줬으니 그것만으로도 넌 행복한 아이라고. 널 버린 엄마이지만 낳아준 것에 대해서는 늘 감사하라고."

"뭔가……. 좀 억지스럽지 않아? 그렇게 생각하기 쉽지 않잖아."

"그렇긴 하지만……."

분명 억지스러운 감도 있지만 내가 이 말에 적잖이 위로받은 건 사실이었다. 엄마는 나를 버렸다. 하지만 열 달간 배 속에 품어 줬고 또 고통을 참고 낳아줬다. 그러니 내가 행복하려면 '버림받왔다'는 사실이 아니라 '낳아줬다'는 사실에 집중하며 살아야 했다. 힘들어도.

할머니는 늘 그런 식으로 생각하는 사람이었다.

'아무리 힘한 경우에 처하더라도 감사해야 할 점이 반드시 한 가지는 있으니 넌 그 부분을 정확하게 볼 수 있는 사람이 되어라.'

예, 라고 대답하지 않으면 빗자루로 흠씬 두들겨 맞았지만, 어린 마음에도 무척 단순하면서도 합리적이며 올바른 사고방식인 것 같다고 생각했다.

"미코, 그런 할머니의 생각이 이해가 됐어?"

"솔직히 말하면 처음에는 현실에서 불행한 사람이 도망칠 길을 만든 것일 뿐이라고 생각했지만, 시간이 지날수록 그게 행복의 본질일지도 모른다는 생각도 들고…… 나는 간사하니까 결국 나한테 이익이 되는 쪽을 선택하기로 했죠."

"이익?"

"할머니처럼 생각하면 내 마음이 편하잖아요. 그러는 편이 나한테는 이익이죠. 불행한 상황에 처하더라도 덜 슬플 것 같고."

"그렇구나. 스스로 편해지도록 나 자신을 속이는 거네."

"응, 그런지도 몰라요. 그리고……"

"그리고?"

"타인과 나를 절대 비교하지 않겠다고 결심했어요."

"그것도 할머니한테 들은 말이야?"

나는 고개를 저었다.

"초등학생 때 스스로 그렇게 정했어요. 주위 친구들과 비교할 때마다 내가 불쌍하다는 생각이 들어 자꾸자꾸 슬퍼지는데, 타인과 나 사이의 차이에 관심조차 가지지 않으면 자신이 처한 환경이 특별하게 느껴지지 않잖아요."

나베짱이 담뱃불을 재떨이에 비벼 끄고 긴 한숨과 함께 연기를 토해냈다.

"어릴 때부터 달관했구나."

"그렇진 않아요. 옛날부터 그냥 바보에다 야한 여자였지."

나는 장난삼아 입술을 섹시하게 핥아 보였다. 나베짱이 풋 하고 웃어주었다.

"그런데 지금 할머니는?"

"무덤 안에 있죠."

"그렇구나……."

"할아버지도 같이 잠들어 있어요."

"그래……."

살짝 눈살을 찌푸린 나베짱의 아이스 카페오레에서도 즈즈즉 하는 소리가 났다.

할아버지, 할머니와는 열여섯 살 때 이후로 만나지 못했다. 고등학생이었던 그 당시의 나는 앞뒤 생각 없이 집을 뛰쳐나와 학교에도 가지 않고 독립적인 길을 걷기 시작했다.

가끔씩 선조의 가족묘로 몰래 찾아가서 묘비 옆에 새겨진 이름을 확인하곤 했다. '할아버지, 할머니는 아직 건강하실까?' 하면서.

"어, 미코, 또 울려고 하네."

나는 "에헤헤" 하고 웃으면서 눈물을 감췄다. 두 번 다시 만나지 못할 나베짱에게 좋은 말을 해주기로 했다.

"나베짱."

"응?"

"나베짱의 눈은 뭘 위해 달려 있다고 생각해요?"

"응? 눈? 뭘 위해라니, 당연히 보기 위해서지."

"그게 아니라, 뭘 보기 위해?"

"으음……."

나베짱이 팔짱을 낀 채 미간에 주름을 잡았다. 잠시 후 조금 쑥스러운 듯한 얼굴로 이렇게 대답했다.

"사랑하는 사람을 보기 위해?"

"으음, 좋네요. 하지만 정답은 아닙니다."

"어……."

"정답이 뭔지 알고 싶어요?"

"물론."

"정답은……."

나는 할아버지, 할머니와 함께 살던 시절의 낡은 집에 밴 냄새를 떠올리며 한번 크게 숨을 들이마셨다. 그리고 말했다.

"매일 작은 보물을 찾기 위해서예요."

"매일 작은 보물을?"

"할아버지가 가르쳐준 행복의 비결이에요."

"좋네."

아무리 괴로워도 주변에서 작은 보물을 찾아 간직하면 누구든 그럭저럭 행복하게 살아갈 수 있다. 할아버지가 그렇게 가르쳐주셨다.

"무서웠던 할머니도 좋은 말을 해주셨어요."

"어, 뭔데? 가르쳐줘."

"미코의 손은 고마운 손이야. 너의 두 손은 타인에게 감사 인사를 받기 위해 존재하는 거란다."

"고마운 손이라……."

나베짱이 굳은살 박인 자기 손을 응시했다. 인생의 전환점에 선 사람이니 여러 가지 생각이 많을 것이다.

조금 전의 여중생 같은 점원이 다가와서 테이블 위의 빈 잔 두 개를 치우려 했다.

"아이스커피 추가할게요."

"그럼 나도 같은 걸로 주세요."

추가 주문을 받은 점원이 작은 미소를 남기고 물러났다. 표정은 아직 어렸지만 일하는 자세는 어른스러웠다. 치코도 언젠가는 저 나이가 될 거라고 생각하니 아직 십 년 이상 먼 훗날인데도 기쁜 듯 쓸쓸한 듯 복잡한 기분이 들었다.

"미코가 자살을 생각하지 않은 이유……, 어쩐지 조금 알 것 같다."

"응?"

"미코를 길러주신 분들, 멋지다."

"아동 학대를 했는데도?"

칭찬받으니 쑥스러워서 농담으로 받아쳤다.

"응. 학대했어도 멋진 분들이야. 미코도 나를 열심히 학대해줬잖아."

나베짱도 내 성격을 잘 알기에 일부러 농담을 하며 장난스럽게 웃어주었다.

"미코는 어릴 때 어떤 보물을 발견했어?"

"여러 가지 많았죠. 학교 갔다 돌아오는 길에 길가에서 주운 반짝반짝 빛나는 돌멩이, 선생님이 예쁘게 접어준 종이, 곱게 물든 단풍잎, 바다처럼 푸른 유리구슬."

"하나같이 싸게 먹히는 것뿐이네."

"아하하. 그렇죠? 그런 걸 갖고 와서 보물상자에 넣어뒀어요."

"보물상자?"

"응. 어릴 때 크리스마스 선물로 받은 거."

"보물상자라면, 침몰한 해적선에 있는 그런 거?"

나는 "설마" 하면서 웃었다. 전혀 다르다.

"할아버지가 만들어주신 건데, 한 변이 30센티쯤 되는 네모난 상자예요. 옛날 일본 가구처럼 까만 쇠장식이 달려 있어요. 경첩이 달린 뚜껑을 오르골처럼 열면 뚜껑 안쪽에 할머니가 소중히 간직했던 손거울이 붙어 있죠."

"손거울?"

"엉성하게 접착제 같은 걸로 붙였나 봐요."

"화장품 상자 같은 걸까?"

"아뇨. 보물상자는 보물상자예요. 내가 산타 할아버지한테 보물 상자를 받고 싶다고 했더니 할아버지가 만들어줬죠. 거기 손거울이 붙어 있는 이유는 못 물어봤네요."

"흐음."

점원이 아이스커피 두 잔을 들고 왔다. 나베짱은 블랙인 채로 마셨다. 나는 입맛이 촌스러워서 시럽과 밀크를 듬뿍 넣고 마셨다.

"그 선물을 받은 후로 내 보물찾기 인생이 시작되었어요. 할아버지도 '오늘은 어떤 보물을 찾았어?'라고 매일 물으셨죠."

나를 다정하게 내려다보는 할아버지의 주름에 묻힌 눈이 떠올랐다.

"미코는 힘든 인생을 살아왔지만 멋진 일도 많이 있었네. 좀 부러울 정도야."

나베짱도 다정하게 웃으며 두 개비째 담배에 불을 붙였다.

"내 인생을 부럽다고 한 사람, 나베짱밖에 없어요."

"꿈을 잃어 상처 입은 아저씨가 지금 감상에 빠져서 그래."

후욱 하고 쓸쓸하게 담배 연기를 토해내는 나베짱이 유난히 사랑스럽게 느껴졌다.

"나베짱은 오늘 무슨 보물을 찾았어요?"

"응? 나?"

나는 고개를 끄덕였다.

"글쎄……. 아, 응, 두 개 찾았어."

"뭔데요?"

"방금 미코가 가르쳐준 격언 두 가지."

장난스럽게 싱긋 웃는 나베짱을 보고 있으니 이 사람과 학교 다닐 때 같은 반이었다면 분명 친했을 거라는 생각이 들었다.

"미코는?"

"나는, 지금 나베짱이 해준 말."

우리가 이렇게 만나는 것도 오늘이 마지막이다.

"다 보물상자에는 안 들어가는 보물이네."

"그러네요."

우리는 남매처럼 기분 좋게 웃으며 맛있는 아이스커피를 마셨다.

"미코의 보물상자, 지금도 있어?"

"있어요. 많이 낡았지만."

"안에 든 보물도?"

"응. 요즘은 뚜껑도 안 열지만요."

"그렇구나, 어른이 된 지금은 보물이 없어도 된다는 건가?"

나는 고개를 저었다.

"보물은 확실히 있어요. 보물상자에 안 들어가는 보물."

"뭔데?"

"치코. 딸이에요."

"아아."

역시, 라는 얼굴로 나베짱이 고개를 끄덕였다.

"치코를 행복한 어른으로 만들 때까지는 절대 죽으면 안 돼요."

반대로 말하면 치코를 위해선 언제든 죽을 수 있다. 그 생각엔 조금의 흔들림도 없다.

"나베짱도 아이가 있으니까 부모의 이런 마음 이해하죠?"

"그렇지, 뭐. 응. 아들이 어릴 때는 그런 생각도 했었지……."

"어, 아이가 자라면 마음이 바뀌나요?"

담배를 문 나베짱의 입술에 자조적인 웃음이 담겼다.

"내가 안 변해도 아들은 변해. 안 팔리는 가난뱅이 만화가에다 꿈마저 버린 한심한 아버지야. 어릴 때처럼 존경해주지 않아."

"그런가? 어른이 되면 오히려 부모를 이해하게 될 것 같은데."

적어도 나는 어른이 된 후에야 할아버지, 할머니에 대한 감사의 마음이 생겼고, 부모님에 대한 원망도 어느 정도 떨쳐버릴 수 있었다.

"오늘 집에 가서 아들한테 얘기해볼까 봐. 미코가 가르쳐준 격언. 어떻게 반응할지 무섭기도 하지만."

나베짱이 또 담뱃재를 테이블에 흘렸다. 이번에는 불어버리기 전에 재빨리 물수건으로 닦았다.

"아, 고마워."

"천만에요."

문득 대화가 끊겼다. 두 사람의 아이스커피도 거의 없어졌다.

이제 돌아가서 치코가 먹을 저녁밥을 준비해야 한다. 상을 차리며 다정하게 물을 것이다.

"치코, 오늘은 어떤 보물을 찾았어?"

찻집을 나섰을 때 빗발이 조금 강해져 있었다.

"나베짱, 마지막으로 신주쿠 역까지 우산 같이 쓰고 갈까요?"

"아니, 괜찮아. 일 분만 달리면 역인데 뭐."

나베짱은 그렇게 말하고 오른손을 스윽 내밀었다.

이별의 악수.

나는 그 손을 잡았다.

"미코의 손에 내가 얼마나 위로받았는지 몰라. 이 년 동안 정말 고마웠어."

고마운 손.

"고마운 건 오히려 내 쪽이죠. 정말 고마웠습니다."

말하고 나서야 과거형이었다는 걸 깨달았다. 이제 두 번 다시 이 사람을 만날 수 없다고 생각하니 또 눈물샘이 터지려고 한다.

"아, 또 운다. 미코는 정말 눈물샘이 헐렁헐렁하다니까."

"거기가 헐렁헐렁한 것보단 낫잖아."

울다가 웃으며 말했다.

"아하하하. 그건 그래."

나베짱이 잡은 손을 살짝 놓고 얼굴 옆에서 자그맣게 흔들며 "갈게"라고 했다. 나도 똑같이 손을 흔들었다.

나베짱이 몸을 휙 돌리고 빗속으로 뛰쳐나갔다.

나는 나베짱의 온기가 아직 남은 손을 계속 흔들어주었다.

고마운 손.

나베짱의 은밀한 곳을 실컷 주무른 이 손으로 이별의 악수를 하고, 바이바이 손을 흔들고, 또 한 시간 후엔 치코의 밥을 만든다. 그래, 엄청나게 맛있는 크리스마스 요리를 만들어줘야지. 내일은 이 손으로 고독한 노인들의 몸을 싹싹 깨끗이 닦아줄 것이다.

빗속을 달려가는 나베짱의 뒷모습이 신주쿠의 알록달록한 거리에 섞여 사라졌다.

나는 양손을 내밀고 잠시 응시했다.

살짝 한숨지으며 오른쪽으로 돌아 조금 큰 보폭으로 걷기 시작했다. 내 보물이 기다리는 아담한 집을 향해.

제2장

간
바
라
다
이
조
와
시
리
우
스

전통 가구를 제작하고 수리하는 검소한 공방이 잘 마른 오동나무 향기로 가득했다. 구수하고 조금 달콤한 느낌의 냄새다. 마룻바닥에는 가다랑어 포처럼 얇은 대팻밥이 팔랑팔랑 흩어져 있다. 갓 떨어진 그 조각들이 향긋한 냄새를 발하는 것이다.

　"자…….오늘은 이 정도로 끝낼까?"

　나는 혼잣말을 하며 하루 작업을 마무리했다.

　손에 익은 대패를 도구 상자에 조심스레 넣고 대팻밥을 깨끗이 청소하고 방구석에 놓인 스토브 불을 끄고 나서 굳은 허리에 손을 얹으며 공방을 나섰다. 등골이 서늘해질 만큼 차가운 겨울바람이 불었다. 뒷골목을 따라 줄지어 늘어선 낡은 집들이 모두 귤색 저녁 하늘에 물들어 있었다.

나는 집을 향해 뻗은 그 길을 걸으며 "후우" 하고 한차례 한숨을 내쉬었다. 머지않아 환갑을 맞게 될 늙은 몸이라 목수로서의 노동이 점점 힘겨워지고 있다. 젊을 때는 한밤중까지 일해도 다음 날 아침이면 팔팔했는데, 지금은 역시 몸이 말을 듣지 않는다. 하루에 다섯 시간 일하면 충분하다.

공방에서 집까지는 외길이다. 거리는 500미터도 채 되지 않는다. 아버지가 살아 있을 때는 집 마당에 있는 오두막집을 공방으로 썼는데, 내가 이어받은 후로는 일부러 집에서 조금 떨어진 곳에 공방을 만들었다. 나는 선천적으로 태평한 성격이라서 직장과 자택이 가까우면 자꾸 꾀가 날 것 같아서였다. 조금 일했다고 차한잔 마시고, 또 조금 피곤해서 쉬다 보면 일에 집중하지 못할 게 분명했다.

여러 집에서 흘러나오는 저녁밥 냄새를 맡으며 한가롭게 골목을 걸었다. 담 위에 엎드린 이웃집 얼룩고양이와 눈이 마주쳤다. 시선으로 인사를 나눈다. 저녁 하늘 속에서 까마귀 두 마리가 서쪽을 향해 날아간다. 그 너머로 잘 익은 감 같은 태양이 주르르 미끄러진다.

오늘도 지극히 평범했던 하루가 저물어간다.

감사한 일이야, 라고 마음속으로 생각하면서 귤색 공기를 깊이 빨아들였다.

자택 문을 넘어선 순간 마당의 헛간(옛날엔 공방으로 썼다) 유리창 안에서 뭔가가 움직이는 게 보였다.

어, 혹시…….

창문으로 다가가서 들여다보니 역시 그랬다.

나는 헛간 입구로 돌아가 밖에서 잠긴 나무 문을 열어주었다.

"할아……버지……."

문 안쪽에 서 있던 손녀 미코가 울어서 빨갛게 된 눈으로 나를 올려다보았다. 볼에 눈물이 흘러내린 흔적이 하얗게 남아 있었다.

"아니, 미코야, 어떻게 된 일이냐? 또 할머니한테 야단맞고 갇힌 거냐?"

단발머리 다섯 살 소녀가 고개를 한 번 끄덕하더니 내 허벅지에 꼭 매달렸다. 나는 미코의 머리를 쓰다듬으며 물었다.

"왜 야단맞았는데?"

"신문을, 밟았어요."

"신문을?"

미코가 고개를 살짝 끄덕였다. "그런 나쁜 아이는 도깨비한테 잡혀간대요……" 하며 흑흑 흐느낀다.

"그래, 그랬구나. 신문은 밟으면 안 되지? 그럼 할아버지랑 같이 죄송합니다, 하러 가자."

"네……."

"예쁘게 사과할 수 있겠니?"

"네."

"그래, 미코 착하다."

나는 허리 통증을 참으며 쭈그리고 앉았다가 손녀를 안고 "어이차" 하면서 일어났다. 미코가 내 목에 양팔을 두르고 안겼다. 목덜미에 미코의 젖은 볼이 닿으니 선뜩한 감촉이 전해졌다.

"죄송합니다, 하러 가는 거니까 이제 울음 그쳐야지."

그렇게 말하고 미코의 자그마한 등을 톡톡 다정하게 두드려주었다. 잠시 그러고 있으니 그제야 미코도 울음을 그쳤다.

나는 미코를 안은 채 부엌 쪽으로 어기적어기적 걸어갔다.

"나 왔어" 하면서 격자무늬 미닫이문을 여니 저녁 식사를 준비하는 아내의 뒷모습이 보였다. 소매 있는 하얀 앞치마를 입고 있다. 조촐한 부엌이 간장을 졸이는 구수한 냄새로 가득했다. 그러고 보니 오늘 저녁 반찬은 미코가 좋아하는 닭조림이라고 했다.

"수고했어요."

뒤돌아본 아내의 눈에 화난 기색은 없었다. 하지만 다부진 태도로 미코를 똑바로 보았다.

분명 아내는 내가 곧 귀가하여 미코를 구해내리라는 걸 예상하고 헛간에 가둔 것이다.

나는 미코를 바닥에 내리고 머리를 톡톡 두드려주었다.

"자, 얼른."

"할머니……."

미코가 숨을 크게 들이마셨다.

"죄, 죄송합니다……."

말하면서 고개를 꾸벅 숙였다가 얼굴을 들면서 또 울음을 터뜨리고 말았다.

나는 아내를 보았다. 시선이 마주쳤다.

눈으로 '그만하면 됐어. 용서해줘'라고 말했다.

아내는 고개를 끄덕이면서 살짝 미소 짓더니 기다란 젓가락을 손에 든 채 팔짱을 꼈다.

"잘못한 걸 알았으면 됐다. 자, 이제 밥 먹을까?"

미코는 "네……" 하고 대답하고 내 손을 잡았다.

◇◆◇

닭조림을 주 반찬으로 평소보다 조금 사치스러운 저녁 식사를 셋이서 조용히 마친 후에 홀로 마당에 나와 헛간으로 들어갔다. 내일 오동나무 장롱 문에 달 경첩과 막대형 손잡이, 서랍에 붙일 까만 고리형 손잡이를 미리 골라두려는 것이다.

전통 가구에 붙이는 쇠장식을 '금구'라고도 하는데, 나는 오랫동안 거래해온 교토 장인이 만든 일등품을 늘 주문하여 사용한다.

목재 선정부터 납품에 이르기까지 조금의 틈도 없는 '완벽'한 작업을 한다는 것.

돌아가신 아버지가 유일하게 가르쳐준 경영 전략이다.

나는 이 가르침을 지키며 양산품은 흉내 낼 수도 없는 고품질의 가구를 만들어왔다. 덕분에 '물건 보는 눈'이 있는 고객의 마음에 들어, 넉넉하진 않지만 목수로서 생계를 유지할 수 있었다.

내일 작업 준비를 마치고 안채로 돌아오니 아내가 부엌에서 설거지를 하고 있었다. 바로 옆 거실에 TV는 켜져 있는데 왠지 미코의 모습이 보이지 않았다.

일단 아무도 보지 않는 TV를 끄려고 거실 문턱을 넘어섰을 때 나는 모든 걸 이해했다.

미코는 고타쓰(난방 기구를 아래에 넣고 이불로 덮은 좌식 테이블)에서 자고 있었다.

벌써 아내와 같이 목욕을 했는지 노란 잠옷 차림이었다.

부엌에서 아내 목소리가 들렸다.

"미코가 어느새 고타쓰에서 잠들어버렸네요."

조금 연극 대사 같은 느낌의 말투였다.

"그러네."

살며시 다가가서 미코의 얼굴을 들여다보았다.

나는 무심코 큭 하고 웃을 뻔했다.

자는 척하고 있었다.

"이런, 또 고타쓰에서 잠들어버렸네. 할 수 없지. 할아버지가 2층까지 안아줘야겠네."

49

일부러 미코에게 들리게끔 중얼거렸더니 잠들어서 듣지 못했을 미코의 입술이 샐쭉거렸다. 기뻐서 웃음이 나오려는 걸 꾹 참는 것이다.

나는 속은 체하며 미코를 안고 계단을 올랐다. 미코는 다섯 살이 된 후로 다다미방에서 혼자 잔다. 그 방으로 들어가 이불 속에 살며시 눕혔다.

눈꺼풀을 실룩실룩 움직이면서도 여전히 자는 척이다.

천장 형광등을 끄는 대신 노란 전구를 켜고 잠시 곁에 누워 있으니 이윽고 미코의 숨결이 새근새근 일정한 리듬을 새기기 시작했다.

이번엔 정말로 잠든 모양이었다.

잘 자, 미코.

좋은 꿈 꿔.

마음속으로 중얼거리면서 가만히 이마를 쓰다듬었다. 그러고 조심조심 일어나 살금살금 계단을 내려와서 거실로 들어갔다.

거실 고타쓰에 설거지를 끝낸 아내가 앉아 있었다. 탁자 위에는 찻주전자와 찻잔 두 개가 놓여 있다.

"잠들었어요?"

"응" 하고 나는 고개를 끄덕였다.

"차 마실래요?"

"아, 그럴까?"

아내가 잔 두 개에 녹차를 따랐다.

"자는 연기가 많이 늘었죠?"

아내가 찻잔을 한 손에 들고 살짝 웃었다.

"응. 2층에 가서 이불에 눕혀도 계속 자는 척하더라."

"할아버지가 2층까지 안아주고 잠들 때까지 옆에 있어주는 게 좋은가 봐."

"그런가 보네."

아내는 나에게 미코를 맡기고 일부러 모른 척 부엌에 있었던 거다. 그런 사람이다. 옛날부터.

뎅 하고 벽시계가 울었다.

벌써 아홉 시 반이다.

나는 TV를 켜고 차를 홀짝이며 멍하니 뉴스를 보았다.

아내는 돋보기를 끼고 낡은 반짇고리를 꺼내어 방재용 두건을 깁기 시작했다. 미코가 학교에 들어가면 사용할 것이다.

아들 다이스케(미코의 아빠)가 어렸을 때도 이렇게 다정한 눈빛으로 바느질을 했었지……. 나는 이십 년도 더 지난 옛날 일을 떠올리며 쓴웃음을 지었다.

아내는 다이스케보다 미코를 훨씬 더 엄격하게 키우는 것 같다. 미코를 야단칠 때는 옆에서 보고 있기 힘들 정도다.

하지만 나는 아내의 행동에서 미코를 향한 애정을 느낄 수 있다.

미코가 아직 유치원에 들어가기 전의 일이다. 어느 날 밤 미코

51

가 갑자기 "찌찌 먹고 싶어요" 하면서 울먹인 적이 있다. 그때 아내가 자기 젖꼭지에 벌꿀을 발라두고 실컷 빨게 해주었다.

할미는 젖이 안 나와. 미안해.

혼잣말처럼 중얼거리며 젖꼭지를 빨아대는 미코의 머리를 가만히 쓰다듬던 아내의 자애로운 옆얼굴. 그 마음이 다섯 살 미코에게 전해졌을까? 나는 가끔 걱정이 된다. 미코에게 '할머니'는 그냥 무서운 사람인 게 아닌지.

그런 생각이 드니 안타까워서 우울한 한숨이 쏟아져 나왔다.

"여보."

"응?"

아내는 바느질하던 손을 멈추지 않고 대답했다.

"미코한테 조금만 더 다정해지면 좋겠는데."

아내는 입가에 작은 미소를 머금었을 뿐 대답을 하지 않았다. 그저 묵묵히 바늘만 움직였다.

후우.

나는 살짝 한숨지은 후 미지근해진 차를 홀짝였다.

내 물음에도 여전히 흔들리지 않는 아내의 표정을 바라보며 문득 생각했다.

어쩐지 안경 쓴 보살상 같다.

이토록 온화한 얼굴이지만, 아내의 마음은 오랫동안 격심한 자책감으로 멍들어 있었다. 그걸 나는 가슴 아릴 정도로 이해한다.

배 아파 낳은 아들이 아직 나이도 차지 않은 열여섯 살 아가씨를 임신시켰고, 그 아가씨는 출산과 거의 동시에 도망가버렸다. 게다가 젖먹이 미코를 내팽개치고 냉큼 미국으로 가버린 무책임한 아들을 생각하면, 아내는 슬프고 분하고 자신의 처지가 너무나 한심하다고 했다.

아내는 아들을 오냐오냐 키운 것에 대해 깊이 후회하고 있다. 그 마음의 상처가 미코에 대한 엄격함으로 나타나는지도 모른다.

미코는 조부모가 부모를 대신하는 특별한 환경에서 자라고 있다. 그런 아이는 조금이라도 버릇없는 행동을 하면 "역시 부모 없이 자라면 저렇게 돼"라고 사람들에게 손가락질당하기 십상이다. 절대 그런 일이 없도록 최대한 빈틈없이 훈육할 생각이라고 예전에 아내가 말했었다.

반년 전.

아내가 미코를 심하게 꾸짖은 후에 마당으로 데리고 나가 백일홍나무에 묶어두고 빗자루로 때린 적이 있었다. 흐느껴 우는 미코를 그대로 둔 채 혼자 집에 들어가 저녁 식사 준비를 시작했다. 그 장면을 목격하고 당황한 나는 부엌에 서 있는 아내의 뒷모습을 본 순간 무심코 숨이 멎었던 걸 기억한다.

된장국에 넣을 채소를 칼로 써는 아내의 등이 힘없이 축 늘어져 있었고 가늘게 떨리기까지 했다.

얼굴을 보지 않아도 울고 있다는 걸 알 수 있었다.

이때 나는 깨달았다.

미코의 아픔은 아내의 아픔이기도 하다는 것을.

〈어쩌면 나, 한심한 아들 때문에 쌓인 분노를 미코한테 터뜨리며 화풀이하는 건지도 몰라요〉

아내가 그렇게 말한 적도 있다.

그럴지도 모른다. 하지만 결코 그것만은 아니다. 나는 안다. 아내는 미코의 장래를 걱정하지 않을 수 없는 것이다. 그 증거로 이런 말도 한 적이 있다.

〈나는 엄하게 키울 테니 그만큼 당신이 잘해줘요. 예의범절은 내가 가르칠게요. 미코의 따뜻한 마음은 당신이 키워줘요〉

굳이 악역을 맡겠다고 각오하는 아내의 표정에서 군건한 다짐이 느껴졌다.

스윽스윽스윽……하고 미코를 위해 바느질을 계속하는 아내.

나는 완전히 식어버린 차를 들이켰다.

찻주전자에 뜨거운 물을 붓고 아내의 찻잔에 먼저 따라주었다.

"아, 고마워요."

아내는 여전히 얼굴을 들지 않고 말했다.

"당신은 말이야."

"응?"

나는 다음 말을 어떻게 이을까 망설이다가 이내 농담처럼 말했다.

"참 기가 세."

"어머나, 그렇게 심한 말을 하다니."

아내는 아직도 얼굴을 들지 않았다.

스윽스윽스윽스윽…….

"그래도."

"그래도?"

바느질이 끝났는지 실을 묶고 송곳니로 뚝 끊었다. 그제야 얼굴을 든다.

눈이 마주쳤다.

"그래도 뭐?"

안경을 코끝에 걸고 고개를 갸우뚱하는 아내를 보니 나도 모르게 풋 하고 웃음이 터졌다.

"참 좋은 사람이야, 당신."

그로부터 며칠 후 크리스마스이브 저녁에 나는 하던 일을 정리하고 평소보다 조금 일찍 공방을 나섰다.

늘 다니던 길을 따라 집 쪽으로 걷는데 문득 오늘 저녁 반주로 마실 술이 없다는 사실이 떠올랐다.

잠시 가게에 들렀다 갈까?

골목길 가운데쯤에서 왼쪽으로 꺾어 근처 주류점으로 향했다.

일단 큰길로 나가서 역까지 이어지는 낡은 상점가로 들어갔다.

상점가는 크리스마스 느낌으로 장식되어 있었지만, 먼지 섞인 메마른 바람이 부는 데다 행인도 뜸했다.

나는 단골 주류점에서 니혼슈 됫병을 사가지고 어슬렁어슬렁 귀로에 올랐다.

목재상이 있는 모퉁이를 돌아 주택가로 이어지는 골목으로 들어서려는 순간 문득 발을 멈췄다.

어딘가에서 여자아이 목소리가 들린 것 같았다.

나는 멈춰선 채 귀를 기울였다.

거리를 오가는 자동차 소리. 그 사이로 희미하게 들리는 목소리.

미코 아닌가……

걱정이 된 나는 발길을 돌려 목소리가 들리는 서쪽으로 잔달음질 쳤다. 수십 미터 정도 떨어진 곳에 동네 아이들의 놀이터인 자그마한 공원이 있다.

"사나에짱."

이번엔 확실히 들렸다.

미코 목소리였다.

공원에 도착했다. 녹색 철망 너머로 공원 안을 둘러보았다.

"나나짱."

미끄럼틀 위에 작은 그림자가 있었다.

파인애플색 저녁 하늘 속에 단발머리 미코의 실루엣이 보였다.

"에미코짱."

미코가 애타는 목소리로 친구 이름을 불렀다. 하지만 내가 보기에 미코 말고 다른 사람은 아무도 없었다.

나는 미코의 실루엣을 향해 걸어갔다.

미코는 그동안에도 계속 친구 이름을 불렀다.

아무도 없는 공원에 울려 퍼지는 미코의 목소리는 거의 울먹이는 소리였고 그 소리가 내 가슴을 찢었다.

"미코야."

나는 미끄럼틀 아래에서 미코를 올려다보았다.

"아, 할아버지……."

"왜 그러냐, 이런 데서 소리를 지르고."

"아무도 없어요……."

미코의 실루엣이 미끄럼틀을 타고 스르르 내려왔다.

"숨바꼭질하고 있었는데요, 내가 술래가 됐는데, 다 사라졌어요……."

사과처럼 매끈하고 발그레한 볼에 눈물의 흔적이 한줄기 보였다.

예전에도 이런 일이 있었다. 어쩌면 친구들 사이에서 따돌림당하고 있는지도 모른다. 나는 가슴속에서 시커먼 열이 타오르는 걸 느꼈지만 감정을 얼굴에 그대로 드러낼 만큼 젊지는 않다.

"이제 곧 저녁 시간이라 친구들 먼저 집에 갔나 보다. 미코도 할아버지랑 집에 가자."

나는 되도록 가벼운 투로 말하면서 오른손을 내밀었다.

"네······."

미코는 단풍잎 같은 작은 손으로 내 집게손가락과 가운뎃손가락을 한꺼번에 꼭 잡았다. 미코의 손은 애처로우리만치 차가웠다. 혼자 꽤 오랫동안 친구 이름을 부르고 있었던 모양이다.

우리는 12월의 차가운 바람을 맞으며 천천히 걸어 나왔다.

"할아버지."

"응?"

"공원에 왜 왔어요?"

"아, 뭐 사러 갔다가 미코 소리가 들려서 한번 와봤지."

"할아버지가 오셔서 다행이다······."

나를 올려다보는 까만 눈동자에 눈물이 듬뿍 고인 걸 알아차렸을 때 나는 참지 못하고 말해버렸다.

"미코야."

"예?"

"미코 눈은 왜 달려 있을 것 같니?"

뜬금없는 질문에 미코가 어리둥절한 표정을 지었다.

"어······ 신호등을 잘 보기 위해서?"

마침 눈앞에 횡단보도가 있었다. 그 순수하고 귀여운 대답이 나를 위로해주는 듯했다.

"그래, 그것도 중요하지. 그런데 그보다 더 좋은 대답이 있단다."

"……."

"가르쳐줄까?"

"네."

"매일 작은 보물을 찾기 위해서란다."

"작은 보물?"

"응. 뭐든 좋아. 발견했을 때 마음이 조금이라도 즐거워진다면 그게 바로 미코의 보물이야."

"……."

"오늘도 하나 찾아볼까?"

"네."

우리는 손을 잡고 골목을 두리번거리며 걸었다.

보물을 찾은 건 미코였다.

공터 구석에서 에메랄드빛 타원형 타일을 주웠다.

"할아버지, 이것 봐요, 보물이에요!"

눈물 흔적이 남은 미코의 얼굴에 저녁 하늘과 같은 파인애플색 미소가 피었다.

"오오, 예쁜 타일이네."

미코가 찾은 보물.

나는 오늘 저녁 미코의 머리맡에 둘 크리스마스 선물을 떠올리고 혼자 싱긋 웃었다.

집에 도착하여 현관 미닫이문을 여니 복도 안쪽에서 설탕을 조린 듯한 달콤한 냄새가 흘러나왔다. 미코가 좋아하는 단팥죽을 만들고 있는 것이다.

"앗, 단팥죽 냄새!"

미코는 "다녀왔습니다"라고 인사하면서 신발을 벗고 가지런히 정돈한 후 부엌을 향해 달려갔다.

이날 저녁에는 스시를 배달시켜 먹었다.

미코는 연어알 군함말이를 좋아해서 아내와 내 것까지 양보했다. 나는 스시와 함께 반주도 즐겼다.

한잔 쭉 들이켰을 때 미코가 술병을 들더니 "할아버지, 드세요" 하고 따라주었다. 평소에 아내가 하는 걸 보고 따라한 것이다.

"오옷, 미코가 할아버지 술도 따라주네. 고마워."

칭찬받은 미코는 "천만에요" 하면서 천진난만하게 웃었다.

그 모습을 보던 아내가 옆에서 끼어들었다.

"미코야, 손 이리 내밀어봐."

"어……."

미코의 얼굴에서 미소가 스윽 사라졌다. 또 야단맞을 줄 알았을 것이다. 나도 아내의 의도를 읽을 수가 없어서 가만히 그 옆얼굴을 바라보았다.

미코는 겁에 질린 얼굴로 양손을 내밀었다. 아내는 그 자그마한 두 손을 자신의 오른손 위에 올리더니 또 왼손으로 살며시 덮었다. 두 손 사이에 미코의 손을 끼운 것이다.

긴장으로 굳었던 미코의 표정이 풀어졌다.

아내는 미코의 손등을 부드럽게 쓰다듬기 시작했다.

"이 손이 방금 좋은 일을 했네."

아내의 얼굴에 미소가 담겼다.

"……."

"미코야, 네 손은 뭘 위해 있다고 생각하니?"

"응……?"

놀란 얼굴로 미코가 나를 보았다.

나도 미코를 보았다.

정답을 모르는 두 사람이 동시에 아내의 얼굴로 시선을 돌렸다.

"네 손은 사람들에게 '고마워'라는 말을 듣기 위해 있는 거란다."

"어……."

"그러니까 지금처럼 평생 고마운 손이 되어라."

고마운 손이라…….

나는 왠지 특별한 보물이라도 발견한 것 같은 기분에 가슴이 벅찼다.

아내가 한 말이 언제까지나 미코의 마음에 남아준다면 얼마나 멋질까. 그런 생각을 하면서 미코가 따라준 술을 혀 위에서 굴렸다.

"미코, 대답은?" 아내가 말했다.

"아……, 네!"

미코가 자세를 고치고 씩씩하게 대답했다.

"그럼 미코야, 한잔 더 부탁한다."

내가 싱긋 웃어주니 거울처럼 미코의 얼굴에도 미소가 떠올랐다. 아내를 보니 역시 같은 얼굴이었다.

이게 가족이구나……라고 생각하면서, 나는 작은 행복을 음미했다.

◇◆◇

미코가 잠든 후 거실에서 아내와 단팥죽을 먹고 녹차를 마셨다. 노부부 둘만의 오붓한 밤이다.

낡았지만 시간을 정확히 새겨주는 벽시계 소리가 보이지 않는 눈처럼 거실에 차곡차곡 쌓여가는 듯했다.

미코와 함께 살게 된 후로 매년 크리스마스이브에 아내가 만들어주는 단팥죽은 어른인 나도 가끔 생각나는 맛이다.

"팥을 삶을 때 백설탕 외에 흑설탕이랑 사탕수수 설탕을 섞어요. 소금을 좀 넉넉하게 뿌려주는 게 비결이랄까."

예전에 아내가 말했다. 그 비결은 돌아가신 어머니한테 전수받았다고 했다.

나는 단팥죽을 두 그릇이나 먹고 녹차를 들이켠 후에 천천히 일어나 복도로 나갔다.

계단 아래 작은 벽장에 감춰둔 꾸러미를 "어이차" 하면서 꺼냈다. 그걸 안고 거실로 돌아왔다.

"어머, 혹시, 그거."

아내가 찻잔을 손에 들고 말했다.

"응. 미코 선물이야."

나는 마음이 따뜻해지는 걸 느끼며 고개를 끄덕였다.

"안에 뭐 들었어요?"

아내의 질문에 나는 눈웃음을 지으며 "한번 볼래?" 하고 꾸러미를 조심스레 고타쓰 위에 올렸다.

"이건 말이야……."

이렇게 거드름을 부리며 아내 눈앞에서 보자기 매듭을 풀었다.

스르르.

보자기의 네 귀퉁이가 고타쓰 위에 떨어진 순간, 아내의 눈에 웃음이 담겼다.

"어머나, 이거 미코가 갖고 싶어 했던 거네."

"응. 보물상자야. 일본식이지만."

목수인 내가 일하는 틈틈이 오동나무로 정성껏 만든 상등품인데, 미코가 상상하는 서양식 보물상자와는 아마 다를 것이다.

"지금 두려고요?"

이 선물을 지금 미코 머리맡에 두러 가느냐고 묻는 것이다.

"응."

나는 고개를 끄덕이면서도 일단 아내 앞에 마주 보고 앉았다. 보물상자를 사이에 두고 말했다.

"이거, 당신이 미코 머리맡에 두고 올래?"

"어……"

아내는 고개를 갸우뚱했다.

"괜찮지?"

"왜 내가? 당신이 만든 선물인데."

"나는 만들기 담당. 당신은 선물하기 담당."

아이 같은 내 표현에 아내가 풋 하고 웃었다.

"나는 됐어요. 당신이 두고 와요."

나는 단호하게 고개를 저었다.

"아냐, 당신한테 부탁하고 싶어."

고집스러운 내 눈을 아내가 안경 너머로 가만히 응시했다. 내 마음속을 탐색하는 듯 투명하게 느껴지는 시선이었다.

어쩐지 거북해진 나는 눈앞의 보물상자로 시선을 떨구고 매끈 매끈한 오동나무 뚜껑을 매만지면서 다시 입을 열었다.

"말하자면 그거지. 당신 손을……"

"응?"

"늘 악역만 맡는 당신의 그 손을, 오늘 밤만이라도 고마운 손이 되게끔 해줘도 좋잖아."

"……"

보물상자에서 슬그머니 시선을 들었다.

아내가 어리둥절한 표정으로 이쪽을 보고 있다.

별안간 엉덩이가 근질거렸다.

"아아……, 그, 그러니까, 아무튼, 모처럼 주는 크리스마스 선물이니까, 당신도 도와줬으면 좋겠어."

횡설수설하면서 적당한 말을 찾는데 아내가 갑자기 시선을 떨구고 코에 걸린 안경을 벗었다. 그러고 옆에 있는 화장지를 한 장 뽑아 눈에 댔다.

"어……."

우는 건가.

놀라서 할 말을 잃은 내 앞에서 아내가 얼굴을 들었다. 소녀 같은 눈으로 미소 짓더니 고타쓰 상판에 양손을 짚고 천천히 일어났다.

"잠깐……."

아내는 애매한 말을 남기고 그대로 거실에서 나가버렸다.

"여보, 어디……."

내 목소리는 곧 벽시계 소리에 지워졌다.

나는 마룻바닥을 스치듯 걷는 아내의 발소리에 귀를 기울였다.

문 여는 소리가 희미하게 들렸다.

아내가 복도를 지나 침실로 들어가는 것 같았다.

잠시 후 발소리가 다시 거실로 돌아왔다.

미닫이문을 여는 아내의 손에 거울이 들려 있었다. 침실 구석에 놓인 화장대 안에서 꺼내온 게 틀림없었다.

"그거……."

이 한마디만으로도 내 의문을 알아차렸는지 아내는 살짝 고개를 끄덕이더니 얌전히 방석 위에 앉았다. 손거울을 고타쓰 위에 놓으며.

돌아가신 어머니의 유품이어서 아내가 무척 소중히 간직해온 벚나무 세공품이다. 아키타 지방에 전해 내려오는 전통 기법으로 산벚나무 껍질을 붙여서 화려하게 장식한 손거울이다.

"여보."

"응?"

"이 손거울을 보물상자 뚜껑 안쪽에 붙여줄래요?"

"어……. 이 손거울을?"

"예."

"당신이 아끼는 거잖아."

"그래도요."

아내는 이미 마음을 굳혔다는 듯 단호하게 말하면서 고개를 끄

66

덕였다.

"뚜껑을 열면 거울이 보이게끔 해달라는 건가?"

"응, 맞아요."

"그래도 그 거울은……."

당신 어머니의 유품이잖아……라고 말할까 말까 망설이는데 아내가 먼저 입을 열었다.

"괜찮아요."

그 순간 뎅 하고 벽시계가 울었다.

나는 아내의 속마음을 헤아리기 힘들었다.

"뚜껑 안에 거울을 붙이면 화장품 상자 같아져."

"그래도 틀림없는 미코의 보물상자예요."

아내는 차분한 모습으로 미소 지으며 이쪽을 가만히 바라보았다.

"그런데 왜 붙이려는 거야?"

나의 집요한 질문에도 아내는 싫은 내색 하나 없이 의미심장한 미소를 지어 보였다.

"후후후. 그건……."

아내는 2층에 있는 미코에게 들리지 않게끔 하려는 듯이 자그마한 소리로 그 이유를 설명해주었다.

"……."

나는 아내의 의도를 듣고 가슴이 벅차올라서 한동안 아무 말도 하지 못했다.

"그래서 그런 거니까."

"……."

"여보, 부탁해요."

"……."

아직도 목소리가 나오지 않았다.

눈시울까지 붉어졌다.

아내는 여전히 흐뭇한 표정으로 미소 짓고 있었다.

주름투성이의 늙은 아내가 이렇게 매력적으로 웃어주다니.

나는 감격에 겨워 아내의 얼굴에 새겨진 주름을 하나하나 바라
보았다.

"그래, 알겠어. 거울 붙이자."

"응, 부탁해요."

거울을 붙이자고는 했지만 지금 공방으로 가서 작업을 시작하
면 오늘밤 안에, 그러니까 크리스마스가 되기 전에 완성하지 못
할 것이다.

예쁘게 마무리되진 못하겠지만 어쩔 수 없다. 목공용 본드를
이용할 수밖에.

나는 솜을 둔 잠옷을 걸치면서 슬리퍼를 꿰신고 부엌문을 통해

밖으로 나왔다. 헛간 서랍에 들어 있을 속건성 목공용 본드를 가지고 오려는 것이다.

밖으로 나오니 12월의 밤공기가 소름 끼치도록 차가웠다.

입김도 새하앴다.

바람이 불지 않으니 입에서 나온 하얀 숨결이 둥실둥실 솜사탕처럼 동그랗게 퍼졌다.

미코가 봤다면 재미있어 했을 텐데.

아무 생각 없이 문득 밤하늘을 올려다보았다.

잎이 다 떨어진 정원수 실루엣 위로 별이 하늘 가득 반짝이고 있었다. 대기가 맑은 겨울밤에는 거리에서도 별이 잘 보인다.

다른 별들보다 유난히 밝게 빛나는 별 하나가 백일홍나무 위에 떠 있다. 저건 분명 시리우스다.

할아버지, 겨울 하늘에서 가장 반짝반짝 빛나는 별은 시리우스라는 별이래요.

며칠 전에 미코가 가르쳐준 토막 지식이다. 유치원에서 그림책을 읽고 알게 되었다고 했다.

지금 백일홍 위에 떠 있는 시리우스는 파르스름한 빛을 발하는 아름다운 별이다.

미코한테 보여주고 싶네.

나는 조만간 미코와 함께 시리우스를 보리라 다짐하면서 "하아" 하고 크게 숨을 내뱉었다. 한층 큰 솜사탕이 생겼다. 미코의 천진난만한 미소를 생각하니 저절로 웃음이 나왔다.


　잠긴 문을 열쇠로 열고 헛간 안에 들어가자마자 나무와 먼지가
뒤섞인 듯 아련한 냄새가 내 주변을 감쌌다.

　형광등을 켜고 문 앞에서 슬리퍼를 벗고 차가운 마룻바닥에 올
라섰다.

　오른편 가장 안쪽에 떡하니 놓인 서랍 안에 작은 도구 따위가
들어 있다. 아버지가 살아 계실 적 틈틈이 만든 서랍이라고 했다.
제작한 지 수십 년이 지났는데도 모든 서랍이 스르르 매끄럽게
움직인다. 만든 이는 비록 고인이 되었어도 장인으로서의 긍지는
작품 속에 살아 숨 쉰다.

　목공용 본드가 몇 번째 서랍에 들었더라?

　혼자 중얼거리면서 위에서부터 순서대로 서랍을 열었다.

　노란색 병은 세 번째 서랍에서 발견되었다.

　나는 그걸 들고 헛간에서 나왔다.


"오늘은 제법 춥네."

　옷깃을 여민 채 부엌문으로 들어가면서 안쪽을 보고 말했다.
혼잣말이었을 뿐 대답을 기대한 건 아니었다.

　슬리퍼를 벗고 집으로 올라갔다.

　스토브로 데워진 거실의 공기에 마음이 따스해졌다. 차갑던 볼

이 따뜻한 기운으로 달아올랐다.

고타쓰 위를 보니 아내가 따뜻한 차를 다시 준비해놓았다.

"아, 고마워."

"내가 귀찮은 부탁을 하는 바람에……. 밖은 추워요?"

"응. 꽤 추워. 그래도 별이 참 예뻐."

나는 고타쓰에 발을 넣고 차를 한 모금 마시면서 후우 하고 한숨을 내쉬었다. 그런 다음에 고타쓰 위에 있던 보물상자 뚜껑을 열었다. 뚜껑은 120도쯤 열리면 고정되게끔 만들어졌다. 여기 거울을 붙이면 상자를 연 사람의 얼굴이 정면으로 보일 것이다.

뚜껑 안쪽에 아내의 손거울을 조심스레 대보았다.

"응, 사이즈는 딱 맞네."

손잡이가 있어서 거울을 비스듬하게 눕히니 네모난 뚜껑 안쪽에 쏙 들어갔다.

나는 오른손에 목공용 본드를, 왼손에 손거울을 들었다.

귀하고 고급스러운 벚나무 세공품.

아내의 돌아가신 어머니(맛있는 단팥죽 만드는 법을 전수해주신 분)가 남긴 유품이다.

"정말 붙여?"

나는 마지막으로 확인했다.

"예."

아내는 미소 띤 얼굴로 주저 않고 대답했다.

그렇다면.

나는 거울 뒷면에 정성껏 본드를 발랐다. 뚜껑 안쪽에 대고 힘을 꾹 실어 붙였다.

그러고 아내의 얼굴을 슬쩍 보았다.

아내는 이쪽을 보고 있지 않았다. 양손으로 찻잔을 잡고 조용히 차를 마시고 있었다. 소중히 간직했던 유품에 본드를 바르는 걸 보자니 마음이 아팠는지, 아니면 나에게 모든 걸 맡긴 이상 볼 필요 없다고 생각했는지, 아내의 마음을 모르겠고 그걸 물을 필요도 없다고 생각했다. 한 가지 알게 된 건 미코를 위해서라면 어머니의 유품도 망설임 없이 내놓을 수 있는 할머니라는 사실이었다.

속건성 본드이긴 하지만 그래도 어느 정도 마르기까지는 시간이 걸린다. 일단 고정되기까지는 움직이지 않는 편이 좋다.

나는 거울을 붙인 뚜껑을 열어둔 채 식은 차를 마셨다. 입안이 개운해지니 또 단팥죽이 먹고 싶어졌다. 그래도 밤에 세 그릇이나 먹으면 몸에 좋지 않으리라.

기분을 바꾸려고 TV를 켜보았다.

채널을 요리조리 돌려보았지만 보고 싶은 프로그램이 없었다. 할 수 없이 NHK 정보 프로그램에 채널을 맞추고 아내에게 말을 걸었다.

"당신, 시리우스라는 별 알아?"

"네, 알지요."

아내가 TV 화면을 흘끗 쳐다보면서 대답했다.

"뭐야. 알고 있었어?"

"얼마 전에 미코가 가르쳐줬어요."

"어, 당신도 미코한테 들었어?"

"어머나, 당신도?"

"응. 겨울 밤하늘에서 가장 빛나는 별이라더군. 유치원에서도 좋은 걸 많이 가르쳐주네."

"그러게요. 미코가 배운 걸 늙은 우리한테 가르쳐주기도 하고, 참 대단하죠."

둘이 함께 싱긋 웃었다.

"아까 마당에 나갔을 때 말이야."

"예."

"그 시리우스가 보이더라고. 파르스름한 빛인데 만지면 꼭 차가울 것 같더라. 분명 겨울에 잘 어울리는 별이야."

"미코한테도 보여주고 싶네요."

"응."

아내도 나와 같은 생각을 한 모양이었다.

내일 밤하늘도 맑다면 셋이 마당으로 나가서 나란히 하늘을 올려다보는 것도 좋을 듯했다.

아, 추워.

입김이 꼭 솜사탕 같아.

역시 시리우스가 제일 밝구나.

추운 겨울 하늘 아래 서로 어깨를 맞대고 그런 사사로운 대화를 나누면서 보통 가족처럼 자그마한 행복을 맛보는 것이다. 분명 좋은 기억으로 남으리라. 미코에게도, 미코의 장래를 걱정하는 우리 노부부에게도.

멍하니 그런 생각을 하는 동안, 문득 저녁 때 공원에서 본 미코의 슬픈 얼굴이 떠올랐다.

"아, 아까 저녁에 공원 쪽에서 미코 목소리가 들려서 가봤더니."

"……."

"친구들이랑 숨바꼭질하다가 술래가 된 모양인데."

아내답지 않게 내 말이 끝나기도 전에 끼어들었다.

"친구들이 다 가버렸죠?"

"어?"

"그렇죠?"

"으응……. 어떻게 알았어?"

아내가 후우, 하고 살짝 한숨을 내쉬었다.

"똑같은 일이 몇 번이나 있었어요. 그때마다 울면서 돌아왔죠."

내 뇌리에 친구를 애타게 부르던 미코의 쓸쓸한 목소리가 되살아났다.

늘 따돌림당하는 건가…….

미코가 느꼈을 슬픔이 그대로 전해져서 늙은 가슴이 희미하게 저려왔다.

"왜 미코가……."

"얌전하고 착하니까요."

"따돌리는 아이 부모는 이 사실을 아는가? 유치원 선생님은?"

"글쎄요. 어떨까요."

"어떨까라니."

아내의 느긋한 대사가 내 마음에 잔물결을 일으켰다. 나는 그걸 침울한 한숨으로 바꿔 토해냈다.

애써 태연한 목소리로 물었다.

"뭔가 해결책은 없나?"

"미코가 강해질 수밖에 없어요."

"아……."

나는 아내의 단호한 말투에 압도되었다.

"유치원에서도 자주 우는 모양이에요. 앞으로도 아마 비슷한 일이 많이 생길 거예요."

"당신이 어떻게 알아?"

"부모 없는 아이는 그렇잖아요."

과거를 돌아보았다. 부모 없는 친구는 그 이유만으로 조롱의 대상이 되었던 것 같다. 하지만…….

"미코는 아닐 수도 있잖아."

"그건 몰라요. 미코는 아닐 거라고 단정할 수도 없잖아요."

"……"

아내는 현실에서 도망치지 않고 내 눈을 똑바로 응시했다.

TV에서 웃음소리가 크게 들렸다. 그 목소리가 고타쓰 위를 공허하게 맴돌았다.

아내는 찻잔을 양손에 들고 식은 차로 시선을 떨군 채 차분한 목소리로 말했다.

"아이들은 참 잔혹한 생물이에요. 어른이 되어도 마찬가지예요. 누구나 차별을 하지요. 미코는 그런 사람들한테 상처를 받더라도 자기 자신을 잃지 않고 살아갔으면 좋겠어요."

"……"

"우리가 살 날도."

"으응……."

그다음은 말하지 않아도 안다. 그래도 아내는 굳이 말했다.

"미코랑 같이 살 수 있는 날도 그리 많지 않아요."

"그렇겠지……."

"그러니까 되도록 빨리."

아내가 무슨 말을 하고 싶은지 잘 알았다. 가슴이 아릴 정도로.

"으응……."

"우리가 아직 건강할 때."

나는 무심코 말을 내뱉었다.

"강한 아이로 키우자는 거지?"

아내는 쓸쓸히 웃으면서 고개를 끄덕였다.

◇◆◇

그로부터 삼십 분이 흘렀다.

본드도 거의 말랐을 것이다.

"이제 뚜껑 닫아도 되겠다."

나는 보물상자 뚜껑을 닫은 후에 양손으로 안고 일어났다.

"당신도 같이 가."

"네네."

아내도 "어이차" 하면서 일어났다.

내가 앞서서 계단을 올랐다. 낡은 마루가 삐걱거렸다.

2층으로 올라가서 미코가 자고 있는 침실 문을 살며시 열었다.

"잘 자고 있네."

"그러네요."

우리는 서로에게 속삭이면서 웃었다.

아이의 자는 얼굴만큼 위로가 되는 건 없다.

미코는 이불 속에서 새우처럼 몸을 말고 잠들어 있었다.

어린 나이에 혼자 자려면 무섭기도 하겠지만 우리 노부부에게 만일의 경우가 생겼을 때 혼자서도 잘 지낼 수 있어야겠기에 다섯 살이 된 날 이후로 혼자 재우기로 결정했다.

새근새근 잠든 미코의 순수한 얼굴을 내려다보는 아내에게 보물상자를 내밀었다.

"자."

아내는 순간 겸연쩍어 했지만 그래도 내가 "자, 얼른" 하고 떠맡기니 그제야 포기했는지 아무 말 않고 받아주었다.

"어라? 생각보다 가볍네."

"오동나무니까."

아내는 고개를 끄덕이며 미코의 머리맡에 무릎을 꿇고 앉았다. 그 옆에 보물상자를 조심스레 내려놓았다.

"미코의 보물상자야."

아내가 속삭이듯 말했다.

미코가 뒤척거리면서 위를 향해 똑바로 누웠다. 눈을 감은 채 방긋 웃는가 싶더니 중얼중얼 잠꼬대를 한다.

"후후. 뭔가 즐거운 꿈이라도 꾸나 봐……."

"그런 것 같네."

아내는 집안일로 꺼칠꺼칠해진 '고마운 손'으로 미코의 이마에 흐트러진 머리카락을 부드럽게 쓸어 올렸다.

"예쁘게 자라네, 미코."

아내와 함께 미코를 바라보며 내가 말했다.

"그러게요." 아내가 미코의 머리를 쓰다듬으며 대답했다.

"이 아이, 행복했으면 좋겠는데."

"그럴 거야. 틀림없이."

부모는 없지만 이렇게 사랑받고 있다. 행복하지 않으면 안 된다.

"가득 차면 좋겠어요."

아내가 미코의 이마에서 손을 떼고 나를 올려다보며 말했다.

"가득?"

"예. 당신이 만들어준 보물상자가 늘 뭔가로 가득하다면 이 아이도 분명 행복하겠지요."

"그렇겠지."

나도 아내 옆에 앉았다.

둘이서 우리의 보물을 내려다본다.

잠든 얼굴이 사랑스럽다.

이번엔 내가 미코의 이마를 쓰다듬었다.

"행복해야 돼."

내가 속삭이니 옆에서 메아리가 들렸다.

"행복해야 돼."

무심코 아내의 옆얼굴을 보았다. 눈이 안 보일 만큼 활짝 웃고 있었다.

이 아내와 이 손녀와 한 지붕 아래에서 산다는 것.

따뜻한 한숨을 내쉬면서 나는 내일 밤하늘을 생각했다.

아무런 근거도 없이 내일 밤엔 무척이나 아름다운 시리우스를 볼 수 있을 것만 같았다.

제3장

시
모
야
마

구
미
와

유
리
구
슬

앞으로 십 분이면 6교시 사회 수업이 끝난다.

교실에 걸린 시계를 보고 그렇게 생각했을 때 풋내기 담임교사인 고메타니 다케오 선생이 분필을 들고 돌아보았다.

"겨울방학이 끝나고 개학식 때 제출할 '어린이 신문'의 주제는 우리 지역의 일과 역사입니다. 그럼 지금부터 남학생 4명, 여학생 4명으로 총 8명씩 그룹을 만드세요. 친한 사람끼리 짜도 되니까."

선생님의 말이 채 끝나기도 전에 5학년 1반 교실이 시끌벅적해졌다. 모두 자리에서 일어나 친한 아이를 붙잡고 "같이 하자"라며 손을 잡기 시작했다.

나는 재빨리 대각선으로 뒷자리를 돌아보았다.

창가의 그 자리에 피부가 하얀 여학생이 어색한 미소를 지으며 혼자 멍청히 앉아 있다. 교실 창문으로 비스듬하게 들어오는 버터색 겨울 햇살 속에서 다른 아이들이 떠드는 모습을 그저 얌전히 바라보기만 했다.

그 아이에겐 아직 아무도 손을 내밀지 않았다. 어쩌면 마지막까지 혼자 남을지도 모른다.

나는 애써 여유로운 척 창가로 다가가 그 아이의 가냘픈 팔을 잡았다.

"미코, 같이 해줄게."

"어……."

얼굴을 들고 고개를 갸우뚱하는 미코의 하얀 볼. 싫다는 말은 못 할 것이다. 이 아이는 내 말을 거역하지 못한다. 그런 아이다.

"왜? 다른 애랑 할 거야?"

아무도 같이 할 사람이 없다는 걸 알면서도 미코를 내려다보며 그렇게 말했다.

"아니."

"그럼 됐네."

"구미짱…… 나랑 해도 괜찮아?"

미코가 수줍은 듯 미소 지으며 나를 올려다보았다. 혼자 남지 않게 되어 기쁜 건지, 아니면 나를 배려해서 웃는 건지, 이 아이의 머릿속은 도통 알 수가 없다.

흠. 나는 대답 대신 나머지 여자 둘을 찾기 시작했다. 그룹에 끼지 못하는 상황만큼은 어떻게든 피하고 싶다. 앞으로 둘. 빨리 찾아야지.

나는 미코의 팔을 쑥 당겨서 일으켜 세운 후 여자끼리 팔짱을 끼고 까아까아 떠들고 있는 두 아이 옆에 섰다. 다나카 게이코와 사가미 에미다. 예쁘고 발랄해서 남학생들에게도 인기가 많다.

"게이코, 에미, 아직 너희 둘이지?"

"응……."

두 사람은 한순간 서로 마주 보더니 입을 꾹 다물었다.

"우리 같이 하자. 집도 가까우니까 방학 중에 모이기도 쉽잖아."

나는 두 사람을 차례로 응시했다. 눈에 조금 힘을 실어서.

"으응……."

"으, 으응……, 나는 괜찮아. 에미는?"

시끄러워지는 걸 싫어하는 게이코가 에미에게 동의를 구했다.

"어, 어쩔까. 집이 가까우니……. 같이 할까?"

두 사람의 얼굴에 웃음기는 있었다. 그게 억지웃음이라는 것 정도는 나도 안다.

"야, 너희, 우리랑 같이 할래?"

게이코와 에미 덕분에 바로 남학생들이 말을 걸어왔다. 반에서 제일 인기 있는 4명 그룹이다.

"구미짱, 어떻게 할까?"

게이코와 에미가 내 안색을 살폈다. 미코는 관심 밖이다.

"괜찮지 않아?"

나의 한마디로 남학생 넷과 함께 게이코와 에미도 기쁜 듯이 웃었다.

"그럼, 결정된 거다!"

"방학 때 우리 집에 모여서 작전 회의하자."

같은 학년 중에 축구를 제일 잘하는 다쿠보 아키히로가 자기 자신을 손가락으로 가리키며 말했다. 5학년인데도 벌써 시에서 육성하는 선발 팀에 들어갔다는 소문이 자자하다. 다른 반 여학생들 사이에서도 꽤 인기 있는 모양이었다.

"오, 좋지. 다쿠보 집 넓으니까."

다음 주가 종업식이라 방학이 되려면 아직 멀었는데도 남자아이들이 성급하게 정하려 했다.

그러자 평소에도 똑 부러지는 에미가 듣기만 해도 즐거워지는 아이디어를 냈다.

"그때 우리 크리스마스 파티 안 할래?"

"하자 하자. 다 같이 케이크도 만들고 선물 교환도 할까?"

게이코가 그 아이디어를 더 빛나게 만들었다.

"뭐, 괜찮겠지. 재미있겠네."

왠지 내가 허락하는 입장이 되어 있었다.

"좋았어!"

"빨리 겨울방학 되면 좋겠다."

우리는 크리스마스 파티에 관한 이야기로 한껏 들떠 있었다. 정작 중요한 '어린이 신문'은 까맣게 잊어버렸다.

"미코, 너도 올 수 있어?"

존재감 없는 미코를 챙긴 건 다쿠보였다.

"아…….."

비스듬히 내 뒤에 서 있던 미코가 갑자기 대화에 끼게 되어 당황했는지 제대로 대답도 못했다.

왜 다쿠보가 미코 걱정을 해?

나는 뒤돌아서 미코의 얼굴을 보았다. 그래도 쏘아보지는 않았다고 생각한다. 하지만 말투는 심술궂었다.

"미코는 안 오지 않을까? 얘는 그런 거 안 좋아하잖아. 자꾸 오라고 하면 불쌍해."

"어…….."

미코의 하얀 볼에 담겼던 작은 미소가 스윽 사라지는 게 보였다. 그늘에 남몰래 피어 있던 꽃이 순식간에 시들어가는 모습과 비슷하다고 느꼈다.

그런 미코를 보고도 게이코와 에미는 아무 말도 하지 않았다. 그저 조금 난처한 표정을 지었을 뿐이다.

"어, 혹시 오고 싶어?"

한마디 추가했다. 네가 올 데가 아니야, 라는 뜻을 담아.

미코가 애매하게 웃으며 대답했다.

"미안. 갈 수 있으면 갈게……."

"너, 그때 시간 안 돼?"

남학생 중 한 명이 순진한 목소리로 물었다. 남자들은 이렇게 분위기 파악을 못한다.

"글쎄……, 집에서 크리스마스 파티…… 할지도 모르고……."

집에서? 미코는 부모님이 없는 아이다. 할아버지, 할머니랑 셋이 산다. 노인들이 크리스마스 파티 따위 할 리가 없다. 이 아이는 거짓말을 한 거다. 나는 안다.

"집에서 크리스마스 파티도 해? 좋겠다. 우리 집은 내가 유치원 졸업한 후론 한 번도 한 적이 없어. 선물도 없어."

단순한 남자들은 곧이곧대로 믿는다.

"아직 언제 할지 확정된 건 아니니까 미코도 올 수 있으면 와. 알겠지?"

다쿠보가 밝은 표정으로 말한 직후에 칠판 쪽에서 선생님 목소리가 들렸다.

"자, 그룹 다 정했니?"

예, 하는 대답이 여기저기서 날아왔다.

나는 일단 그룹에 끼었다는 사실에 가슴을 쓸어내리고, 또 다쿠보와 같은 그룹이 되었다는 것에 작은 기쁨을 느꼈다.

◇ ◆ ◇

"미코, 가자."

방과 후 교실 문밖에 서서 미코를 불렀다.

"아, 응."

미코는 어설픈 손놀림으로 가방을 챙기고 내가 있는 곳으로 서둘러 다가왔다.

나는 몸집이 작은 미코를 하녀처럼 부리며 계단을 내려가 현관에서 신발을 갈아 신고 밖으로 나왔다. 오늘도 볼이 얼얼할 정도로 바람이 차가웠다. 아침에 본 일기예보에서 '크리스마스 한파'가 불어닥칠 거라고 했다. 나는 어깨를 움츠리고 좁은 길을 걸으면서 엄마에게 빌린 고급 머플러를 다시 둘렀다.

"바람이 차네."

뒤에서 미코 목소리가 들렸다. 미코 목에는 요즘 시대에 보기 드문 손으로 직접 뜬 두툼한 목도리가 둘둘 감겨 있다. 색상은 칙칙한 회색. 할머니가 떠주셨다고 했던 것 같다.

"미코, 내 앞에서 걸어. 바람 좀 막게."

"어……."

"옷을 얇게 입고 와서 춥단 말이야."

그러면서 미코 뒤로 돌아갔다. 내가 빨간 가방을 손가락으로 미니 미코가 비틀거리다 걷기 시작했다. 그 맥없는 모습에 나는 괜스레 짜증이 났다. 그와 동시에 이러는 내가 점점 싫어졌다. 나는 내가 싫다. 정말 싫다.

열 걸음 남짓 걷다가 미코가 문득 돌아보았다.

"왜?"

"자."

미코가 오른손을 내밀었다. 그 손에 갈색 장갑이 들려 있었다.

"……."

"따뜻해."

나는 놀라면서도 무의식중에 장갑을 받아버렸다. 미코는 어렴풋이 미소 지으며 앞으로 휙 돌아 느릿한 발걸음으로 다시 걷기 시작했다. 맨살이 드러난 하얀 손은 점퍼 주머니에 넣고서.

나는 멍하니 생각하며 걸었다. 미코의 장갑은 그물코가 촘촘했다. 태그가 없는 걸 보니 이것도 할머니가 떠준 모양이다. 낙엽처럼 짙은 갈색의…… 별로 예쁘지도 않은 장갑.

나는 여태까지 손으로 뜬 장갑을 껴본 적이 없다. 왠지 궁금해져서 손가락을 슬쩍 넣어보았다. 투박하고 뭔가 촌스러운 감촉. 손을 오므렸다가 폈다가 해보았다. 털실 때문에 손등이 조금 따끔거렸다. 하지만 미코 말대로 따뜻했다.

"디자인 센스가 이게 뭐람……."

툭 한마디 던져보았지만 미코는 돌아보지도 않고 계속 천천히 걸었다. 차가운 바람이 내 말을 지워버렸는지도 모른다.

미코의 연약한 뒷모습을 멍하니 바라보며 나도 걸었다. 볼품없는 점퍼. 볼품없는 바지. 볼품없는 목도리. 저 목도리도 분명 목에 따끔따끔…… 그래도 따뜻할 것 같다.

하아……….

내 입에서 한숨이 새어 나왔다.

볼품없는, 시커먼 한숨이었다.


우리 집은 학교에서 봤을 때 정확히 동쪽에 있다.

근처에 마을회관과 공원과 상점가가 있고 집이 많이 모여 있는 주택가여서 주변에 같은 반 친구들이 많이 산다. 모두 저마다 그룹을 만들어 등·하교한다. 특별한 일이 없는 한 내게는 아무도 말을 걸지 않는다. 그래서 나는 늘 미코를 데리고 다닌다. 가엾은 외톨이로 보이고 싶지 않으니까.

미코, 너는 다른 애랑 집에 가면 안 돼.

아직 장마철이 끝나지 않았을 때 미코에게 그렇게 말한 적이 있다.

그때 만약 미코가 "왜?"라고 물었다면 나는 분명 대답할 말이 없어 횡설수설했을 것이다. 미코는 그냥 평소처럼 애매하게 미소 지으며 "응" 하고 고개만 끄덕일 뿐이었다.

왜 솔직하게 싫다고 안 하는 거야?

그런 미코가 짜증스럽기도 했지만, 내 마음대로 조종할 수 있는 인형 같은 이 아이가 있어주었기에 나는 안심하고 학교생활을 할 수 있었다.

내가 이렇게 저속한 인간이 된 건 3학년 때부터였다. 2학기가 끝날 무렵 마침 지금처럼 추운 겨울철의 어느 날이었다.

그때까지는 지극히 평범한 보통 여학생이었던 같은 반 친구 에이코가 예고도 없이 따돌림을 당하기 시작했다. 바로 어제만 해도 화장실에 갈 때 손을 잡고 같이 가던 아이들까지 갑자기 에이코를 오물 취급하기 시작했다. 너무나도 잔혹한 아이들의 모습에 밥이 제대로 넘어가지 않았다. 그날 점심시간이 끝날 무렵, 리더 격인 쓰루미 아야코가 내 앞에 서서 싱긋 웃음을 머금고 말했다.

구미짱도 동참할 거지? 이런 건 다 같이 안 하면 의미가 없거든.

만약 거절하면……, 내가 그다음 타깃이 되리라는 것 정도는 쉽게 예상할 수 있었다. 그걸 모를 만큼 나도 바보는 아니었다. 나는 볼에 힘을 주고 애써 웃는 얼굴을 만들면서 고개를 끄덕였다.

응, 알겠어.

학교에서 에이코랑 특별히 사이가 좋았던 건 아니지만 그래도 집이 가까워서 엄마끼리는 굉장히 친하다. 에이코와 나는 유치원에 들어가기 전부터 함께 놀았던 소꿉친구다. 그런 에이코를 따돌리라니. 아무 잘못도 없는 아이를. 내 머릿속에 우리 엄마와 에이코 엄마의 얼굴이 어른거렸고 그때마다 배가 쿡쿡 쑤시듯 아팠다.

다음 날 급식 시간. 에이코는 외톨이였다.

모두 각자 친한 친구들끼리 책상을 붙이고 섬을 만들었는데, 에이코만 어디에도 끼지 못하고 작은 외딴섬으로 남아 있었다. 그때 에이코의 창백한 얼굴이 너무나 안쓰러워서 나도 모르게 에이코를 멍하니 바라보고 말았다. 에이코도 이쪽을 보았다. 시선이 똑바로 마주쳤다. 에이코의 눈이 나에게 매달리려 했다.

구미짱, 우리 친구잖아. 도와줘.

하지만 나는 외면했다.

그날 내 심장은 줄곧 불쾌한 열을 머금고 있었다. 내가 좋아하는 튀김빵이 급식으로 나왔지만 퍼석퍼석하게 느껴져서 반도 먹지 못했다. 집으로 돌아간 후엔 엄마 얼굴을 똑바로 볼 수가 없었다.

에이코를 시작으로 누구 한 사람을 따돌리는 잔혹한 게임은 우리 반 여학생들의 일상적인 놀이가 되었다. 타깃은 에이코에서 사에코가 되고, 세이코가 되고, 요시에가 되고…… 돌고 돌았다. 전날까지 무시당했던 아이가 다음 날 무죄 석방되어 다른 아이를 괴롭히는 데에 참가했다. 당한 아이 중에는 충격으로 학교에 오지 못하게 된 친구도 있었다. 교실은 늘 눈에 보이지 않는 공포로 가득했다. 모두 언제 자기 차례가 될지 가슴 졸이며 학교생활을 했다.

타깃을 정하는 건 늘 쓰루미 아야코였다. 교실의 무거운 분위기 속에서 그녀만 유일하게 즐거워 보였다. 절대적인 권력을 쥔 그녀에겐 아무도 거역하지 못했다. 그녀에게 거슬리는 짓을 했다간 자기가 타깃이 될 게 뻔하기 때문이었다.

그때 나는 깨달았다.

따돌림은 하는 측과 당하는 측으로 나뉜다. 늘 하는 측에 있으면 나는 안전할 것이다. 따돌림을 당하고 싶지 않다면 따돌리는 측의 '정점'에 서면 된다. 쓰루미 아야코처럼. 그러면 공포에서 벗어날 수 있다.

나는 그 당시 반에서 최상급의 성적과 뛰어난 운동신경을 자랑했다. 외모도 중간에서 위쪽이었고 성격도 무난했다. 친구도 많았다. 그런 나였기에 쓰루미 아야코를 밀어내는 건 일도 아니었다. 아니 해보니 오히려 싱거울 정도였다. 그동안 상처 입었던 아이들을 모아 쓰루미 아야코를 따돌려버리면 되는 거니까.

내가 중심이 되어 시작한 따돌림은 쓰루미 아야코를 완벽하게 고립시키는 데에 성공했다. 우리의 결속은 굳건했다. 누구 하나 배신하는 일이 없었다. 그렇게 모두 쓰루미 아야코에게 당하면서 쌓이고 쌓였던 원한을 풀었다. 따돌림은 과거 최장 기록인 2개월에 달했다. 어느덧 내가 학급의 정점에 서 있다는 걸 알게 되었을 때, 무거운 공포에서 해방된 아이들에게 이렇게 말했다.

이제 아무도 따돌리지 않는 반으로 만들자.

내 제안을 모두 기쁘게 받아들여주었다. 아야코에게 따끔한 맛을 보여준 후로 우리 교실은 다시 평화로워졌다.

하지만 내 마음의 평화는 3개월도 가지 않았다.

4학년에 올라가면서 다른 반이 된 쓰루미 아야코가 내 험담을 하고 다녔다.

구미는 늘 잘난 척하고, 또 얼마나 나대는지 몰라. 자기 말 안들으면 그룹 만들어서 따돌린다니까? 정말 나쁜 아이야.

그 소문은 내 귀에도 들렸다. 소름이 끼쳤다.

다른 반에서 일어난 소문이 우리 반에 침투하기까지는 그리 많은 시간이 걸리지 않았다. 그 후로 반 친구들이 내 눈치를 보는 것 같았다. 아니, 피한다고 말하는 게 정확할 것이다.

소문이란 그야말로 강적이었다. 누구랑 누가 그 소문을 들었고 누구랑 누가 믿고 있는지, 그걸 전혀 알 수 없기 때문이다.

아야코가 하는 말, 전부 거짓말이야!

같은 학년 아이들을 하나하나 붙잡고 변명하고 싶었지만 그러면 그럴수록 '소문의 주인공'이 되리라는 사실이 내 목을 서서히 졸랐다.

나는 소문이 사라지기를 얌전히 기다리기로 했다.

'기다리는 시간'은 상상 이상으로 길고 괴로웠다. 홀로 교실 구석에서 숨죽인 채 보이지 않는 소문의 폭풍을 견디는 동안 내 마음은 지쳐갔다. 친구들이 지금 이 순간 내 욕을 하고 있을 거라는 의심에 빠져 살았다.

아아, 이대로 있다간 모두에게 미움받을 거야.

그러다 결국 따돌림당하겠지…….

그 과정에서 생성된 공포심이 나를 변화시켰다. 어느새 나는 과거의 쓰루미 아야코와 같은 존재가 되어 있었다. 누구보다 강한 힘을 손에 넣어, 누구나 무서워하는 존재가 되는 것. 그러지 않으면 어느 날 갑자기 교실 안에서 무시당하고 마음에 심한 상처를 입을 것이다. 이 년 전 친구들에게 고립되어 혼자 급식을 먹던 에이코처럼 잔뜩 주눅 든 창백한 얼굴만큼은 절대 사절이다.

나는 거만하게 행동했다. 힘의 차이를 드러내 보이기 위해. 내가 강하면, 힘만 있으면, 따돌림을 미연에 방지할 수 있다. 누군가를 따돌리려는 아이도 눌러버릴 수 있……을 줄 알았는데…….그렇지 않다는 사실을 어렴풋이 느꼈다. 나 혼자 겉돌고 있는지도 몰랐다.

지금 반에서 즐겁게 생활하는 건 과거에 따돌림을 '당하는 입장'이었던 아이들. 지금 이 순간 벌을 받고 있는 건 과거에 따돌림을 부추겼던 쓰루미 아야코와 나. 얼마 전에 소문을 들었다. 쓰루미 아야코도 반에 친구가 하나도 없다는 소문을.

4학년부터 만들어진 나라는 캐릭터를 이제 와서 덜컥 바꾸기도 어려웠다. 솔직히 어떻게 하면 좋을지 나도 알 수 없었다. 모르기 때문에 줄곧 벌을 받는 것이었다. 텅 빈 마음 상태로 혼자가 되는 걸 두려워하면서 학교생활을 보내야 했다.

집에 있을 때보다 학교에 있을 때 백배는 더 고독했다. 따돌림을 당하는 것도 아닌데 이토록 쓸쓸하다니 믿을 수 없었다. 작년에 밝은 크림색으로 다시 칠한 학교 건물이 내 눈엔 잿빛으로, 얼룩진 콘크리트 폐허로 보였다.

그런 나 말고도 학교생활이 그다지 즐거워 보이지 않는 아이가 있었다. 그 아이가 바로 미코다.

미코와는 3학년 때부터 같은 반이었다. 쓰루미 아야코에 관한 일도 알고 있고, 내가 저지른 일도 알고 있다. 미코는 그 당시에도 존재감이 약한 아이여서 따돌림의 타깃도 되지 못했고 동참을 강요당하지도 않았다. 누군가에게 상처 주는 게임에 관여하지 않고 혼자 장외에서 아이들의 모습을 구경했다.

그런데 어쩌면……

나는 생각한다.

미코는 그 잔혹한 게임에도 끼지 못할 정도로 고립된 상태였을까? 괴롭힘을 당하는 것보다 모두의 무관심 속에 생활하는 것이 더 힘들지 않을까? 교실에 '없는 아이' 취급을 당할 때 느끼는 고독은 얼마나 깊을까?

앞에서 걷는 미코의 뒷모습이 문득 아주 조금 강하게 느껴졌다.

휘잉, 하고 차가운 바람이 불었다.

나는 미코의 촌스러운 장갑으로 볼을 감쌌다. 조금 따끔거렸지만 역시 따뜻했다.

이 연약한 아이는 무엇에 기대어 살아가고 있을까?

찬바람에 나부끼는 미코의 가느다란 머리카락을 바라보고 있으니 왜 그런지 또 한숨이 나왔다.

◇ ◆ ◇

건어물 가게 앞 모퉁이에서 미코와 헤어지고 아파트로 들어가 엘리베이터에 올랐다. 3층의 동쪽 끝집 문 앞으로 가서 열쇠를 꺼내어 문을 열고 아무도 없는 집으로 들어갔다.

다녀왔습니다.

마음속으로 중얼거렸다.

거실 식탁에 내 저녁밥인 도시락이 놓여 있다. 엄마는 전철로 두 정류장 떨어진 곳에 있는 도시락 공장에서 일한다. 거기서 만든 도시락이 자동적으로 내 저녁밥이 되는 셈이다. 아빠는 지금 인도네시아에서 일하고 있는데 아무리 빨라도 앞으로 이 년은 돌아오지 않는다고 한다. 내가 중학교에 입학할 때까지는 일본에 오고 싶다고 자주 편지에 쓰지만 믿지는 않는다. 엄마도 "기대하지 마"라고 말하기도 했고.

엄마는 나를 낳을 때 문제가 생겨 더 이상 아이를 낳지 못하는 몸이 되었다고 한다. 내 탓이 아니라고 엄마는 말했지만, 나한테 형제가 없는 건, 즉 외톨이인 건 그 때문이다.

내 방에 들어가 책상 옆에 가방을 내려놓았다.

그때 미코 장갑을 내가 들고 왔다는 걸 알았다. 조금 망설이다가 책상 서랍에서 학급 비상 연락망이 적힌 수첩을 꺼내어 미코 집에 전화를 걸었다.

97

"여보세요."

수화기에서 점잖은 노인 목소리가 들렸다. 미코의 할머니다.

"아, 저는……, 5학년 1반 시모야마 구미라고 하는데요."

"어머나, 미코 친구 구미짱이니?"

친구인가? 라고 한순간 생각했지만 입이 멋대로 대답했다.

"아, 예……."

"늘 미코랑 친하게 지내줘서 고마워."

미코에게 장갑이랑 목도리를 떠주는 할머니는 역시 상냥한 분이었다.

"아, 아니에요……."

"그런데 미코 지금 심부름 갔어. 전화하기로 약속했었니?"

"아, 아뇨, 그게 아니라, 저기……."

나는 조금 횡설수설하면서 미코에게 장갑을 빌렸는데 돌려주는 걸 깜빡했다고 전했다.

"그랬구나. 내일 학교에서 줄래?"

"예."

용건은 그것으로 끝났다.

나는 수화기를 살짝 내려놓으며 "하아" 하고 크게 숨을 내뱉었다.

뭐야. 미코, 왜 없어.

모처럼 집까지 장갑 갖다주려고 했는데.

간 김에 숙제 가르쳐줘도 되는데.

"정말 바보네."

식탁 위에서 식어버린 도시락 포장지를 손가락으로 튕기니 팡, 하고 큰 소리가 났다. 혼자뿐인 거실에 벽시계 소리가 째깍 째깍 째깍 울렸다. 나는 그 소리를 듣고 싶지 않아서 몇 번이나 몇 번이나 도시락 포장지에 딱밤을 먹였다.

팡, 팡, 팡……

깨소금이 뿌려진 밥 한가운데가 조금 움푹 들어갔다.

팡, 팡, 팡……

더 힘을 줘서 때렸더니 왜 그런지 눈물이 왈칵 나왔다.

외로워서 운 거, 얼마 만이더라?

나는 그런 생각을 하면서 식탁에 엎드린 채 엉엉 소리 내어 울었다.

저녁이 되어 도시락을 데우지도 않고 반만 먹고 목욕을 하고 드라이어로 머리를 말렸다. 드라이어 스위치를 끄니 문득 집이 휑하게 느껴졌다. 뭐든 '소리'가 간절해져서 TV를 켰다. 채널을 이리저리 바꾸다가 가장 시끄러울 것 같은 예능 프로그램에 맞췄다. TV를 켜둔 채 테이블 앞에 앉아서 수학 숙제를 시작했다.

숙제는 싫지 않다. 단순 계산 문제는 재미있다. 몰두하면 다른 생각을 하지 않아도 되니까.

현관에서 찰칵 하는 소리가 난 것은 마지막 계산 문제를 풀고 있을 때였다.

"엄마 왔다."

엄마 목소리. 조금 피곤한 모양이었다.

"다녀오셨어요."

외톨이에서 해방되었다는 안도감이 겉으로 드러날까 봐 노트에 시선을 떨군 채로 말했다.

"하아, 피곤하다······. 어, 구미, 도시락 남겼어?"

엄마는 코트를 벗은 후 내 노트를 뒤에서 들여다보며 말했다.

"배가 별로 안 고파서."

나는 뒤돌아서 엄마를 올려다보고 말했다.

"어디 아픈 건 아니지?"

"응. 아니야."

마음은 조금 아프다는 말은 하지 않았다. 오히려 방긋 웃어 보였다. 엄마에게 걱정을 끼치고 싶지 않아서가 아니라, 이것저것 물으면 귀찮으니까.

엄마는 방에서 평상복으로 갈아입은 후 냉장고에서 캔맥주를 꺼내어 맞은편 의자에 앉았다. 컵에 따르지도 않고 꿀꺽꿀꺽 마셨다.

"하아아, 맛있다."

엄마의 표정이 이제야 풀어졌다. 나보다 맥주를 더 좋아하는지도 모른다. 그래도 상관은 없지만.

한 번 더 맥주를 들이켜 목젖을 꿀꺽 울리더니 손에 든 캔을 테이블에 올렸다. 왠지 그 손놀림이 평소보다 난폭하게 느껴졌다. 엄마가 입을 시옷 자로 다물고 나를 보았다.

"구미, 너 학교에서 미코랑 놀아?"

"응?"

갑작스러운 질문에 나는 그만 굳어버렸다. 빨간 가방을 멘 가냘픈 뒷모습이 머릿속에 어른거렸다. 돌려주는 걸 깜빡 잊은 장갑. 그 투박한 감촉도 되살아났다.

"별로, 안 노는데……."

그냥 하교할 때 같이 올 뿐이다.

"그렇지? 역시."

역시라니?

엄마는 짜증이 얼굴에 드러나지 않도록 참는 듯한 표정으로 또 맥주를 마셨다.

"그건 왜 물어?"

가슴에 불길한 예감을 안은 채 물었다. 엄마는 "후우" 하고 짧은 숨을 뱉고서야 겨우 입을 열었다.

"저녁에 담임선생님한테 전화가 왔었어. 구미가 어쩐지 미코를 괴롭히는 것 같다고."

"어……."

엄마는 태연한 척하면서도 내 표정에서 희미한 변화도 놓치지 않겠다는 눈빛이었다.

"바보 아니야? 어떻게 그런 말을 해?"

내가 쓴웃음을 지었더니 엄마의 시선에서 긴장감이 옅어졌다.

"그렇지? 구미가 그럴 리 없지. 그래서 선생님한테 한마디 했어. 지금 장난하시냐고. 미코는 부모님이 안 계시잖아. 틀림없이 할아버지, 할머니가 오냐오냐 키우시는 거야. 그런 애들은 조금만 자기 마음에 안 들면 쉽게 거짓말을 하거든. 물론 천성이 나쁜 아이는 아니겠지만."

마지막 한마디는 엄마가 어른으로서의 매너를 지키기 위해 덧붙였을 것이다. 속이 뻔히 드러나는 대사라는 걸 엄마는 모를까?

"엄마, 미코가 그랬대?"

"글쎄, 그건 모르겠어. 선생님 말투로 봐선 그런 것 같기도 하고."

엄마는 대충 대답한 후 마치 스트레스 덩어리를 뱉어내듯 한숨을 쉬었다. 술 냄새 나는 한숨이었다.

"있잖아, 엄마."

"응?"

맥주를 한 손에 들고 나를 보는 얼굴이 평소보다 조금 늙어 보였다.

"만약에 내가 정말로 미코를 괴롭혔다면 어쩔 건데?"

"어?"

지친 얼굴에 불안과 놀라움의 빛이 번졌다. 밤색으로 염색한 머리카락 끝이 유난히 퍼석퍼석해 보였다. 그런 엄마가 왠지 불쌍해서 나는 일부러 활짝 웃어 보였다.

"농담이야. 만약이라고 했잖아. 내가 그런 짓을 할 리가 있겠어?"

"아아, 그런 농담은 제발 하지 마. 깜짝 놀랐잖아."

이번 한숨은 아까보다 술 냄새가 심했다. 엄마는 내가 싫어하는 냄새를 계속 토해내면서 말을 이었다.

"미코를 나쁘게 말하고 싶지는 않지만, 그런 아이랑은 가까이 지내지 않는 게 좋을 것 같아. 구미는 부모님이 없는 미코가 불쌍해서 놀아주는 거지? 너는 그렇게 착한 마음으로 다가가는데 상대가 너를 나쁘게 말하잖아……. 안 좋은 소문이라도 나면 너만 손해야."

소문…….

그 단어를 들은 순간, 내 가슴속 한 부위가 불쾌한 열을 뿜었다. 열이 천천히 가슴에서 위장으로 내려가는 동안 자욱한 초조감으로 바뀌었다.

엄마는 '소문'이 얼마나 무서운지 알아? 알 리가 없다. 이 사람은 절대 모른다. 기본적으로 타인의 마음을 상상하지 못하는 공감력 제로인 사람이다. 내가 학교에서 미코를 무시하는 것도 모르는 주제에. 다 아는 척. 애초에 엄마는 나에 대해서도 아는 게 없다. 그런데 미코에 대해서 뭘 알겠어? 미코는 선생님한테 고자질할 아이가 아니다. 나에 대해 고자질한 애가 있다면, 그건 아마도…….

여자아이 몇 명의 얼굴이 떠올랐다. 이런 내가 불쌍해서 아무도 모르는 곳으로 사라져버리고 싶다.

"응? 구미, 무슨 생각을 그렇게 해?"

"어, 아냐."

불안감을 들키지 않게끔 짧은 단어로 밝게 대답했다.

"아무튼 이상한 소문이 돌지 않도록 미코랑은 조금 거리를 둬."

엄마는 그렇게 말하고 맥주를 들이켠 후 나른한 몸짓으로 일어났다. 어스레한 부엌 안쪽에 놓인 재활용 쓰레기통으로 걸어가는 엄마의 등에 대고 대답했다.

"응, 알겠어."

우등생이었던 옛날처럼. 그러나 지금의 내겐 최악의 대답.

나는 또 거짓말을 했다.

미코와 거리를 둘 수 없다. 그러면 학교에서 완전히 외톨이가 되어버린다.

엄마에게 반항할 수도 없다. 엄마에게 미움을 사면 나는 세상에서 외톨이가 되어버린다.

만약 그렇게 되면…….

나, 죽을 수밖에 없잖아?

◇ ◆ ◇

다음 날 학교에 가니 미코는 감기로 결석했다.

원래 존재감이 없는 아이인데도 내 눈엔 미코의 자리만 구멍이 뻥 뚫린 듯 보였다. 교실을 휙 둘러보았다. 이쪽에도 저쪽에도 웃는 얼굴이 보였다. 저 웃는 얼굴 중에 고자질한 아이가 있다. 생각하니 가슴이 묵직해져서 한차례 심호흡을 했다. 그러고 마음속으로 중얼거렸다.

고작 감기 따위로 결석하지 마. 바보, 미코.

그날은 학교에 있는 시간이 평소보다 길게 느껴졌다. 쉬는 시간과 급식 시간이 유난히 길었다.

수업 중에 문득문득 어제의 미코 얼굴이 떠올랐다. 그때마다 한숨이 나왔다. 나에게 장갑을 내밀던 미코의 얼굴. 지금 생각하니 조금 창백했던 것 같기도 하다. 어쩌면 그때 이미 몸 상태가 좋지 않았는지도 모른다. 그런데도 내 바람막이가 되어주고, 장갑까지 빌려주고…….

내가 그렇게 무서워?

105

너, 바보 아냐?

말해두는데, 나는 고작…….

고작…….

고작 뒤에 이어지는 단어가 줄줄이 생각났다. 그런 나 자신이 혐오스러웠다.


집에 갈 때 나는 미코에게 빌린 장갑을 끼고 혼자 고개 숙이고 걸었다. 허약한 체질이라 반에서 제일 결석이 많은 미코를 원망하면서.

건널목을 건너는데 인도 옆에서 뭔가 '반짝' 하고 빛난 것 같았다. 멈춰서 보니 푸른색 유리구슬이었다.

쭈그리고 앉아서 그 유리구슬을 주웠다. 꽤 오랫동안 굴러다닌 모양이었다. 표면에 희뿌연 얼룩이 묻어 있었다.

나는 미코의 장갑을 오른쪽만 벗고 손가락으로 유리구슬 표면을 문질렀다. 얼룩이 지워지니 한층 더 빛났다.

뭐야, 이거. 엄청 예쁘네…….

보물을 찾은 듯한 기분이 든 나는 그 유리구슬을 조심스레 치마 주머니에 넣고 다시 걸었다. 왠지 아까보다 조금 보폭이 커진 것 같았다.

걸으면서 겨울철의 마른하늘을 올려다보았다.

미코가 있었으면 좋았을 텐데…….

미코는 하교할 때 이따금 보물찾기를 한다. 습관인 듯 1학년 때부터 줄곧 그랬다. 5학년이 된 지금도 귀가하면 할아버지가 이렇게 묻는다고 했다.

"미코야, 오늘은 어떤 보물을 찾았니?"

미코는 그 질문에 대답하고 싶어서 늘 땅을 보고 걷는다. 그 모습이 미코를 더 약해 보이게 만드는지도 몰랐다.

유리구슬의 때가 묻은 손가락을 치맛자락에 닦고, 나는 다시 미코의 장갑을 꼈다. 뻣뻣하고 투박한 감촉도 익숙해지니 의외로 나쁘지 않았다.

다음 날에도 미코는 학교에 오지 않았다.

방과 후 나는 푸른색 유리구슬을 주머니에 넣고 미코의 장갑을 꼈다. 의식적으로 땅을 보며 걸었다.

보물찾기를 하니 저절로 걸음이 느려졌다. 미코가 항상 느릿느릿 걷는 이유를 이제 알았다.

어제 유리구슬을 발견한 지점에 이르기까지 발끝에 시선을 주며 걸었지만 오늘은 아무것도 찾지 못했다.

보물은 그리 쉽게 눈에 띄지 않는구나…….

멈춰 서서 고개를 드니 겨울 하늘이 어제보다 더 푸르렀다.

미코는 하찮은 물건을 주우면서도 늘 기뻐했다. 까마귀 깃털이라든지, 빨갛게 물든 나뭇잎이라든지, 초록빛이 나는 돌멩이라든지…… 정말로 하나같이 시시한 물건뿐이었다.

어쩌면…… 하고 나는 생각한다.

그런 쓰레기 같은 물건도 보물이라며 기뻐할 수 있는 그 아이가 나보다 훨씬 행복한지도 모른다.

미코는 하찮은 것으로도 행복해질 수 있는 사람.

나에게 쓰레기는 그냥 쓰레기.

이 차이는 어디서 오는 걸까?

학교 쪽에서 차가운 바람이 획 불어왔다. 귀가 시렸다. 나는 미코의 투박한 장갑으로 양쪽 귀를 막고 걸었다. 시선은 다시 발밑으로 떨구었다.

길옆에 다양한 물건이 떨어져 있었다. 찌그러진 주스 캔. 너덜너덜한 비닐봉투. 녹슨 맥주병 뚜껑. 어디에나 있을 것 같은 돌멩이. 사람들에게 밟힌 마른 잡초.

보물 따위 어디에도 보이지 않았다.

그런데 미코가 걷는 길엔 떨어져 있다. 그 아이의 눈에만 보이는 보물이.

나는 쉴 새 없이 두리번거리며 걸었다.

이끼 긴 하수구 위의 콘크리트를 밟으며 걸으니 한 걸음 내디딜 때마다 덜컥덜컥 소리가 났다. 그 콘크리트 옆으로 자란 잡초에 내 시선이 머물렀을 때 문득 그리운 기억이 되살아났다.

3학년 때의 일이다.

방과 후에 미코와 둘이 3번가 쓰키야마 공원에서 놀다가 네잎 클로버를 찾았다. 하지만 미코는 꺾지 않았다. 잎이 불쌍하다고 했다. 그 대신 클로버 근처에 떨어진 하트 모양의 자그마한 돌멩 이를 주웠다.

"네가 안 할 거면 나 할래."

그렇게 말하면서 네잎클로버를 따려 하는 나에게 미코가 방금 주운 하트 모양 돌멩이를 주었다. 네잎클로버 대신이라면서.

그 후에 어떻게 했더라……?

나는 걸으면서 기억을 더듬었다.

우리 집 현관 구석에 놓아뒀는데, 어느새 없어졌고…… 맞다. 엄마가 쓰레기라 생각하고 버렸다.

생각나는 건 거기까지였다. 그 후의 기억은 머릿속에 없었다.

콘크리트 길을 지나 작은 교차로를 빠져나가자 3번가 쓰키야 마 공원이 보였다. 나는 잠깐 공원에 들러보기로 했다. 왠지 보물 을 찾을 수 있을 것만 같아서.

2학기 종업식 날에도 미코는 결석을 했다. 일요일까지 넣으면 나흘 연속으로 쉰 셈이다.

전교생이 체육관에 모여 종업식을 마친 후, 2학기 마지막 종례 시간에 담임인 고메타니 선생이 말했다.

"아, 참. 누가 미코 집에 짐 좀 가져다줄래? 이왕이면 집 가까운 친구한테 부탁하고 싶은데."

선생님이 교단에 서서 교실을 둘러보았다. 손을 드는 학생은 없었다. 미코 집 근처에 사는 아이가 몇 명 있을 텐데 모두 시치미를 떼고 있다.

"아무도 없어? 할 수 없네. 그럼 선생님이."

"저요."

갑작스레 손을 든 나에게 모두의 시선이 집중되었다.

"제가 전해줄게요."

이유는 알 수 없었다. 거의 반사적으로 손을 들었던 것 같다. 지금 주위를 보면 모두 의외라는 듯한 얼굴을 하고 있을 게 틀림없다. 그걸 알기에 나는 선생님만 똑바로 쳐다보았다.

"어? 아, 그래? 그럼 시모야마한테 부탁할까?"

의외라는 듯한 얼굴을 한 건 선생님도 마찬가지였다. 당연하다. 선생님이 보기에 나는 미코를 괴롭히는 나쁜 아이니까.

나는 하굣길에 교무실에 들러 선생님한테 커다란 갈색 종이봉투를 받았다.

"좀 무거운데, 부탁할게."

"예."

종이봉투 안엔 여러 가지 물건이 들어 있었다. 체육복, 실내화, 체육관에서 신는 신발, 그림물감 세트, 시험지, 전화번호가 적힌 수첩, 학교에서 보내는 편지, 그리고…….

"통지표도 들어 있으니까 절대 보면 안 돼."

일부러 장난스럽게 웃는 선생님에게 나는 진지한 얼굴로 고개를 끄덕였다. 미코의 성적 따위 관심도 없다. 그저 장갑을 돌려주고 싶어서, 만날 계기가 필요할 뿐이다. 그렇게 생각하기로 했다.

"안 봐요. 그럼 안녕히 계세요."

고개를 꾸벅 숙이고 등을 돌리는 나에게 선생님의 당황한 듯한 목소리가 날아왔다.

"앗, 잠깐만. 시모야마."

나는 발을 멈추고 뒤돌아보았다. 선생님은 단어를 고르듯 천천히 말했다.

"왜 가겠다고 했니? 너, 미코 집이랑 그렇게 가까운 건 아니잖아."

"제일 가깝지는 않지만 멀지도 않아요. 늘 미코랑 같이 집에 가거든요."

"그렇구나……. 너희는 그, 뭐라고 해야 하나, 그러니까 친구야?"

미코와 내가, 친구?

111

나는 침을 꿀꺽 삼켰다.

"무슨 뜻이에요?"

나는 시선을 떨구지 않으려고 무진 애를 썼다.

"아니, 그러니까, 사이가 좋은지 묻는 거야."

선생님의 에두른 표현에 짜증이 난 나는 일부러 과장스럽게 한숨을 내쉬었다.

"걱정되시면 미코한테 물어보세요."

나는 이렇게 말하고 휙 등을 돌려 성큼성큼 복도로 걸어 나왔다.

"아, 내 표현이 이상했네. 다른 뜻은 없었어."

나는 무시하고 계속 걸었다.

"어이, 시모야마."

복도를 왼쪽으로 돌아서 계단을 뛰어 내려갔다. 선생님의 목소리는 더 이상 따라오지 않았다. 2학기가 참 대단하게 끝이 났다는 생각을 하며 신발장 앞에서 홀로 쓴웃음을 지었다. 눈물은 꾹 참았기에 울면서 웃는 이상한 짓은 하지 않아도 되었다.

미코 집에 가는 건 무척 오랜만이었다. 옛날과 변함없이 마당에 키 큰 백일홍나무가 서 있고 그 옆에 헛간이 있었다. 미코의 할아버지는 가구 같은 걸 만드는 목수라고 했다. 작업에 사용하는 도구가 저 헛간에 들어 있다고 했던가?

안채는 짙은 갈색의 낡은 일본식 가옥이었다. 격자무늬 현관문 옆에 달린 초인종을 누르니 안에서 "네네" 하는 목소리가 들리고 곧 할머니가 얼굴을 내밀었다.

낯익은 얼굴. 왠지 반갑고, 좀 두근거리기도 했다.

"안녕하세요. 저기, 미코짱한테 이걸……"

할머니는 잠시 내 얼굴을 의아한 눈으로 보더니 화들짝 놀란 얼굴을 했다.

"너, 혹시 구미짱?"

이 년 가까이 보지 못한 내 얼굴을 기억해낸 모양이었다.

"네."

"오랜만이네. 미코랑 잘 지내줘서 고마워."

할머니는 주름에 묻힌 다정한 눈으로 웃어주었다.

종이봉투를 할머니께 건네자 집으로 들어오라고 했다. 집 안은 구석구석까지 잘 정리되어 있었지만 역시 나이 드신 분의 집답게 소박했다.

"미코는 2층 제일 앞쪽 방에 있단다."

"네."

나는 계단을 올라 제일 처음 나오는 문을 조용히 열었다.

다다미가 여덟 장 깔린 방인데, 불단이 있어 향냄새가 짙었다. 조금 매운 냄새도 섞여 있었다. 방 한가운데에 이불이 깔려 있고,

발그레한 얼굴의 미코가 누워 있었다. 아직 열이 있는 것 같았다.

미코는 나를 보고 한순간 어리둥절한 얼굴을 하더니 화들짝 놀라면서 상체를 일으켰다.

"통지표랑 체육복 갖고 왔어."

"어⋯⋯."

"감기는 좀 어때?"

"이제 괜찮아. 구미짱, 고마워."

말이 채 끝나기도 전부터 콜록거렸다. 전혀 괜찮아 보이지 않는다. 거짓말쟁이.

나는 가방 안에서 그 장갑을 꺼냈다.

"이거 돌려주는 거 깜빡했어. 학교에 매일 들고 갔는데 미코가 안 와서."

고마워, 라는 말도 하지 못하고 이불 위에 앉은 미코에게 장갑을 내밀었다.

"고마워."

반대로 미코가 말했다.

바보, 그 인사는 내가 해야지.

"난 괜찮으니까 누워 있어."

그러면서 미코의 어깨를 살짝 밀어주었다. 미코는 쓸쓸한 미소를 지으며 시키는 대로 누웠다. 황토색의 수수한 잠옷 아래로 살짝 들여다보이는 미코의 가슴 위에 수건 같은 게 얹혀 있다.

"그거, 뭐야?"

미코의 가슴 쪽을 가리키며 물었다.

"기침에 좋대. 수건 안에 다진 생강이 들어 있어."

그걸로 찜질을 하는 모양이다. 매운 냄새의 원인은 이것이었다.

내가 "흐음" 하고 소리 냈을 때 미코의 머리맡에서 추억 속의
물건을 발견했다. 보물상자다. 미코가 주운 보물을 보관해두는,
이 아이의 가장 소중한 물건.

"이 보물상자 아직도 있네."

"응."

"옛날 생각난다."

솔직하게 말하자 미코가 발그스름한 얼굴에 웃음을 담으며 다
시 일어나 앉았다. 보물상자 안에서 빨간 종이로 접은 종이비행
기를 꺼내며 미코가 말했다.

"구미짱, 이거 기억해?"

종이비행기 날개에 보라색 펜으로 '보물찾기 탐험대'라고 적혀
있었다. 삐뚤삐뚤한 내 글자. 접는 솜씨도 엉망이다. 왼쪽 날개에
미코의 '미' 오른쪽 날개에 구미의 '구'라고 마치 기호처럼 적어놓
았다.

"이런 것도 넣어뒀어?"

"응."

3학년 때 미코와 하교하면서 나도 보물찾기에 참가하기로 하

여 둘이서 '탐험대'를 결성했다. 그때는 보물찾기 선배인 미코가 대장이고 내가 대원이었다. 지금과는 상하 관계가 완전히 반대다. 아니, 그때는 상하 관계 따위 없었다. 나는 활발한 아이, 미코는 얌전한 아이. 그냥 그뿐이었다.

"내 글자, 엉망진창이네."

나는 쓴웃음을 지으며 종이비행기를 들고 살짝 날려보았다.

색 바랜 비행기가 흔들흔들 왼쪽으로 돌더니 벽에 부딪혀 바닥에 떨어졌다.

제대로 날지 못하는 종이비행기를 보니 왠지 서글퍼졌다. 미코 혼자 재미있다는 듯 큭큭 웃었다. 그 웃음에 나도 전염될 뻔했지만 애당초 뭐가 우스운지 몰랐기에 꾹 참았다. 그 대신 아까부터 신경 쓰이던 물건을 손가락으로 가리켰다.

"그거, 주스야?"

"아니. 이것도 기침에 좋대. 약 대신 마시고 있어."

모과를 물에 넣고 끓여서 벌꿀로 단맛을 준 모과차라고 했다.

"약 대신이라기엔 맛있겠는데? 할머니가 만들어주셔?"

"응."

"흐음……."

나는 엄마를 떠올려보았다. 지친 얼굴. 테이블에 아무렇게나 놓인 차가운 도시락. 미코를 나쁘게 말하는 입술. 캔맥주. 술 냄새
나는 한숨.

"할머니, 늘 집에 계셔?"

"응."

"그거 맛 좀 보자."

"응?"

나는 미코의 대답은 기다리지도 않고 잽싸게 컵을 들어 조금만 맛을 보았다. 마침 그때 등 뒤의 문이 열렸다. 미코의 할머니가 놀란 얼굴로 섰다. 손에 든 쟁반에 오렌지 주스가 두 잔 놓여 있었다.

"구미짱, 그걸 마셨니?"

"예, 조금요……."

"안 돼, 감기 옮으면 어떡하려고. 이 녀석, 미코!"

미코를 향하는 할머니의 눈이 치켜 올라갔다.

"네……" 하면서 고개 숙이는 미코.

"너, 구미짱이 감기라도 옮으면 어쩌려고 그래?"

"죄송해요……."

미코의 태도에서 뭔가 일반적이지 않은 두려움을 느꼈다. 이 할머니, 사실은 화나면 무서운지도 모른다.

"제가 마음대로 마셨어요."

할머니가 눈살을 찌푸리고 나를 보았다. 미코를 볼 때만큼 무서운 눈은 아니었지만 그래도 내 심장이 두근두근 소리를 냈다.

"내가 맛있다고 했기 때문이에요……. 죄송해요."

어……?

열로 발개진 볼을 떨면서 미코가 거짓말을 했다.

아니잖아.

왜 그래……, 이 바보야.

◇ ◆ ◇

종업식 이틀 후는 '어린이 신문'을 위한 회의라는 명목의 '크리스마스 파티'를 열기로 한 날이었다.

오전 10시 반 넘어서 에미에게 전화를 했다.

"에미, 미안. 나, 집에 사정이 생겨서 크리스마스 파티 못 갈 것 같아."

"어, 그래? 아쉽다……."

에미는 그다지 센스 있는 아이가 아니라서 그리 아쉽지 않다는 게 뻔히 드러나는 말투였다. 그건 그걸로 됐다. 나도 아쉽지 않으니까.

전화를 끊고 운동화를 신고 밖으로 나왔다. 오늘도 하늘은 푸르렀다. 나는 차갑고 맑은 공기를 깊이 빨아들이며 걸음을 내디뎠다. 고개를 숙이고 두리번거리면서.

미코는 그저께와 완전히 똑같은 모습으로 이불 속에 누워 있었다.

118

"안녕" 하면서 문을 연 나를 보고 또 그저께와 완전히 똑같은 얼굴을 했다.

"구미짱……."

"그저께는 짐 갖다 주러 왔잖아. 오늘은 병문안이야."

"어……."

수줍은 얼굴로 당황하는 미코를 못 본 척하면서 나는 이야기하기 시작했다.

"오늘 크리스마스 파티, 나도 안 가기로 했어. 재미없을 것 같아서."

"어……."

아까부터 어, 라고만 하던 미코가 천천히 상반신을 일으켰다. 머리맡에 놓인 보물상자에 손을 집어넣고 바스락바스락 뭔가를 찾기 시작했다.

"아, 있다. 구미짱, 이거 봐……."

이쪽으로 내민 미코의 하얀 손바닥에 자그마한 남색 돌멩이가 놓여 있었다.

"앗, 그건, 내……."

할 말이 떠오르지 않았다. 이 년 전에 네잎클로버 대신으로 받은 그 돌멩이였다.

"후후. 기억하는구나. 그저께 구미짱이 돌아간 뒤에 찾아보니 역시 들어 있더라."

기억의 퍼즐이 연결되었다. 그랬다. 엄마가 버렸다는 곳을 미코와 함께 뒤져 찾아냈었다. 다시는 잃어버리고 싶지 않아서 미코의 보물상자에 넣어달라고 부탁했다.

"당연히 기억하지. 내 돌인걸?"

"이 년 만에 돌려줄게. 자."

하트 모양의 작은 돌멩이.

지금 다시 보니 추억에서보다 몇 배는 더 예뻤다.

"있잖아, 미코."

"어?"

또 어, 라고 하며 고개를 갸우뚱한다. 아직도 열이 있는지 볼이 분홍색이다. 나는 조금 쑥스러워서 손 위의 돌멩이에 시선을 떨군 채 말했다.

"이거, 고마워……. 보물상자란 거, 참 좋네."

"어?"

"좋았을 때의 추억을 간직할 수 있잖아. 쪼끄만 타임머신 같지 않아?"

"어……."

"너, 아까부터 어, 라고만 해."

내가 웃으니 미코도 "그러네" 하면서 웃었다.

"아, 참. 내 돌을 보관해준 보답으로 이거 줄게."

치마 주머니에서 작은 유리구슬을 꺼냈다. 여름 바다처럼 맑게 빛나는 유리구슬.

"예쁘다."

"그렇지? 너 줄게. 미코가 쉬는 동안 혼자 집에 가면서 찾은 거야."

"그런데 나 줘도 돼?"

"응. 준다고 했잖아."

미코 손을 당겨서 손바닥 위에 유리구슬을 올려주었다.

"구미짱, 고마워."

나는 왠지 쑥스러워서 미코의 말을 못 들은 척 머리맡에 놓인 종이비행기를 손에 들었다. 이 년 전 날개에 쓴 글자는 지금보다 훨씬 악필이지만 어쩐지 즐겁게 춤추는 듯 보였다. 그때는 아직 반에서 따돌림이 유행하기 전이었다. 나는 학교생활을 진심으로 즐겼고 방과 후에 미코랑 노는 것도 그저 즐거웠다. 그런 시절에 쓴 글자이니 춤추는 듯 보이는 것도 이상하지 않다.

"있잖아, 미코."

"어?"

종이비행기의 '구'라고 적힌 오른쪽 날개가 조금 구부러졌다. 이러면 '미'와 균형이 맞지 않다. 나는 오른쪽 날개를 똑바로 펴면서 말했다.

"또 보물찾기 탐험대 안 할래?"

"어?"

"미코가 대장 하고."

상기된 미코의 얼굴에 부드러운 미소가 떠올랐다.

그랬다. 미코는 이런 표정으로 웃는 아이였다.

나는 추억 속의 그 웃음을 똑바로 볼 수 없어서 괜히 손에 든 종이비행기를 날려보았다.

공기를 한껏 받은 '미'와 '구' 양 날개가 균형감 있게 똑바로 날아서 문틈으로 빠져나가 복도로 사라졌다. 나는 그 방향을 응시하며 말했다.

"있잖아, 미코."

"어?"

"여태까지 말이야……."

"어?"

"여태까지……."

숨을 한번 들이마신 후에 말을 이었다.

"미안했어."

소중한 네 글자를 입에 담은 순간, 내 가슴과 눈 안쪽이 뜨거워졌다.

아아, 이러다 울겠다.

그래도 괜찮아, 라고 생각했다. 이 년 만에 혐오스럽지 않은 나 자신과 만난 듯한 기분이 들었다.

나는 우는 모습을 보일 각오로 얼굴을 들었다.

시야 속에서 흔들리는 미코가 "아니야"라고 중얼거리면서 푸른 유리구슬을 조심스레 보물상자에 넣었다.

나는 결심했다.

방학이 끝나면 고메타니 선생님께 말하자.

미코는 내 친구예요, 라고.

제4장

이가와 나나와 아로마 포트

"혼자 못할 것도 없네. 나도 제법인데?"

나는 혼자 사는 집의 마룻바닥 한가운데에 털썩 주저앉아서 아침부터 저녁까지 고생한 내 몸을 칭찬해주었다.

후우.

한숨을 쉬면서 이마에 밴 땀을 손등으로 닦는다.

신선한 공간으로 다시 태어난 집을 한 번 더 휙 둘러보았다.

응, 배치가 그럭저럭 괜찮군.

여태까지 동쪽 창문 3분의 1을 가렸던 찬장을 북쪽 벽에 붙이고 그 대신 컬러 박스를 두었다. 이러면 아침 햇살이 넉넉하게 들어올 것이다. 동선을 고려하여 테이블과 침대 위치도 바꿨다. 커다란 책장을 옮길 땐 역시 힘에 부쳤다. 책장에서 먼지를 뒤집어 쓴 채 잠들어 있던 책들을 일단 모두 바닥에 내리고, 다시 책장에 꽂으면서 헌책방에 팔면 좋을 책을 선별할 것이다.

대학을 졸업하고 혼자 살기 시작한 후로 이 집에서 사 년을 보 냈다. 그동안 줄곧 해야지 해야지 하면서 자꾸 미뤘던 일을 오늘 에야 해치웠다. 그러나 마무리까지는 아직 조금 남았다. 바닥에 쌓아둔 책 더미를 정리해야 한다.

자, 또 힘내볼까?

일어나서 골판지 상자를 두 개 준비했다. 헌책방에 팔 책을 담 을 것이다. 마치 죽순처럼 바닥에서 높이 자란 책 탑을 하나하나 정리해간다.

필요한 책, 필요한 책, 필요 없는 책, 필요한 책, 고전문학 은…… 이제 안 읽겠지? 필요한 책, 필요한 책, 와아, 추억 속의 그림책. 이건 나중에 읽어보자. 필요 없는 책, 필요 없는 책, 사전 류는 혹시 모르니까 놔둬야지. 필요한 책, 필요한 책, 필요 없는 책…….

이런 식으로 선별하기 시작하여 세 번째 탑을 반 정도 처리했 을 때 내 입이 무의식적으로 "아" 하는 소리를 냈다. 고등학교 시 절 일기장이 나온 것이다.

크림색의 두툼한 표지. 손에 들고 찬찬히 바라보았다. 은색 쇠 장식을 열쇠로 잠글 수 있는 구조인데, 물론 열쇠 따위 오래전에 잃어버렸다.

아아, 옛날 생각이 나네…….

나는 자그마한 먼지떨이로 일기장의 먼지를 털어버린 후 조심스레 페이지를 넘겨보았다. 색이 희미하게 바랜 종이에 꼼꼼하다 못해 너무 예민하다 싶을 만큼 가지런한 글자가 빽빽하게 메워져 있었다.

십 년 전의 나에게서 나온 유치한 말들. 감수성 예민한 사춘기 소녀다운 고민이 지면을 촉촉이 적셔놓았다.

그 무렵 나는 정말 많은 고민을 안고 있었다. 그런데 지금 이렇게 다시 읽어보니 그 고민의 반은 나 자신의 부정적인 사고가 만들어낸 실체 없는 고민이었다.

나도 조금은 성장했을까……?

그런 생각을 하면서 일기장을 넘기는데 분홍색 형광펜으로 테두리를 친 문장 하나가 눈에 띄었다. 흰 바탕 한가운데에 적혀 있었다.

> 자기 자신을 사랑한다는 것은 일평생 계속되는 로맨스를
> 시작하는 것이다.                    _by 오스카 와일드

지금은 전혀 기억에 남아 있지 않은 격언이다. 하지만 천천히 곱씹으며 읽으니 꽤 심오하게 다가온다. 격언 뒤에 내가 이렇게

적어놓았다.

> 싫다. 싫다. 더러운 나도 싫다. 나는 사랑받지 않아도 된
> 다. 내가 나를 사랑하면 되니까. 그러면 분명 괜찮을 거
> 다. 오늘부터 나는 나만의 로맨스를 시작할 것이다.

거기까지 읽었을 때 나는 내가 호흡하는 것도 잊고 있었다는
사실을 깨달았다. 일기장에서 얼굴을 들고 심호흡을 했다.

이 글을 적으면서 아마 울고 있었을 것이다. 나는 원래 울보였
으니까.

다시금 시선을 일기장에 떨구었다. '싫다, 싫다'라는 글자만 유
독 꾹꾹 눌러썼다.

싫다, 싫다.

아이코란 여자.

그 무렵 내가 몇 번이나 연필로 종이를 내리치듯 휘갈겨 적었
던 여자의 이름이 떠올랐다.

초등학교 2학년 때 내 인생은 한쪽 날개를 잃었다.

엄마가 암으로 죽은 것이다.

그러고 몇 년간은 아빠랑 둘이서 오붓하게 살았는데, 어느 날
이후로 아빠가 다른 여자를 집에 데리고 오게 되었다. 그 여자가

아이코 씨다.

중학생이었던 나는 처음 그 여자를 봤을 때 단순히 예쁘고 상냥한 사람이라고 생각했다. 그녀가 몸을 굽히고 나에게 "안녕" 하면서 웃었을 때 향수 냄새가 확 풍겼고, 그 순간 이런 생각이 강하게 들었다. '아, 이 사람은 타인이다.'

아이코 씨는 그 후로 집에 자주 찾아와서 엄마가 하던 일을 도맡기 시작했다. 맛있는 가정 요리를 만들어주고, 형광등 안쪽까지 깨끗하게 청소해주고, 예쁜 옷을 사주기도 했다. 내가 기르고 싶어 했던 햄스터를 선물해준 것도 아이코 씨였다.

하지만 나는 그녀를 되도록 피하려 애썼다. 그러는 것이 돌아가신 엄마에 대한 예의라는 생각도 있었지만, 그보다 '생리적인 혐오감'이 더 컸다. 아이코 씨의 악의 없는 세련된 친절이 하나하나 거슬렸다.

나는 최대한 빨리 독립하여 집을 나가야 한다고 생각했다. 그런 이유로 일부러 집에서 멀리 떨어진 대학에 진학했고 그 후로 줄곧 혼자 생활하고 있다.

내가 집을 나오고 아빠는 아이코 씨와 함께 살았다. 이제 돌아갈 집이 없어진 것이다. 내가 태어나서 자란 그 집은 아빠와 아이코 씨의 집이 되었다. 불단에 엄마의 영정 사진이 있는데, 두 사람은 아무렇지도 않은 얼굴로 생활하고 있다. 아직 혼인신고는 하지 않았다. 내가 아이코 씨를 싫어한다는 걸 두 사람 다 알기 때문이라고 생각한다. 그렇게 내 눈치를 보는 상황 자체가 내게 얼마나 큰 스트레스인지 일 초라도 빨리 깨달았으면 좋겠다.

일기에 적어둔 격언 때문은 아니지만, 지금은 그럭저럭 나 자신을 사랑하고 있다. 하지만 어린 나이에 엄마를 잃고 아이코 씨가 나타난 후로 내 성격의 일부가 비뚤어진 건 사실이다.

나는 사람들을 표면적으로만 대해왔다. 미움받을 만한 짓을 하지 않는 무미건조한 여자였지만, 내면은 확실히 더럽혀져 있었다. 그 더러움을 떠올릴 때마다 늘 아이코 씨의 향수 냄새가 내 기억 밑바닥에서 피어오르곤 했다.

아이코 씨는 나를 은근슬쩍 배려해주었다. 둔한 아빠 대신 내 건강을 걱정하는 내용의 편지를 써서 보내기도 했다. 전화는 꼭 필요할 때가 아니면 하지 않는다. 내가 싫어한다는 걸 알기 때문이다. 그런 것까지 배려하는 사람이다. 그 착한 사람은.

지금 일기를 읽으면서 고교 시절로 마음을 보내다 보니 십 년 전의 나에게 해주고 싶은 말이 떠올랐다.

비뚤어진 나, 자책할 필요는 없어. 더러운 내가 싫다고 생각하는 정도라면 괜찮아. 마음 밑바닥까지 더러워진 건 아니니까. 정말로 더럽다면 내가 더럽다는 사실조차 모를 테니까.

살짝 연 창문을 통해 선뜩한 밤바람이 들어왔다. 그 바람을 타고 구급차 사이렌 소리가 들린다.

나는 낡은 일기장을 탁 덮고 그제야 얼굴을 들었다.

뭔가를 떨쳐버리듯 "후웃" 하고 숨을 내뱉은 후 일기장을 찬장에 올리고 다시 책 선별을 시작했다.

벌써 저녁 9시다.

배가 슬슬 고프다.

◇ ◆ ◇

겨울철 이른 아침, 공립중학교 콘크리트 건물이 서글플 정도로 차가웠다. 오늘따라 층계참이 어둡게 느껴졌다. 그에 비해 등교하는 학생들의 모습은 평소보다 조금 들떠 보였다. 곧 크리스마스이기 때문일까? 아니면 기말고사가 눈앞에 닥쳤기 때문일까?

나는 복도로 접어들어 내 일터인 보건실을 향해 걸었다.

"나나짱, 안녕하세요."

스쳐 지나가는 여학생들이 인사했다.

나도 "안녕" 하고 웃는 얼굴로 답했다.

내 이름은 이가와 나나. 내가 학생이었던 시절에는 친구들에게 '이가짱'이라 불렸는데, 지금은 학생들에게 '나나짱'이라 불린다. 학생이 선생한테 '나나짱'이라니 좀 무례한 것 같기도 하지만 그만큼 친밀하다는 뜻이니 나쁘게 생각하진 않는다.

어려 보이는 데다 키가 152센티밖에 안 되어서 3학년 아이들은 나를 너끈히 내려다본다. 그냥 또래 같아 보여서 편하게 생각하는 것이리라.

나는 양호선생님. 말하자면 보건교사다.

보건간호학과를 졸업한 나는 보건교사 자격증을 취득하고 교원임용고시를 통과한 후에 이 일을 시작하게 되었다. 사회생활은 올해로 사 년째다. 업무에는 익숙해졌지만 다른 베테랑 선생의 눈에는 아직 병아리로 보이는지 기회가 있을 때마다 '지도'라는 이름의 잔소리를 들어야 하는 게 일상의 작은 스트레스다.

보건실 문을 열쇠로 열고 어스레한 실내로 들어갔다.

벽에 밴 소독약 냄새를 맡으면 마음이 편안해진다. 이 공간은 나만의 작은 성이자 집이다.

유리창 밖에는 차가운 겨울비가 내린다. 봄에는 꽃으로 가득했던 화단이 흙을 그대로 드러낸 채 촉촉하게 젖어 차갑게 빛나고 있다.

으스스하게 추워서 석유 스토브에 불을 붙였다. 불안정하게 타오르는 불꽃 소리에 귀를 기울이며 로커에서 백의를 꺼내 입었다.

형광등을 켜니 유리창에 내 모습이 비쳤다.

하얀 벽 앞에 우두커니 선 보잘것없는 스물여섯 살 여자.

문득 어젯밤의 일기가 떠올라 아침부터 한숨을 쉬고 말았다.


누가 보건실 문을 조용히 노크한 건 곧 1교시 수업이 끝나려는 시간대였다.

"네, 들어오세요."

대답하자마자 문이 살며시 열렸다.

"나나짱……."

내 이름을 부르면서 3학년 여학생이 불안한 모습으로 들어왔다. 이 아이는 보건실 단골손님이다.

"응? 미코, 어쩐 일이야?"

"뭔가, 좀 빈혈 같기도 하고."

겉으로 보기에도 얼굴에 핏기가 없고 창백하다.

"많이 안 좋아? 일단 침대에 누워."

윗옷을 벗게 하고 새하얀 시트 위에 눕혔다.

"소매 걷어볼래?"

"응……."

블라우스 소매 밖으로 드러난 미코의 손목을 잡았다. 하얀 손목이 선뜩하게 차가웠다.

맥박은 정상. 혈압을 재니 꽤 낮았다.

"아침 식사 하고 왔어?"

"아니."

미코가 눈을 감은 채 고개를 저었다.

"잘 챙겨 먹으라고 했잖아."

"응, 알아……."

왜 안 먹어? 라고 묻지 못한다. 이유를 아니까. 미코는 할머니와 사이가 좋지 않다. 아침에도 저녁에도 되도록 할머니와 마주치지 않으려 한다고 예전에 본인 입으로 말한 적이 있다.

"나나짱, 피곤해. 좀 자도 돼?"

미코가 감았던 눈을 살며시 뜨고 이쪽을 보았다. 창백한 얼굴에 미소가 담겨 있다. 이 느낌. 이 표정이 늘 죽은 엄마를 떠올리게 한다. 아플 때도 싱긋 웃으며 아빠와 나를 걱정하던 병상의 엄마.

그때의 엄마와 지금의 미코 주변으로 같은 종류의 바람이 부는 것 같아 보고 있기가 괴롭다.

"그래. 푹 자."

나는 미코의 이마에 살며시 손을 올리고 대답했다.

"응."

미코는 수줍은 듯 살짝 웃었다. 그 표정이 또 엄마를 생각나게 했다. 나는 미코의 이마를 쓸어 올리듯 두 번 쓰다듬은 후 침대를 둘러싼 크림색 커튼을 닫고 밖으로 나왔다.

"나나짱, 늘 미안해."

커튼 안에서 가냘픈 목소리가 들렸다.

"아냐, 괜찮아."

"다음에 또 맛있는 거 만들어주러 갈게."

미코의 말에 나는 큭 하고 웃었다.

"알았으니까 얼른 자."

"네."

커튼 너머에서도 큭 하는 웃음소리가 들렸다.

◇◆◇

"나나짱, 미림 이것밖에 없어?"

텅 빈 미림 병을 손에 들고 미코가 돌아보았다.

"아, 미안. 다 썼어? 새로 사둔 건 없는데."

"으음, 그럼 설탕이랑 청주로 어떻게든 해보지 뭐……."

교복 차림의 미코가 우리 집 부엌에 서 있다. 나는 온화한 기분으로 또래 여학생에 비해 너무 여윈 등을 바라보았다. 이곳에 미코가 있다는 사실에 뭐라 표현하기 힘든 행복을 느낀다. 갓 결혼한 신랑의 마음이 이럴까? 훗, 나는 동성애자도 아닌데.

미코와 내가 친해진 건 단순히 얼굴을 보는 횟수가 많았기 때문이다. 일주일에 몇 번이나 보건실에 나타나는 그녀에게 컨디션이 좋지 않은 이유를 매번 묻는 동안 가정환경이나 하루하루의 생활에 대해 어느 정도 알게 되었고, 언제부턴가 어떤 고민이든 털어놓는 '친구'에 가까운 존재가 되었다.

미코와 내가 학교 밖에서 몰래 만나기 시작한 건 미코가 2학년이 된 후였다. 물론 한 학생을 특별 대우한다는 사실이 학교에 알려지면 곤란하다. 그래서 나도 미코도 학교 관계자에게 들키지 않도록 늘 세심한 주의를 기울이고 있다. 언젠가 미코가 "몰래 만

나니까 나나쨩이랑 불륜 관계라도 되는 것 같네"라고 하여 둘이
서 웃은 적도 있다.

주방에서 맛있는 냄새가 흘러왔다.

나는 테이블 위를 치우면서 미코의 요리가 완성되기를 마치 아
이처럼 기다렸다.


그날의 메인 요리는 두부 햄버거였다. 무즙을 올려 먹으니 뒷
맛이 산뜻하여 자꾸만 손이 갔다. 그 외에도 무청에 저민 고기를
넣고 된장으로 볶은 요리나 톳조림, 무조림 등 일본식 반찬이 테
이블 위에 차려졌다. 역시 엄한 할머니한테 배운 티가 난다. 미래
의 미코 남편은 건강할 것이다.

"무조림 참 오랜만에 먹는다."

"맛있어?"

"응. 엄청 맛있어. 맥주 안주로도 최고네."

꿀꺽꿀꺽 목젖을 울리는 나를 보고 미코가 만족스러운 듯 미소
지었다.

"나나쨩, 다 먹고 나면 또 귀 파줘. 무릎베개해서."

"좋지, 이런 주정뱅이라도 상관없다면."

"어……, 이제 맥주 금지. 무섭단 말이야."

"아냐아냐, 한 병만 더 마시게 해줘. 이 정도로는 안 취해."

"안 됩니다. 귀 파주고 나서라면 한 병 더 마셔도 괜찮아."

"어어어어, 너무해~."

우리는 이렇듯 편안하고 즐거운 시간을 자주 같이 보냈다. 마치 나이 차가 많이 나는 자매처럼.

어쩌면 나와 미코 사이에 눈에 보이지 않는 실이 존재하는지도 모른다는 생각이 들었다. 그 실은 복잡하고 갑갑한 가정환경에서 필사적으로 몸부림치며 자란 사람만이 느낄 수 있는 특별한 실이다.

그 실이랑은 별개로 우리에겐 공통점이 있었다. 나를 있는 그대로 받아들여주는 '애정의 바다'에 갈증을 느껴왔다는 점. 달콤하지만 위험을 내포한 연인 사이의 그런 '애정'이 아니라, 농밀하면서도 흔들림이 없는 그래서 안심감을 주는 '애정'을 마음속 깊이 원해왔다는 점이다.

다행히 나도 미코도 '여자'다. '여자'라서 내면에 안고 태어난 '모성'으로 서로를 감쌀 수 있었다. 그 요람과도 같은 평안이 우리 관계를 오래 지속시켜주었다.

미코는 모든 사정을 나한테만 털어놓았고, 나도 중학생인 미코에게 의지했다. 우리는 서로에게 마음을 통째로 맡겼다.

우리는 엄마 없는 사람끼리 어쩌면 '엄마놀이'를 하고 있었던 건지도 모른다. 하지만 진짜 엄마의 애정을 모르고 자랐기에 어디까지가 현실감 있는 '놀이'인지 알 길이 없었다. 이따금 그런 생각이 들면 문득 울고 싶어진다. 미코도 그럴까?

식후 커피를 마시고 내 허벅지 위에 미코의 머리를 눕혔다. 귀이개를 잡고 미코의 머리카락을 귀 뒤로 쓸어 올린 후 다정하게 귀 청소를 해주었다.

"졸업하면 나나짱이랑 같이 살고 싶다."

미코가 눈을 감은 채 농담인지 진담인지 모를 말을 중얼거렸다.

"후후후. 그러면 매일 즐겁겠지만, 둘 다 결혼을 못 할 것 같지 않아?"

"그건 좀 위험하네."

"그렇지?"

미코는 평소에도 귀 청소를 꼬박꼬박 하기 때문에 귀 안이 늘 깨끗하다. 나는 그냥 미코가 내게 심신을 맡기고 편안한 시간을 보내도록 도와주면 되는 것이다.

"아, 참. 나나짱."

"응?"

"크리스마스에 뭐 갖고 싶은 거 있어?"

"중학생한텐 안 받을 거야."

"걱정 마. 용돈 내에서 사주고 싶어."

"그래? 그럼……, 으음."

나는 얼굴을 들고 잠시 고민했다. 찬장 위로 하얀색 판지 모퉁이가 조금 튀어나온 게 보였다. 그걸 보니 갖고 싶은 게 생각났다.

"나 있잖아, 일기장 갖고 싶어."

"일기장?"

"응."

"왜 일기장이야?"

"왜라니? 당연히 일기 쓰고 싶으니까."

"흐음. 알겠어. 예쁜 걸로 사줄게."

"응, 기대할게. 미코는 뭐 갖고 싶어?"

"나나쨩한테 맡길래. 그러면 받는 즐거움이 더 커지니까."

"어, 그럼 미코는 왜 나한테 물었어?"

"나나쨩이 기뻐할 선물을 하면 내가 즐거우니까."

"뭐야, 좀 이기적이지 않아?"

"그러네요."

허벅지 위에 놓인 미코의 얼굴이 이쪽을 올려다보고 찡긋 윙크했다.

"우와, 이 악독한 아가씨."

나는 웃으면서 귀이개를 든 손을 움직였다. 미코도 다시 눈을 감고 기분 좋은 듯 입꼬리를 올렸다.

"정말 악독한 건 우리 할머닌데."

이 역시 농담인지 진담인지 모를 대사다.

"어머나, 미코는 아직도 반항기에서 못 벗어났나 봐."

가능하다면 농담 쪽으로 이끌고 싶어서 나는 되도록 가벼운 어조로 말했다. 하지만 미코의 입은 닫힌 채였다.

나는 귀 청소를 하면서 미코의 옆얼굴을 살폈다. 표정에 변화가 읽히지 않았다. 미코는 그저 기분 좋은 듯 눈을 감고 있었다.

"오른쪽 귀는 완료. 자, 이제 왼쪽."

말하면서 미코의 볼을 콕 찔렀다.

미코가 몸을 돌려 내 아랫배에 얼굴을 묻었다.

"나나짱, 오늘은 집에 안 가고 싶어."

어린아이 같은 미코의 말투가 사랑스러워서 나도 모르게 "그래"라고 대답할 뻔했다.

하지만 안 된다. 여기서 자면 할머니한테 더 호되게 야단맞을 것이다.

"안 돼요. 귀 청소 끝나면 집에 가."

"……."

"이건 선생으로서의 명령입니다."

"그럼……."

"그럼 뭐?"

"최대한 천천히 해줘."

나는 "알았어"라고 다정하게 대답한 후, 내 아랫배에 얼굴을 묻은 미코의 부드러운 검은 머리카락을 한동안 쓰다듬어주었다.

◆ ◆ ◆

크리스마스이브는 일요일이었다.

미코와 나는 점심때 만나서 옆 마을의 자그마한 이탈리안 레스토랑에서 밥을 먹었다. 조촐하고 건전한 크리스마스 파티였다.

미코는 연한 하늘색 일기장을 선물로 주었다. 열쇠도 달려 있었다. 나는 조금 어른스러운 무늬의 접이식 우산을 선물했다. 예전에 미코가 내 우산을 보고 "예쁘다, 디자인이 멋지다"라고 말했던 게 기억나서 똑같은 우산을 다른 색으로 골라보았다.

"와아, 나나짱이랑 같은 거다."

미코가 어린아이처럼 천진난만한 미소를 지었다.

그런데 한 가지 걱정이 되었다.

"있잖아, 미코."

"응?"

"그 우산, 할머니한테 들키면 야단맞지 않을까?"

"아마 괜찮을 거야. 그보다 이 햄, 정말 맛있을 것 같지 않아? 빨리 먹자."

미코는 요즘 이런 식으로 할머니 이야기가 나오면 의식적으로 피했다. 나는 그 점이 못내 신경 쓰였지만 캐묻는 건 좋은 방법이 아니었다. 그런 때에 반짝 떠오른 것이 일기장이었다.

"아, 미코, 나 좋은 아이디어가 생각났어."

"어, 뭔데?"

"이 일기장으로 교환일기 적지 않을래?"

"교환일기?"

"응. 좀 유치하지만 재미있을 것 같지 않아?"

창백하면서도 청초한 미코의 얼굴에 은은한 미소가 피었다.

"응, 할래할래."

"좋아, 그럼 결정됐다."

말로는 하기 힘든 집안 이야기도 교환일기라면 털어놓지 않을까? 나는 그렇게 생각했다.

"나나짱이 먼저 써. 다 쓰면 보건실에 체온계 넣어두는 서랍 있지? 거기 넣는 거야. 거기를 비밀 교환 장소로 하자. 신발장은 들키기 쉬울 테고."

"야, 미코, 보건실 서랍을 지금 어떻게 보고?"

"아, 어째서 그래? 안 돼?"

평소답지 않게 촐싹대는 미코를 보니 킥 하고 웃음이 나왔다.

"어쩔 수 없네, 그 서랍, 개방해줄까?"

"신난다. 역시 나나짱."

"그렇지?"

까르르 웃으며 테이블 너머로 하이파이브를 했을 때 갓 구운 피자가 나왔다. 피자는 우리가 즐겨 먹는 음식이다.

점심을 다 먹고 불룩해진 배를 문지르며 어슬렁어슬렁 아이쇼 핑을 즐겼다.

해가 질 무렵에 전부터 눈여겨보았던 세련된 찻집에 들어가 쇼 트케이크와 홍차로 다시 크리스마스를 축하했다.

미코가 찻집 창문 밖으로 가장 먼저 뜬 별을 발견했을 때 나는 되도록 밝은 목소리로 말했다.

"이제 집에 가야지."

미코는 쓸쓸한 듯 눈을 내리깔고 고개를 끄덕였다. 그런 표정 에도 미소가 담긴다.

돌아가신 내 엄마를 생각나게 하는 미소가.

미코와 헤어지고 집에 도착했을 때 마침 택배 아저씨가 문 앞 에 서서 우리 집 초인종을 누르고 있었다.

"저기……."

다가가서 말을 걸었다.

"아, 이가와 씨인가요?"

"네."

"택배 왔습니다."

그 자리에서 운송장에 사인을 하고 한 변이 30센티쯤 되는 상자를 받았다. 집에 들어가서 침대 가장자리에 털썩 앉아 운송장에 적힌 글자를 보았다.

여성스럽게 또박또박 쓴 글자. 보내는 사람 칸에 아빠 이름이 적혀 있지만 아이코 씨의 글자가 틀림없었다. '취급주의' 스티커도 붙어 있다.

올해도 보내주었다. 크리스마스 선물을.

테이프를 벗기고 상자를 열었다. 내용물은 전기식 아로마포트와 오일 세트였다. 달걀 모양의 새하얀 도자기 포트 안에 노란 전구가 들어 있고, 몸체에 별 모양의 작은 구멍이 여기저기 뚫려 있다. 방을 어둡게 하고 전구를 켜면 벽과 천장에 별이 투영되고 전구의 열로 아로마 오일이 휘발되면서 좋은 향기가 방 전체에 감돌 것이다.

상자에 전나무 모양의 크리스마스카드도 들어 있었다. 남색 만년필로 짧은 메시지를 적어놓았다.


나나

메리 크리스마스.

하루 일을 마치고 피곤할 때

은은한 향기로 피로를 씻어버려요.

학생들의 건강뿐만 아니라

자기 건강도 챙기길.

145

메시지를 적은 이가 두 사람으로 되어 있었다. 하지만 글씨를 봐도 문장을 봐도 선물 취향을 봐도 아이코 씨가 보낸 게 틀림없었다.

나는 선물을 다시 상자에 넣고 찬장에 아무렇게나 휙 올려버렸다. 그리고 침대에 벌렁 드러누웠다.

한숨을 한차례 내쉬고 눈을 감으니 조금 전까지 함께 있었던 미코의 얼굴이 눈꺼풀 안쪽에 떠올랐다. 미코는 미소 짓고 있었다. 나는 그 미소 뒤에 펼쳐진 기억 속을 헤맸다. 서글플 정도로 윤곽을 잃어가는 엄마의 얼굴을 더듬었다. 그러자 아이코 씨와 처음 만났을 때의 그 '좋은 냄새'가 되살아났다. 그 순간, 희미해진 엄마의 얼굴도 미코의 얼굴도 안개처럼 흩어져 사라졌다.

싫다.

나는 침대 위에서 상체를 일으켰다.

당장 일기를 쓰고 싶어졌다.

내면에서 서서히 치밀어 오르는 이 더러운 충동을 옛날처럼 문장으로 옮길 수 있다면 기분도 조금은 후련해지지 않을까? 그걸 미코가 읽고 공감해준다면 위로가 되지 않을까? 그렇게 생각했다.

써야 할 내용은 정해졌다.

엄마가 죽은 후 내 마음을 지배해온 감정은 마치 검은 그림물감과 같았다는 것. 그 물감이 아빠와 아이코 씨를 지웠고, 그때마다 내 마음도 검게 더럽혀졌다는 것. 모두 시커멓게 칠해지면 정말이지 죽고 싶어졌다는 것. 지금도 내 안에 검정색 물감이 존재하기에 나를 제대로 사랑할 수 없다는 것. 하지만 자신을 옛날만큼은 싫어하지 않는다는 것. '자기 자신을 사랑한다는 것은 일평생 계속되는 로맨스를 시작하는 것이다'라는 격언과 나 자신을 사랑한다는 것이 얼마나 어려운지에 대해……

쓰자. 지금 당장.

나는 테이블 위에 내팽개쳐둔 가방에서 미코에게 선물받은 일기장을 꺼냈다. 그리고 다이어리에 달려 있는 볼펜을 빼내어 꼭 잡았다.

표지를 넘기고 첫 페이지를 펼쳤다.

첫 문장은…….


나는 아이코라는 사람이 싫다.


그렇게 쓰려고 볼펜 끝을 종이에 댔을 때 왜 그런지 내 안에서 이물감이 느껴졌다. 정밀한 기계에 모래알이 낀 듯한, 뭐라 표현하기 힘든 거슬거슬한 위화감이었다.

내 오른손은 펜 끝을 종이에 댄 채 계속 정지 상태였다.

문득 방이 조용하게 느껴지면서 내 호흡 소리가 귓속에 닿았다.

하얀 종이를 멍하니 응시하니 그곳에 아이코 씨의 얼굴이 나타났다. 다정해 보이는 까만 눈. 끝이 살짝 올라간 입술. 내 뇌에 새겨진 그 얼굴에도 끊임없이 나를 향했던 미소가 그대로 담겨 있었다. 어떻게 된 일인지 나는 종이에 떠오른 미소에서 눈을 뗄 수 없었다. 한순간이라도 시선을 돌리면 비눗방울처럼 사라져버릴 것 같았기 때문인지도 모른다. 혹시 그 미소가 쓸쓸해 보일 것 같았기 때문일까?

내가 이 사람을 정말로 싫어하나?

마음속으로 중얼거리면서 눈을 깜박였더니 종이에 떠 있던 아이코 씨의 얼굴이 희미해지고 대신 미코의 미소가 나타났다.

쓸쓸한 미소에서 또 다른 쓸쓸한 미소로.

엄마도, 미코도, 아이코 씨도…… 왜 모두 이렇듯 쓸쓸하게 미소 지을까? 내 미소도 저런 느낌일까?

그런 생각을 하며 한숨을 내쉬었을 때 쥐고 있던 펜 끝이 문득 움직였다.


미코는 자신을 사랑하나요?


교환일기 첫 문장은 그렇게 적었다.


◇◆◇


다음 날 나는 미코와의 교환일기를 봉투에 넣고 근처 편의점에 가서 택배로 보냈다. 생각해보니 지금 겨울방학이라 보건실 서랍을 이용한 교환일기가 불가능했다.

지난밤 나는 브레이크가 고장 난 자전거를 타고 내리막길을 달리는 듯한 기세로 하얀 종이에 속마음을 다 털어놓았다. 되도록 작은 글자로 적었는데도 어쩌다 보니 네 페이지를 채워버렸다. 다 쓴 후에야 제정신으로 돌아왔다. 이렇게 정신이 붕괴된 상태에서 쓴 글을 중학생이 읽어도 될까……. 미코가 나를 싫어하지는 않을까?

볼펜으로 쓴 이상 지울 수도 없고, 미코가 그렇게 좋아하는데 "아무래도 교환일기는 못 하겠어"라고 말하기도 어려웠다.

미코라면 검정색 물감을 잔뜩 안은 나를 있는 그대로 받아들여 줄 것 같기도 했다.

잘 설명할 순 없지만 미코의 영혼은 어딘가 모르게 초연하다. '마음의 구조'가 다른 아이들과 완전히 다르다. 어른을 상대로도 여유롭게 위에서 내려다볼 것 같은 유난히 깊고 넓은 품을 지녔다.

미코가 자아내는 '존재감'은 바람이 불면 날아가버릴 것처럼 허무하고 위태롭지만, 그녀의 중심에 자리 잡은 영혼의 심은 어떤 일에도 흔들림이 없다. 비현실적인 고통이 그녀를 덮친다 해도 분명 그 아이는 평소와 다르지 않은 자세로 서서 입술을 자그맣게 움직여 "나나짱, 나는 괜찮아" 하고 덧없이 미소 지을 것이다.

그렇다. 미코는 하얀 구름이다.

하늘에 떠 있는 구름 같은 아이다.

약한 바람에도 거스르지 못하고 흘러가버리지만 늘 아득히 높은 곳에서 모두를 초연한 표정으로 내려다보고 있다. 그러니 괜찮다. 어른인 내가 더러운 내면을 다 드러내도 그 아이는 분명 꿈쩍도 않으리라.

그렇게 생각하고 일기를 보내기로 했다.

그 후 이틀이 지난 날 오후부터 기온이 쑥 내려갔다.

역 앞 슈퍼마켓에서 저녁 반찬을 사고 집을 향해 걸었다. 레드와 화이트 와인을 산 탓에 비닐봉투가 꽤 무거웠다.

대로에서 자전거 가게가 있는 모퉁이를 오른쪽으로 꺾어 사람의 왕래가 적은 골목으로 들어가니 얼얼한 겨울바람이 정면에서 불어왔다. 발밑에 떨어진 마른 낙엽들이 그 바람을 타고 휙 날아올랐다. 나는 목을 움츠리면서 "추워……"라고 작은 소리로 중얼거렸다.

자그마한 그림자가 눈에 들어온 건 아파트까지의 거리가 20미터 정도 남았을 때였다.

두꺼운 코트를 입었는데도 여윈 그 그림자는 곧 저녁이 될 레몬빛 공기 속에서 등을 담에 기대고 고개를 약간 숙이고 무료한 듯 서 있었다. 어깨까지 내려오는 검은 머리 때문에 옆얼굴은 보이지 않았다.

"미코."

이름을 부르니 그림자가 천천히 얼굴을 들고 이쪽을 보았다. 조금 쑥스러운 듯 미소 지으며 "이제 왔어?"라고 말하고 오른손을 볼 옆에서 살짝 흔들었다.

"갑자기 웬일이야?"

함께 아파트 계단을 오르면서 내가 물었다.

"교환일기 내용이 심각하잖아. 걱정돼서 왔어."

아마 그러리라 예상은 했지만 실제로 그렇다는 걸 알게 되니 수치심과 기쁨이 동시에 느껴졌다. 내 마음속에서 미지근한 물 같은 감정이 흘렀다.

"걱정을 다 해주고, 중학생이 내 보호자라도 되는 거야?"

일부러 농담처럼 말했는데 미코가 과장스럽게 한숨을 내쉬며 "정말, 나나짱은 왜 사람을 걱정하게 만들어?"라고 엄마 같은 말을 했다.

현관 앞에 서서 문득 미코를 보았다. 미코의 눈이 나를 살짝 내려다보고 있었다. 어느새 내 키를 넘어섰다. 그 사실에 적잖이 놀랐는데, 미코가 '응?' 하는 얼굴을 했다. 차가운 바람으로 발개진 볼에 그 초연하면서도 덧없는 미소가 떠 있다.

나는 무심코 시선을 외면했다.

문을 열면서 꿀꺽 침을 삼켰다.

아아, 이게 무슨 일이지…….

아이처럼 기대고 싶다. 미코에게, 나…….

나는 줄곧 모른 척해왔던 나의 내면의 소리를 이 순간 처음 제대로 들어버렸다.


집 안이 얼어붙은 듯 추워서 들어가자마자 히터를 켰다. 사 온 식재료를 테이블 위에 놓고 점퍼를 벗어서 옷장에 걸었다. 미코의 코트도 받으려고 그녀 앞에 섰다.

그 순간……, 미코가 코트를 벗어 침대로 훌렁 던지더니 내 목에 양팔을 둘렀다.

어…….

미코의 가녀린 팔에 꾸욱 힘이 실렸다.

나는 항거하지도 못하고 감미로운 품 안에 그대로 안겨 있었다.

"걱정했잖아, 나나짱."

속삭이는 목소리가 내 귀를 녹였다.

미코의 오른팔이 천천히 내려가 내 등을 감쌌다. 왼손은 줄곧 머리카락을 어루만져주었다.

이 아이…… 내 마음을 읽고 있어?

기대고 싶어. 다 맡기고 싶어.

눈물 나리만치 강한 욕구가 가슴속에서 서서히 번져 나왔다.

안 돼. 미코는 학생이야……

머리로는 그렇게 생각했지만 내 몸이 그 말을 듣지 않았다. 나도 모르게 미코의 가냘픈 등을 끌어당겼다.

"나, 나, 짱."

미코가 마치 아기를 어르듯 속삭였다. 속삭이면서 부드러운 손가락으로 머리카락을 어루만지더니 등을 톡톡 두드려주었다.

아아, 그냥 울고 싶다.

그렇게 생각한 순간 미코가 신비한 독심술로 나를 무너뜨렸다.

"나나짱, 울어도 돼."

울고 싶어. 정말 울고 싶어. 하지만…….

"안 울어."

내 목소리가 떨렸다.

"왜?"

"난……, 선생님이거든."

미코가 머리카락을 쓰다듬던 손을 멈추고 내 얼굴을 자기 목덜미에 댔다. 투명한 목소리로 이렇게 말하면서.

"선생님이지만, 친구잖아."

그 말이 기뻤는지 슬펐는지는 모르겠지만 내 마음은 이미 울 준비가 되어 있었다.

아주 잠깐 동안 미코의 목덜미 냄새를 맡으며 울었다.

그러고 함께 목욕을 했다.

좁은 욕조 속에서 무릎을 안고 따뜻한 물에 푹 잠겼다. 미코랑 같이 목욕하는 건 처음이 아니다. 벌써 다섯 번 정도 된다. 서로 머리를 감겨주고 드라이어로 말려주는데, 간지러우면서도 무척 즐겁다.

"나나짱, 나 있잖아."

미코의 목소리가 울렸다.

"어릴 때 엄마 대신 할머니의 쪼글쪼글한 젖가슴을 빨곤 했어."

"어? 미코 할머니, 젖이 나왔어?"

"설마. 그런 슈퍼 할머니라면 더 무서울 거야."

미코가 킥킥 웃었다. "그렇겠지?"라며 나도 웃었다.

"내가 엄마 젖을 굉장히 동경했대. 할머니는 그런 내가 불쌍해서 자기 젖꼭지에 벌꿀을 바르고 빨게 했대."

"호오, 훈훈한 이야기네."

"응. 그런데 다정한 할머니 모습은 기억에 없어. 늘 화내는 이미지야."

미코가 살짝 한숨을 내쉬었다.

"그런가? 나도 엄마가 일찍 돌아가셔서 그런 추억은 없어…….

그게 아니라도 모유 먹을 때를 기억하는 사람이 어디 있겠어?"

"아, 그러네."

우리는 풋 하고 웃음을 터뜨렸다.

"그래도 가능하다면 기억해내고 싶어……."

수증기 속에서 미코가 천장을 올려다보며 중얼거렸다.

"뭘?" 하고 내가 물었다.

"가슴 빨 때 말이야. 무척 편안한 기분이 들 것 같아."

나는 TV나 잡지에서 본 엄마 젖을 빠는 아기의 표정을 떠올려보았다. 모든 걸 엄마에게 맡긴 아기의 평화로운 표정.

"나나짱은 모유 먹고 자랐어?"

"응. 그랬대."

"좋겠다……."

"음……."

"벌꿀 맛의 쭈글쭈글한 젖이 아니어서."

뚱딴지 같은 미코의 말에 나는 크게 소리 내어 웃었다. 그러다 미코를 향해 내 가슴을 내밀며 장난을 쳤다.

"그럼 내 탱글탱글한 가슴 한번 빨아볼래?"

미코의 얼굴에서 미소가 싸악 사라졌다.

"어, 그래도 돼?"

"응?"

"나나짱, 정말 그래도 돼?"

"어?"

장난이잖아. 진심으로 들었어?

"쭈글쭈글하지 않은 가슴, 빨아봐도 돼?"

미코의 간절한 표정과 엉뚱한 말에 나는 또 웃고 말았다. 그 순간, 미코를 향한 사랑스러운 감정이 가슴속 한 지점에서 무한하게 퍼져 나갔다.

"좋아."

나는 욕조 안에서 천천히 일어났다.

미코도 기쁜 얼굴로 일어났다.

"그 대신."

"응?"

"미코 것도 빨게 해줘."

"어…… . 그래도 되지만, 나는 납작해."

"괜찮아, 그래도."

그냥 무작정 기댈 수 있으면 된다. 그것만으로도 나의 빈틈이 어느 정도는 채워지리라.

"응, 알겠어. 그럼 나부터 할게."

미코는 그렇게 말하고 욕조 가장자리에 걸터앉았다. 미코의 얼굴과 내 가슴이 나란히 놓였다. 나는 조금 두근거리면서 가슴 끝을 미코 가까이 댔다. 미코의 얼굴도 망설이는 듯한 속도로 다가왔다.

아…….

엷은 핑크빛 입술이 내 젖꼭지에 닿은 순간, 뭔가 애절한 전류가 찌릿찌릿 내 안을 향해 흘러들어왔다. 남자에게 빨릴 때의 에로틱한 느낌과는 근본적으로 달랐다. 기분 좋게 간지러운 느낌은 비슷하지만, '신성한 쾌락'이라고 표현할 수 있을까? 빨리는 게 아니라 내가 빨게 하는, 그런 능동적인 행위이기 때문인지도 모른다.

처음에는 흠칫거리던 미코도 점점 욕구에 충실해져서 쪽쪽 소리 내며 빨기 시작했다. 오른쪽을 빨고, 왼쪽을 빨고, 또 오른쪽을 빨았다. 나는 그동안 미코의 머리카락을 어루만져주었다. 한없이 사랑스러웠다. 조금이라도 아기에 가까운 기분을 느끼게 해주고 싶었다.

미코는 한참을 빨다가 비로소 입술을 떼고 "하아……" 하고 숨을 내뱉으며 나를 올려다보았다. 상기된 볼과 촉촉한 검은 눈. 황홀한 표정이었다.

"뭔가……. 굉장히 좋았어. 마음이 엄청 편안해졌어."

"응, 그렇다면 다행이다."

그런가? 그렇게 편안해지는구나.

"이제 나나짱 차례."

"응…….'

이번엔 내가 욕조 가장자리에 걸터앉았다. 모닝빵처럼 살짝 부

157

풀어 오른 미성숙한 가슴 끝에 내 입술을 살짝 댔다.

"까아" 하면서 미코가 상체를 움찔했다.

"간지러워?"

"조금. 미안. 그래도 괜찮아. 참을게."

쑥스러운 듯 웃으며 나를 내려다보는 미코.

이번엔 간지럽지 않게끔 세게 빨았다. 그 순간 나는 아기가 되어 모든 걸 미코에게 맡겼다. 눈을 감고 캄캄한 세상 속에서 자그마한 젖꼭지를 빨았다.

미코는 내가 한 것처럼 머리를 살며시 안고 머리카락을 어루만져주었다. 녹아버릴 듯 따스한 품속에서 나는 용서받았다고 느꼈다. 내가 이 세상에 존재한다는 사실이 이제야 받아들여진 것 같은 기분이었다. 여태까지 내 정신을 얽어맸던 줄이 스르르 풀리는 듯했다. 무중력 상태 속의 요람에 눕혀진 것처럼 신비로운 안도감에 몸을 맡겼다.

"가슴을 빨리고 있으니 나도 편안해지네. 아기, 갖고 싶을지도……."

미코가 조금 요염한 목소리로 그렇게 말했지만 나는 그저 눈을 감은 채 젖꼭지에만 의존하는 아기로 남았다. 이대로 죽어버려도 좋을 것처럼 깊은 안락감을 느꼈다.

◇◆◇

"나나짱 아버지는 어떤 분이셔? 다정해?"

목욕을 끝낸 후 우리는 수건으로 젖은 몸을 닦으면서 수다를 이어갔다.

"보통 샐러리맨이셔. 뭐, 비교적 다정한 편인가……."

나는 수건을 움직이던 손을 멈추고 조금 생각했다가 다시 말을 이었다.

"중학생 때 매일 아침 내 도시락을 만들어준 시기도 있었으니 다정한 편일 거야."

"호오. 아버지가 만든 도시락이라니……. 좋았겠다."

"아니, 그게 말이야……."

별로 맛이 없었어, 라며 쓴웃음을 지은 다음 순간, 머리에 저절로 그 무렵의 영상이 떠올랐다. 나는 떠오른 영상을 말로 바꿔갔다.

아빠는 온화하고 우직한 성격에 어떤 면에서는 좀 둔하기도 했다. 내가 몇 번이나 "도시락 정도는 직접 만들 수 있어"라고 말했는데도 아빠는 "배구부 연습으로 피곤하니 너는 수면을 더 취하도록 해"라며 매일 아침 일찍 일어나 도시락을 싸주었다. 솔직히 맛도 그랬고 겉모양도 볼품없어서 차라리 직접 만드는 편이 낫겠다고 내심 생각했다.

어느 날 같은 반 남자아이들이 내 도시락을 보고 놀렸다. 밥이랑 반찬이 모조리 갈색이라며 "갈색 도시락이네" 하고 비웃은 것이다. 닭튀김, 냉동 고로케, 호박찜, 가다랑어 포를 뿌린 밥. 그러고 보니 온통 갈색이었다. 짝사랑하는 남자아이까지 내 도시락을 보고 웃었다. 나는 굳어진 얼굴을 억지로 펴면서 "정말 갈색뿐이네!" 하고 아무렇지 않다는 듯 웃어 보였지만, 가슴은 시커멓게 타버릴 것 같았다. 수치심과 슬픔과 아빠에 대한 부당한 분노가 턱 끝까지 차올라서, 그날 도시락은 반도 먹지 못했다. 나는 방과 후 동아리 활동을 빼먹고 혼자 근처 강둑까지 걸어가서 남은 도시락을 풀숲 한구석에 버렸다. 풀 위에 떨어지는 털썩 하는 소리가 아직도 귓속에 들러붙은 채 떠나지 않는다.

저녁이 되어 집으로 돌아온 아빠는 빈 도시락을 보고 마치 아이처럼 기뻐했다.

"나나, 오늘 도시락 맛있었나 보네."

고타쓰에 들어가 TV를 보던 나는 아빠의 그 천진한 웃음이 신경에 거슬려, 지금 아빠에게 가장 상처가 될 말이 무엇일지 찾기 시작했다.

"엄청 맛없었어. 그래서 안 먹었어."

TV에 시선을 준 채 이렇게 말하는 나를 보고 아빠는 잠시 멍하니 서 있었다. 나는 내가 내뱉은 말의 독을 수습하기도 전에 더 치명적인 독을 내뿜고 말았다.

"아빠가 만들어주는 도시락은 맛도 없고 못생겨서 친구들 보기

160

에 부끄러워. 이제 두 번 다시 내 도시락 싸지 마."

시선은 TV에 고정시켜두고 소리를 질렀지만, 그때의 나는 등 뒤에 있는 아빠가 무서워서 숨조차 제대로 쉴 수 없었다.

그런데도 아빠의 온화한 목소리는 평소와 조금도 다르지 않았다.

"그런데 도시락은 왜 비어 있어?"

"버렸어. 강변에."

"……."

"내일부터는 빵 사 먹을 테니 돈이나 줘."

나는 마지막까지 아빠의 얼굴을 볼 수 없었다.

내가 여기까지 단숨에 이야기하고 숨을 깊이 들이마시자, 미코의 젖은 머리카락 아래로 눈물이 주르르 미끄러졌다. 그 후 나를 응시하는 미코의 눈이 유난히 고요하게 느껴졌다.

"아버지는 뭐라고 하셨어?"

"그랬구나, 미안해……라고 사과하더라."

"어? 사과하셨다고? 나나짱한테?"

"응. 그래서 내 마음에 더 아프게 남아 있나 봐."

미코는 촉촉해진 눈을 깜박이며 깊은 한숨을 쉬었다.

나는 상관하지 않고 계속 말을 이었다.

"그다음 날 아침에 일어나서 보니 고타쓰 위에 도시락 대신 500엔짜리 동전 하나가 툭 놓여 있더라. 그걸 보니 눈물이 나서……."

미코와 나는 몸을 닦고 거실로 이동했다.

이제 드라이어로 머리를 말려줄 것이다.

"갈색 도시락이라."

"아빠는 센스가 없어서 색깔까지 생각 못 했던 거지."

"그랬구나……."

"그러고 얼마 지나지 않아 아이코 씨가 집에 온 거야."

"아이코 씨라면, 교환일기에 썼던 그 사람?"

"응, 맞아……. 미인이고 요리도 잘했어. 도시락 싸줄까, 하고 몇 번 묻더라. 내가 싫다고 딱 잘라 말했지."

"왜?"

"으응, 고집이었나?"

"고집?"

"응. 그때 문득 이런 생각이 들더라. 혹시 아빠가 나를 위해서 아이코 씨를 데리고 왔나? 그렇다면 나 때문에 우리 엄마 집에 아이코 씨가 온 거잖아. 나 자신을 용서하기 힘들었어."

거기서 일단 대화가 끊겼다. 우리는 옷을 입고 수건으로 머리카락을 두드려 물기를 닦아냈다.

먼저 입을 연 건 미코였다.

"나나짱은 슬펐을 때의 일을 굉장히 잘 기억하네."

"어……."

"나는 마음에 뚜껑을 덮고 없었던 일로 해버리는데."

"줄곧 마음에 담아둔 건 아니고, 일전에 우연히 고교 시절 일기장을 찾았는데 그걸 읽다가 생각이 났을 뿐이야."

"어, 그 일기 나도 보고 싶다."

"아하하, 당연히 안 되지."

"아, 역시 그런가?"

그러고 우리는 드라이어로 서로의 머리를 말려주었다. 미코의 가느다란 머리카락을 말려주고 있으면 모성이 자극되는지 꼭 엄마가 된 듯한 기분이 든다. 반대로 미코가 내 머리를 말려줄 땐 어린아이가 된 것만 같다.

"나나짱, 저녁 식사거리 만들어줄까?"

미코가 완전히 마른 자기 머리카락을 매만지면서 말했다.

"아니. 오늘은 반찬 사 왔어."

"뭐 사 왔어?"

"매운 닭튀김이랑 샐러드. 밥은 냉동된 걸 데우기만 하면 돼."

"흐음."

아쉬운 얼굴이었지만 역시 그 표정에도 미소가 담겨 있었다.

나는 문득 걱정이 돼서 벽시계를 보았다.

벌써 저녁 8시가 넘었다.

"아, 미코, 벌써 시간이 이렇게 됐어. 할머니가 야단치시겠다. 얼른 가."

미코는 느긋한 몸짓으로 시계를 확인했지만, 그 얼굴에서 편안함이 사라지는 게 명백히 보였다. 늦은 귀가가 할머니의 기분을 상하게 할 것이다.

나는 엉덩이를 토닥이며 미코를 현관으로 몰고 가서 그대로 아파트 밖까지 따라 나왔다.

"겨울방학 동안에 또 와도 돼?"

"응. 다음엔 전화하고 와."

"응. 좀 더 이른 시간에 와서 요리도 할게."

"기대하고 있을게. 자, 조심해서 가."

고개를 끄덕인 미코가 손을 살짝 들어 바이바이 인사했다. 다음 순간, 자기 볼에 집게손가락을 대고 생각하는 듯한 표정을 지었다.

"나나짱, 닭튀김 사 왔다고 했지?"

"응, 그런데 왜?"

"나나짱 아버지가 도시락에 넣은 반찬 말이야. 닭튀김이랑 호박이랑 가다랑어 포, 고로케……. 전부 나나짱이 좋아하는 거 아냐?"

"……"

"응, 틀림없이, 그렇지."

미코는 혼자 납득했다는 듯 얼굴을 활짝 펴고 웃더니 다시 한번 "바이바이" 하고 발길을 돌렸다. 푸르스름한 가로등 빛 아래를 걷는 미코의 뒷모습은 늘 그랬듯 불안했다.

◇ ◆ ◇

미코를 배웅하고 집으로 돌아오자마자 찬장에 올려둔 세련된 디자인의 상자를 꺼냈다. 선물받은 후 처음으로 아로마를 피워보았다. 향은 내가 좋아하는 라벤더였지만 아이코 씨에게서 났던 그 냄새만큼 좋은 향기는 아니었다.

책장에서 고교 시절 일기를 꺼내어 조용히 페이지를 넘겼다.

색 바랜 종이 위에 하찮은 일로 고민하던 과거의 내가 있었다. 하지만 찬찬히 읽어보니 고민하지 않았던 날은 그럭저럭 즐겁게 지낸 듯하다. 내가 이렇듯 자기 생각만 하면서 청춘 시절을 보내던 때에, 아빠는 회사에 나가 필사적으로 일하고 아이코 씨는 대가 없이 집안일을 해주었다. 그런데도 일기엔 아빠와 아이코 씨의 험담만 빽빽하게 적혀 있다. 냉큼 결혼해버리라든가, 이 사람들이 있는 집에선 더 이상 살고 싶지 않다든가.

그 무렵 내가 아무리 노력해도 나 자신을 사랑할 수 없었던 이유를 조금은 알 것 같았다.

사실은 나 자신을 사랑할 수 없었던 게 아니라 내가 처한 '환경'을 사랑하지 못한 것이다. 환경을 사랑하기는커녕 그 환경에 없는 것만 줄기차게 요구했다. 엄마라는 존재, 엄마가 직접 만들어주는 도시락, 모성이라는 이름의 사랑과 관심……

내가 처한 환경을 사랑하지는 못하더라도 적어도 받아들이려

165

는 노력은 했어야 했다. 내가 만약 그 환경 속에 존재했던 아빠의 사랑과 아이코 씨의 다정한 배려에 조금이라도 눈을 돌렸더라면……. 나는 어떤 나날을 보내고, 지금 어떤 사람이 되어 있을까?

일기를 덮었다.

사 가지고 온 닭튀김을 입에 넣었다. 매운맛이 혀를 자극하고 튀김옷이 조금 눅눅했지만, 그래도 맛있었다.

아빠가 만들어준 닭튀김은 어떤 맛이었더라?

내 도시락을 만들던 아빠의 뒷모습이 뇌리에 떠올랐다. 아빠가 서면 부엌이 유난히 좁아 보였다.

"전부 나나짱이 좋아하는 거 아냐?"

미코가 했던 말이 귀 안쪽에서 메아리쳤다.

응. 그러고 보니 그 말이 맞네.

나는 갈색 음식을 좋아한다.

아, 좋아하는 것만 잔뜩 든 도시락을 버리다니.

바보였어, 중학생 때의 나…….

매콤한 닭튀김을 삼키자 눈시울이 뜨거워졌다. 이윽고 눈물방울이 두 개 테이블에 떨어졌다.

나는 젓가락을 살며시 놓고 일어나서 북쪽에 둔 찬장 서랍에서 편지지와 봉투, 볼펜을 꺼냈다.

편지를 쓰려는 것이다.

처음으로, 아이코 씨에게.

166

뭐라고 쓰지.

우선 아로마 세트를 보내준 것에 대한 감사와, 또……

앞으로도 아빠를 잘 부탁한다고 할까?

아니면 여태까지 죄송했다?

아냐, 역시 '첫 편지'이니 가볍게 손을 내미는 정도가 좋을지도 몰라.

다음에 닭튀김 맛있게 만드는 법 좀 가르쳐주세요.

응, 이런 느낌으로 가자. 딱 좋다.

편지지 위에 볼펜 끝을 댔다.


아이코 씨에게.


파란색 볼펜이 가볍게 미끄러지기 시작했다.

제5장

아사리 후미야와 목도리

이곳은 내가 다니는 대학교에서 그리 멀지 않은 번화가다.

유명한 이자카야 체인점의 자동문이 열리고 밖으로 나오니, 밤거리가 온통 크리스마스 장식으로 반짝이고 있었다.

술이 세지도 않은데 과음한 탓인지 거리가 평소보다 더 화려하게 느껴졌다. 나는 무심코 하얀 숨을 내뱉었다. 사실은 한숨이었다.

함께 마신 와키타 교이치가 계산을 마치고 가게에서 나왔다. 와키타가 내 등을 툭 두드리면서 가벼운 말투로 "잘 가" 하고 말했다. 나는 술값을 내준 와키타에게 "잘 먹었어"라는 말도 "고마워"라는 인사도 하지 않고 "응, 잘 가" 하고 똑같은 대사를 건넸다.

그대로 깔끔하게 헤어질 줄 알았는데 걸음을 내디딘 와키타가 문득 돌아보고 나를 불러 세웠다.

"야, 후미야, 아르바이트 건은 용서해주겠지만 그래도 학교는 와야지. 1학년부터 그렇게 수업 빠지면 학점 못 채워."

와키타는 가게에서 나오자마자 사투리를 버리고 도쿄 말을 썼다.

나는 입을 다문 채 애매하게 웃었다.

그 웃음의 의미를 이해했는지 와키타는 다시 한번 "잘 가" 하고 가볍게 오른손을 들고 역을 향해 성큼성큼 걷기 시작했다. 요즘 유행하는 목도리를 두른 발랄한 일류 대학생다운 뒷모습이 혼잡한 거리로 빨려 들어갔다.

나는 잠시 그 자리에 멍하니 서 있었다.

다시 거리의 잡음이 들리기 시작한 순간 '아아, 이제 정말로 혼자구나'라는 기분이 들었다.

후우.

다시 한번 하얀 숨을 내뱉고는 역과 반대 방향으로 걸었다.

대로에서 골목으로 들어서자 클럽의 호객꾼들이 말을 걸어왔다. 눈이 마주치지 않도록 고개를 푹 숙이고 지나쳤다. 아래를 보니 오가는 사람들의 무수한 발이 시야에 들어왔다. 어떤 발이든 차가운 아스팔트 위를 망설임 없이 바삐 걷는 듯 보였다. 게다가 대부분 다른 누군가의 발 곁에서 나란히 걷고 있었다.

나는 생각한다. 인파 속을 걸을 때만큼 혼자임을 아프게 느낄 때도 없다고.

대학 캠퍼스도 마찬가지였다. 주위를 보면 연인이나 친구들과 어깨를 나란히 하고 바람 속을 당당하게 걷는 사람들뿐이었다. 다들 얼굴에 '나는 지금 청춘을 즐기고 있습니다'라고 써 붙여 놓았다. 대학생이라면 누구나 자유로움과 연대감을 동시에 느끼며 즐겁게 활보할 캠퍼스를 나는 공허감과 소외감에 가득 찬 채 홀로 터벅터벅 걸었다.

와키타는 초등학교 때 같은 반 친구였다. 1학년부터 4학년까지는 내 아버지가 감독을 맡았던 소년 야구단 소속이기도 했다. 학군 관계로 각자 다른 중학교에 진학한 후로 한동안 소식이 끊겼지만, 녀석은 재수를 하고 나는 삼수를 하여 우연히 같은 대학에서 만났다. 그 인연으로 다시 교류를 시작하여 지금은 '도쿄용 친구'로서 적당한 거리를 유지하며 지낸다.

아니, 좀 더 솔직히 말하면 와키타가 같은 고향 출신이라는 책임감으로 친구를 만들지 못하는 나를 챙겨준다고 말하는 편이 옳을 것이다. 나에게 대인공포증이 있다는 것을 와키타는 옛날부터 알고 있다.

번화한 길을 걸으며 목도리를 다시 둘렀다. 조금 전 와키타가 촌스럽다고 놀린 두툼한 갈색 털실 목도리다. 듣고 보니 좀 멋이 없긴 하다. 예스럽고 노티가 난다. 그런 생각을 하면서 목도리에 코를 묻으니 샴푸 냄새 같기도 한 감귤향이 났다. 나는 그 은은한 향기에 마음을 맡기고 어슬렁어슬렁 걸음을 내디뎠다.

작은 교차로에 서서 건물 사이로 뻗은 좁은 밤하늘을 올려다보았다. 모두 합해도 한 손으로 셀 수 있을 만한 별들이 당장이라도 꺼져버릴 듯한 광도로 깜박깜박 빛났다. 내 고향에서 밤하늘을 올려다보면 그곳은 하늘이라기보다 '우주'다. 밤바람에도 이런 시궁창 냄새는 섞여 있지 않다. 늘 상쾌한 숲 냄새가 났다.

별이 가득한 하늘 아래 집 마당에 서서 야구방망이를 마냥 휘둘러대던 소년 시절이 떠올라서 나는 또 "하아" 하고 한숨을 내쉬었다. 오늘의 가장 깊었던 한숨이다.

"오빠, 마사지받고 가."

야한 옷차림의 아시아계 여인이 요염한 표정으로 웃으며 다가왔다. 친근하게 팔짱을 끼려고 하기에 나는 황급히 걸음을 재촉했다.

"뭐야, 지금 무시하는 거야? 병신 같은 게!"

내 뒤에서 욕설을 퍼부었다. 한순간 발끈했지만 돌아보지 않고 걸음을 빨리하다가, 이번에는 정면에서 걸어오는 젊은 커플과 부딪힐 뻔했다. 덩치 큰 남자가 혀를 차며 기분 나쁘게 쳐다보았다.

"죄, 죄송합니다……."

반사적으로 약한 목소리를 냈다. 생각해보니 둘이서 좁은 길을 막고 걸어온 쪽이 더 나쁘지 않은가.

나 자신이 한심하게 느껴져서 입술을 깨물었다.

아아, 이런 데서 내가 지금 뭐하는 거지?

도쿄에 온 뒤로 줄곧 머리에서 떠나지 않는 의문이다.

학교도 제대로 안 가고, 와키타가 소개해준 레스토랑 아르바이트도 무단결근으로 잘리고, 송금받는 돈이 적어서 늘 생활비가 모자라고, 허름한 아파트 옆집에 사는 사람은 알코올 의존증인지 밤마다 괴성을 지른다. 와키타 말고는 친구가 한 사람도 없다. 즐길 수 있는 취미도 없고, 장래의 꿈도 없다. 애인도……, 아니, 애인은 없는 건 아니지만, 있다고도 할 수 없는 애매한 존재. 그 애매함이 나를 괴롭힌다.

에이, 시발!

나는 은은한 향기가 밴 목도리를 난폭하게 움켜쥐고 턱 아래까지 쑥 끌어내렸다.

그러고 시궁창 냄새가 나는 밤공기를 깊이 빨아들였다. 기분을 가라앉히려고 심호흡을 했는데 오히려 위장 안쪽에서 시커먼 마그마가 생성되어 끓어올랐다.

안 돼, 안 돼. 그 아이가 나쁜 게 아니니 오늘은 다정하게 대해줘야지.

늘 그랬듯 또 하나의 내가 머리 뒤에 나타나 현실 속의 나를 어르기 시작했다. 하지만 그 설득이 먹히지 않는다는 건 현실 속의 내가 더 잘 알고 있다.

애증.

사랑하기에, 미워할 수밖에 없는 존재.

모순된 단어들이 뇌리에서 떠나지 않았다.

나는 보폭을 좁히고 감정을 조절하는 데에 최대한 집중하며 되도록 천천히 걸었다. 그녀의 얼굴을 보기 전에 뱃속의 마그마를 냉각시켜야 한다.

◇◆◇

번화한 거리를 빠져나가자마자 주위가 조용한 주택가로 바뀌었다.

철로 건널목을 건너 나무들이 우거진 신사 옆길을 걸었다. 일방통행 표지판이 있는 모퉁이를 왼쪽으로 돌면 오른편에 수수한 외관의 아파트가 보인다.

2층 끝집이다.

커튼 사이로 불빛이 새어 나왔다.

나는 열쇠를 쓰지 않고 벨을 눌렀다.

잠시 후 인터폰 스피커를 통해 "네" 하는 조심스러운 목소리가 들렸다. 나는 다정한 목소리로 "나야"라고 했다. 나른한 슬리퍼 소리가 다가오더니 찰칵 하고 잠금장치가 풀렸다. 체인이 걸린 채로 문이 살짝 열렸다. 열린 틈으로 "나라니까. 후미야" 하고 웃으니 그제야 문이 활짝 열렸다.

"어쩐 일이야? 이 시간에."

미코가 안쪽 문손잡이를 잡은 채 눈썹을 팔자로 내리고 웃었다. 곤란한 것 같기도 하고 기쁜 것 같기도 한 미소. 애매한 그 표정을 본 순간, 내 안의 검은 마그마에서 부글부글 거품이 일었다.

"와키타랑 술 마셨는데 어쩌다 보니 오게 됐네."

미코를 밀어젖히면서 안으로 들어갔다. 현관 앞에 주방이 있고 그 안쪽으로 다섯 평 정도 되는 방이 하나 있다. 나는 고타쓰에 앉지 않고 침대에 걸터앉았다. 침대에서 체온이 생생하게 전해졌다.

"어, 자고 있었어?"

혼자 사는 미코는 늘 불을 켜둔 채로 잔다. 어릴 때 매일 밤 혼자 자면서 무서움에 떨었던 경험 때문이라고 했다.

"아니, 괜찮아. 아직 안 잤어."

미코가 문을 잠그고 체인을 걸고 방으로 돌아왔다. 분홍색의 헐렁한 잠옷 차림인데 목둘레가 단정치 못하게 옆으로 비뚤어졌다. 사실은 자고 있었을 것이다.

이년, 거짓말했군…… 하고 생각했다. 마그마에서 또 거품이 일었다.

바보야, 네가 미안해 할까 봐 그런 거잖아…… 하고 또 하나의 내가 머리 뒤에서 속삭인다.

"와키타한테 설교 듣고 왔어. 짜증나."

"같이 술 마셨다는 친구?"

미코가 바닥에 철썩 엉덩이를 붙이고 앉았다. 고개를 갸우뚱한 채 침대에 걸터앉은 나를 올려다본다.

"응. 그 녀석이 소개해준 아르바이트, 몇 번이나 무단결근해서 잘렸으니."

"흐음……."

왜 무단결근했어? 라고 미코는 묻지 않았다. 늘 그렇다. 필요 이상으로 관여하지 않는다. 타인은 타인. 나랑은 관계없는 일. 인생은 가지각색. 이것이 미코의 철학이다.

속이 깊은 건지 아니면 타인에게 무관심한 건지 그걸 잘 모르겠다. 아니, 그뿐만이 아니다. 나는 미코에 대해 기본적으로 아무것도 모른다.

"오늘 자고 가도 돼?"

"응, 그래. 후미야 잠옷 세탁해뒀어."

미코가 컬러 박스 안에서 깔끔하게 포개진 남색 잠옷을 꺼내주었다. 이 집에 자주 기생하는 나를 위해 사둔 것이다.

"어? 그 목도리."

"미안. 내가 말도 안 하고 빌려갔어."

"따뜻하지?"

미코가 웃었다. 웃었는데 왠지 조금 쓸쓸해 보였다.

"어, 응……."

와키타의 촌스럽다는 발언은 전하지 않기로 했다.

나는 목도리를 벗어서 미코에게 건넸다. 외투도 셔츠도 바지도 벗고 잠옷으로 갈아입었다.

"목욕할래? 바깥 날씨가 추웠지?"

"응, 춥더라. 미코도 같이 하자."

"아니. 나는 했어 이미."

"그래? 그럼 샤워만 할게."

"어? 욕조에 물 받아줄게. 몸 좀 데우지 그래."

이런 대화를 태연하게 나누는 걸 보면 동거 중인 애인 사이 같기도 하다. 그러나 우리의 현실은 조금 다르다.

"귀찮아. 샤워만 할게."

나는 말하면서 욕실로 향했다.

방에서 희미한 소리가 새어 나왔다. 미코가 심심해서 TV를 켠 모양이었다.

방금 입은 잠옷과 속옷을 벗어서 변기 위에 올려두고, 욕조 안에 서서 뜨거운 물로 샤워를 했다. 목덜미가 따뜻해져오니 긴장이 풀리는지 입에서 무심코 "하아" 하는 소리가 났다.

이런 심야 시간의 방문을 허락해주는 미코라는 존재가 있어줘서 고맙다. 그녀 덕분에 비록 찰나이긴 하지만 '혼자'라는 현실을 잊을 수 있다.

대인공포증인 내가 전혀 긴장하지 않고 본연의 모습 그대로 대할 수 있는 타인은 아무리 세상이 넓다 해도 미코뿐이다. 미코는 타인의 일에 절대 간섭하지 않고, 타인이 하는 일을 부정하지도 않는다. 그저 있는 그대로 받아들일 뿐이다. 분명 내가 헤어지자고 하면 "흐음, 알겠어. 바이바이" 하고 아무렇지도 않다는 듯 웃으며 손을 흔들 것이다. 그 극단적인 담백함이 대인공포증인 내겐 '구원'이자……, 그와 동시에 '고통'이었다.

그러고 보니 미코와 처음 만난 그때도 와키타와 술을 마신 후였다.


골든위크를 앞둔 온화한 봄날 밤.

번화가 골목에 뜨뜻미지근한 바람이 불었다.

삼수하여 가까스로 도쿄에 있는 대학에 입학한 나는 일 년 선배인 와키타가 소속된 연식야구 서클에 들어가기로 했다. 소년 시절의 추억이었던 야구를 이제는 좀 자유롭게 해보고 싶었다. 그날은 신입생 환영회가 있는 날이었다. 그런 모임이 있다고 하면 누구나 엉큼한 마음을 살짝 품기도 하고 다 같이 떠들썩하게 먹고 마시는 즐거운 회식을 기대하는 게 당연하겠지만 대인공포증이 있는 내겐 거의 고문에 가까웠다.

옆에 앉은 같은 학년 여학생과 떨려서 이야기 한번 제대로 나누지 못했고, 자기소개 시간에는 얼굴이 빨개져서 웃음거리가 되었고, 두 학년 선배(그러니까 같은 나이)한테 "참 재미없는 녀석이네. 그럴 거면 벗기라도 해"라는 말을 듣고 팬티만 입고 원샷을 하는 벌칙을 당해야 했다.

그 후로는 술 마시는 것 외엔 할 일이 없어져서 따라주는 니혼슈를 계속 목 안으로 들이부었다. 술이 세지 않은 내 의식이 끊어진 것도 당연했다.

"저기……, 감기 걸리겠어요."

문득 어깨에 부드러운 손길을 느끼고 희미하게나마 의식을 되찾았다. 눈을 살짝 뜨니 빙글빙글 도는 세계 한가운데에 천사가 보였다. 그 천사는 난처한 듯 미소 짓고 있었다.

"괜찮, 으세요?"

같은 또래로 보이는 여자 천사였다. 나를 걱정스러운 표정으로 들여다보고 있었다.

"아아, 예. 저, 이, 일어날게요."

허둥지둥 겨우 상반신을 일으켰지만 어지러워서 또 쓰러질 것 같았다.

"역무원 아저씨 불러올까요?"

이렇게 묻는 다정한 목소리로부터 몇 초 후, 내 두 눈에서 눈물이 주르르 흘렀다.

천사의 그 한마디로 내가 처한 상황을 단번에 이해한 것이다. 나는 막차가 떠나버린 어느 역 벤치에 버려졌다. 즐겁게 떠들어대던 서클 사람들은 재미없는 나를 버리고 지금쯤 어딘가에서 2차나 3차를 하고 있을지도 모른다. 물론 와키타도 함께.

나는 초등학교 5학년 이후로 줄곧 '혼자'였다. 공부를 이유로

야구를 그만둔 후 친구가 갑자기 줄었고 성격도 어두워졌다. 일
상에서 색채가 사라졌다. 중학생이 된 후로는 타인과의 관계에
어려움을 느꼈고, 그 때문에 따돌림도 당했다. 사람이 점점 무서
워졌다. 나는 서서히 '혼자'가 되어갔다.

그래도 공부하여 도쿄에 있는 대학에만 들어가면, 옛날처럼 야
구를 시작하기만 하면 다시 좋아지리라 생각했다. 하지만 결과는
이 모양이다.

내가 예고도 없이 울음을 터뜨리자 천사는 어찌할 바를 몰라
당황하면서도 끝까지 미소를 잃지 않았다.

"아무래도 역무원 아저씨를."

"부르지…… 마세요."

울면서 애원했다. 타인과의 교류를 더 이상 만들고 싶지 않았다.

손등으로 눈물을 닦고 내가 누워 있던 벤치 주변을 둘러보았다.

아무것도 없었다. 가방도, 지갑도, 아무것도. 입고 있던 점퍼도
사라지고, 안경도, 양말도, 벨트도 없었다. 몸에 걸친 건 전부 벗겨
진 채 나는 쓰레기처럼 버려졌다.

이러면 집에도 갈 수 없다.

비참함과 그 기분을 증폭시키는 알코올 때문에 내 정신이 우르
르 와해되는 소리가 들렸다.

아직 술에서 덜 깬 나는 흉한 모습으로 울면서 엷게 미소 짓는
천사를 붙잡고 이 참담한 상황을 호소했다.

그러자 천사의 입이 뜻밖의 말을 했다.

"할 수 없군요. 우리 집에 갈래요?"

천사의 이름은 미코라고 했다.

본명은 가르쳐주지 않았다.

만취한 나는 미코의 집에 들어가자마자 격렬한 욕정에 사로잡혔다. 슬픔과 분노와 알코올이 내 몸을 혈관 안쪽에서 움직였다. 정신을 차리고 보니 이미 미코를 넘어뜨린 뒤였다. 미코는 조금도 저항하지 않고 그저 인형처럼 담담히 나를 받아들였다.

처음 만난 천사는 그렇게 나의 첫 여자가 되었다.

다음 날 아침 침대에서 눈을 뜨니 미코가 옆에서 자고 있었다.

나는 숙취로 인한 고통과 첫 경험의 감동을 동시에 느끼며 잠든 미코의 얼굴을 말끄러미 바라보았다.

잠깐 그렇게 있으니 미코도 잠에서 깼다.

우리는 10센티 거리에서 서로를 마주 보았다. 미코가 살짝 미소 지으며 속삭이듯 "안녕" 하고 말했다.

나는 이 순간 확신했다. 미코에게 완전히 빠지리라는 것을. 이름도 정체도 모르는 이 여자를 반드시 내 것으로 만들고 싶었다.

나는 조금 떨리는 목소리로 "우리 사귈까요?"라고 말해보았다. 섹스 한 번 했으니 이 여자는 거의 내 것이라는 그런 유치한 자만심에 힘입은 고백이었다.

미코는 담담하게 말했다. 아주 쉽게. 훗날 나를 무시무시한 고

182

통 속으로 밀어 넣을 그 한마디를.

"연애놀이로 괜찮다면, 저도 좋아요."

연애놀이…….


바디샴푸로 몸을 구석구석 닦고 뜨거운 물로 거품을 씻어 내렸다. 술을 마신 탓에 유난히 목이 말라서 샤워기를 입에 대고 뜨거운 물을 벌컥벌컥 들이켰다.

나는 머리에 물을 끼얹으며 '연애놀이'를 제안하던 그때의 미코 얼굴을 떠올렸다.

그때는 '놀이'라도 상관없다고 생각했다. 비록 짧은 순간이라도 설령 거짓 연애일지라도 '혼자'가 아닌 시간을 보낼 수만 있다면 내 인생도 구제받을 수 있으리라 확신했다. 그리고 또 한 가지, 이렇게 예쁘고 괜찮은 여자가 대인공포증에다 촌뜨기인 나 같은 사람이랑 '보통 연애'를 해줄 리 없다고 생각한 것도 있다.

"놀이라도, 나는 상관없는데."

"그럼 그렇게 해요. 연애를 하면 언젠가는 상대에게 상처를 주게 되잖아요. 그래서 나는 싫어요."

미코는 이 '놀이'에 기묘한 조건을 달았다.

"아, 한 가지만 약속해줄래요?"

"약속이요?"

"어떠한 질문도 하지 않겠다고 약속해줬으면 좋겠어요."

"……."

뜻밖의 요구에 나는 할 말을 잃었다.

"예를 들면 내 과거라든가, 가정환경이라든가, 직업이라든가……, 그런 건 묻지 말았으면 좋겠어요. 나도 당신에 대해 묻지 않을 테니."

"……."

"아, 물론 자기가 하고 싶은 말은 자유롭게 해도 돼요. 단순한 규칙이죠?"

"네……. 그런데 왜?"

"안 그러면 '놀이'를 제대로 할 수 없으니까."

같은 이불 속 10센티 앞에서 미소 짓는 미코의 달콤한 온기에 녹은 나는 그 말의 의미를 깊이 생각하지도 않고 "알겠어요……" 하고 고개를 끄덕였다.


머리를 감고 샤워를 끝냈다.

화장실 선반 위에 차곡차곡 놓인 수건을 들고 젖은 몸을 닦는다. 섬유유연제를 썼는지 폭신폭신하고 감촉이 부드러웠다.

미코와 만난 지 벌써 7개월이 지났다. 그동안 우리의 '연애놀이'는 다른 양상을 띠었다. 첫 한 달까지는 그야말로 연애 초기다운 들뜬 나날이었지만, 그 후 6개월간은 나 혼자 고통에 몸부림쳐 왔다. 질문 금지라는 말도 안 되는 규칙이 내 마음을 뿌리까지 상처 입히고 점점 썩어가게 했다.

나는 엄청난 실수를 범하고 말았다.

미코를 사랑한 건 통한의 실수였다.

하루하루의 '연애놀이'를 즐기는 동안 여자에게 면역이 없었던 나는 그녀에게 푹 빠져들었고, 어느덧 '이것이 만약 놀이가 아니라면 얼마나 좋을까'라는 달콤한 망상을 품기 시작했다.

한번 시작된 마음은 제어하기 힘들었다. 알려고 해선 안 된다고 하면 더 알고 싶어지는 법인데, 그 상대가 사랑하는 여자라면 두말할 것도 없다. 밤마다 섹스를 하다 보면 정이란 게 생긴다. 그정까지 '놀이'로 묶어버릴 수 있을 만큼 내 마음은 교활하지 못했다. 나는 베일에 가린 미코라는 여자의 모든 것을 알고 싶었다.

하지만 미코는 나에 대해 조금도 알려고 하지 않았다. 눈앞에 있는 '나라는 존재'에겐 녹아내릴 정도로 다정하게 대해주면서, 내 주변, 과거, 배경, 심지어 마음속조차 궁금해 하지 않았다. 그 지나치리만치 담백한 미코의 태도 하나하나가 내 기분을 서서히 거스르기 시작했다.

사랑하는 여자가 나에 대해 무관심하다.

그것도 규칙에 따라.

이러한데 어떻게 괴롭지 않을 수 있을까?

결과적으로 나는 미코라는 존재에 의해 위로받음과 동시에 고통받는 묘한 딜레마에 빠진 상태였다.

'연애놀이'를 시작한 지 3개월 정도 지난 어느 여름날의 해질 무렵, 나와 미코의 관계를 뿌리째 흔들어버릴 사건이 일어났다.

미코 집에 나 혼자 있는데 문득 집 전화벨이 울리고 부재중이라는 메시지가 흘렀다. 전화 상대는 나보다 나이가 두 배는 많을 것 같은 거친 목소리의 남자였다. 훔쳐 듣는 취미는 없지만 스피커에서 마음대로 새어 나오는 그 남자의 말이 내 귀에 자동적으로 들어오는 걸 막을 방법은 없었다.

그때 나는 알고 싶었던 것 한 가지를 알아버렸다.

미코는 성을 팔고 있었다.

전화 녹음이 끝나고 삐, 하는 전자음을 들었을 때, 나는 눈앞이 새하얗게 변할 정도로 분노했다. 미코에게 배신당했다, 속았다, 라는 우매한 감정이 내 안에 가득 차올랐다.

그날 밤 미코가 '일'을 마치고 돌아오자마자, 나는 그녀의 따귀를 손바닥으로 힘껏 때렸다. 한 번이 아니었다. 몇 번이나, 몇 번이나. 울부짖는 미코의 목소리가 유난히 멀리서 들리는 듯했다. 신기하게도 현실감이 없었다. 나는 그저 분노라는 감정에 휩싸인 채 눈앞에 있는 여자에게 끝없이 폭력을 휘둘렀고 마지막엔 강제로 범했다.

정신이 제대로 돌아온 건 울면서 다리를 벌리고 있는 미코 안에 모조리 쏟아낸 직후였다. 어깨로 숨을 쉬며, 눈물과 코피로 뒤범벅이 된 미코의 얼굴을 내려다본 순간, 알았다.

186

내가 목 놓아 울고 있다는 사실을.


수건으로 몸을 닦은 후 속옷을 입고 잠옷을 입었다. 욕실에서
나와 방으로 들어가니 미코가 전기포트로 물을 끓이는 참이었다.

"생강홍차 마시자. 몸이 따듯해질 거야."

"아, 응."

TV는 이미 꺼져 있었다.

방은 조용했고 물이 끓기 직전의 꽈르르 하는 소리가 천장까지
울렸다.

작은 가구 느낌의 고타쓰 앞에 단정하게 앉아서 생강홍차를 끓
이는 미코의 뒷모습은 가녀리고 쓸쓸하면서도 사랑스러웠다. 나
는 수건으로 머리를 닦으며 미코 옆에 책상다리를 하고 앉았다.

"설탕 넣을래?"

평화로운 얼굴로 이쪽을 보며 살짝 웃는 미코. 눈꼬리 위쪽에
작은 흉터가 있다. 나 때문에 생긴 상처다.


처음 미코를 때린 그날 이후로 같은 일이 이따금 반복되었다.
말도 안 되는 규칙에 묶여 원하는 대로 할 수 없는 자신의 처지가
한심해질 때마다 그 규칙을 나에게 강요한 미코가 더없이 잔인하
게 느껴졌다. 궁금한데 묻지 못한다고 생각하니 짜증이 났고, 미
코가 나에게 무관심할수록 분노가 치솟았다. 감정을 조절하기 힘

들었다.

그런데도 나는 '놀이'의 규칙만큼은 이를 악물고 지켰다. 만약 규칙을 깨고 미코에게 질문하면 바로 그 순간 버림받게 되리라는 생각을 떨칠 수 없었다.

'사랑'과 '증오' 사이에서 흔들리는 동안 내 정신은 산산이 부서 졌다. 나는 질문을 하지 않는 대신 미코를 때렸다. 질문보다 폭력이 더 처절한 파국을 초래하리라는 걸 알면서도, 의식을 되찾고 보면 늘 미코를 때리고 있었다. 내 정신은 완전히 파괴된 상태였다.

나의 폭력은 미코까지 이상한 여자로 만들었다.

미코는 맞고 또 맞아도 울면서 나를 받아들였다. 미코의 정신도 망가진 것이다.

내 손길에서 도망칠 곳을 찾아 허둥대는 미코를 방구석에 몰아넣으며 나는 몇 번이나 생각했다.

어차피 '놀이'잖아? 그러니까 이제 날 버려.

하지만 내 입술은 생각과 전혀 다른 말을 내뱉는다.

"미코, 미안해. 사랑해. 사랑하니까 자꾸 때리게 돼."

그러면 미코는 늘 울면서도 웃는다.

"알아. 내가 더, 미안해……."

미코가 왜 사과하는지 알 수 없었다. 나한테 규칙을 강요했기 때문일까? 아니면 뭔가 다른 뜻이 있을까? 그걸 미코에게 물을 수도 없으니, 그저 내 안에 시커먼 마그마만 쌓여갔다.

미코가 타준 생강홍차를 마신 뒤 양치질을 하려고 세면대 쪽으로 갔다.

거울 앞에 놓인 플라스틱 컵을 보고 꿀꺽 침을 삼켰다. 컵 안에 칫솔이 핑크색 하나밖에 없었다. 내가 늘 쓰던 파란 칫솔이 사라졌다.

혹시…… 미코는 이제 '놀이'를 그만둘 생각인 걸까? 그래서 칫솔을 버린 거다. 틀림없다.

나는 규칙을 지켰는데.

뱃속에서 시커먼 마그마가 부글부글 끓어오르기 시작했다. 얼굴을 드니 세면대 거울에 핏발 선 남자의 눈이 비쳤다. 증오에 떠는 그 추한 얼굴을 본 순간, 시커먼 마그마가 와르르 끓어올랐다. 나는 참지 못하고 뛰쳐나갔다.

"어? 벌써 다 닦았어?"

내 얼굴을 본 순간, 미코의 미소가 얼어붙었다. 공포에 떠는 것 같기도 하고 기대에 찬 것 같기도 한 표정이 내 마그마를 솟구치게 했다.

"후, 후미야? 왜, 왜 그래?"

"내……."

나는 이미 어깨로 숨을 쉬고 있었다. 파괴되었다. 완전히.

"칫솔, 버렸지. 나도, 버리고 싶지?"

"어……."

"버리고 싶으면 번거롭게 이런 짓 하지 말고."

성큼성큼 미코 쪽으로 걸어갔다.

"냉큼 버리면 되잖아!"

미코가 양손으로 자기 얼굴을 가렸다. 나는 미코의 머리카락을 잡아당겨 바닥에 내동댕이치고 그 가냘픈 몸을 발로 몇 번이고 찼다. 미코는 눈물을 쏟아내면서도 고개를 필사적으로 저으며 나에게 설명하기 위해 입을 벌름거렸다.

"아, 아냐. 사뒀어. 새 칫솔. 쓰던 건 칫솔모가 너무 망가져서, 새 걸 사 왔어."

"……."

미코는 네 발로 기어 방구석으로 가더니 노란색 봉투 안에서 파란색 새 칫솔을 꺼내 보였다.

"……."

"후, 후미야, 미안해. 쓸데없이 걱정……하게 했네. 미안……."

네 발로 엎드려 비는 미코의 모습이 어른거렸다.

내 두 눈에 눈물이 고인 것이다.

아아, 내가 지금 무슨 짓을 한 건가.

지금 당장 미코 앞에 엎드려 머리를 조아리고 사과하고 싶었다. 하지만 뱃속에서부터 솟구쳐 나온 마그마의 열이 나를 그렇게 하도록 내버려두지 않았다.

나는 미코의 따귀를 때려 바닥에 쓰러뜨리고는 강제로 잠옷을 벗었다. 분노의 에너지를 성욕으로 전환시키며 미코를 난폭하게 범했다.

◇◆◇

새벽에 문득 눈을 떴다.

화장실에 가고 싶어진 것이다.

체온을 나누고 있는 미코가 깨지 않도록 이불에서 살금살금 미끄러져 나왔다.

어스레한 바닥에 내려선 순간 무심코 얼굴을 찡그렸다. 머리가 유난히 무거웠다. 뇌에 고무 막이 덧씌워져 꽉 조이는 듯한 불쾌감이었다. 지난밤 마신 술이 아직 덜 깬 모양이었다.

비틀비틀 걸어서 화장실로 들어가 용변을 보았다.

방으로 돌아왔을 때 창문 커튼 틈으로 부드러운 아침 햇살이 비쳤다. 그 유백색의 얇은 빛이 잠든 미코를 등 뒤에서 다정하게 감쌌다.

나는 이불로 들어가지 않고 침대 옆에 조용히 앉아 미코의 얼굴을 바라보았다. 역광인 탓에 검은색이라고 생각했던 미코의 머리카락이 갈색으로 보였다. 볼의 솜털은 깃털처럼 하얗게 빛났고 눈물의 흔적도 희미하게 남아 있었다.

잠든 미코의 얼굴은 한 점의 어둠도 없이 성스럽게 느껴질 만큼 깨끗했다.

천사?

아니, 그렇지 않다. 눈앞의 미코는 처음 봤을 때와 달리 그야말
로 '살아 있는 존재'다.

지난밤부터 줄곧 돌아가던 히터가 부웅 하고 낮은 소리를 냈
다. 말라서 가슬가슬한 내 입술이 그 소리보다 더 작은 목소리로
중얼거렸다.

"미안해, 미코……."

말하고 나서 침대 옆 바닥으로 시선을 떨구었다.

미코의 소중한 '보물상자'가 뒹굴고 있다. 경첩이 비뚤어져서 뚜
껑이 제대로 닫히지 않는다. 지난밤 내가 발로 차서 부서뜨렸다.

'보물상자'가 부서졌을 때, 미코의 마음도 함께 부서졌다. 내가
아무리 때려도, 난폭하게 범해도, 미코는 비명 하나 지르지 않고
스스로는 움직이지 못하는 인형처럼 그저 천장만 바라보며 눈물
만 주르르 흘렸다.

그 비정상적인 모습에 압도되어 뱃속에서 끓어오르던 마그마
의 기세가 약해졌고, 결국 우리는 두 개의 인형처럼 침대에 눕혀
진 채 한없이 울었다.


지금 빛 속에서 잠든 미코의 얼굴은 희미하게 미소 짓는 듯 보
였다. 그 미소 안에 아주 작은 감정조차 담겨 있지 않다는 걸 알기

192

에 나는 쓸데없는 생각을 하지 않고 그저 안심하고 그 얼굴을 바라볼 수 있었다. 내 마음은 평온했고 잔잔한 아침 호수처럼 단조로웠다. 깊고 푸른 호수 같았다.

나는 오늘따라 무척 은혜로운 기분에 젖어 있었다.

이윽고 미코의 숨결과 내 호흡이 조화를 이루기 시작했다.

나는 둔한 머리로 생각했다. 역시 내겐 미코가 필요하다고. 마음이 산산조각 나버린 나에게는 무슨 짓을 해도 받아들여주는 '절대적인 존재'가 필요하다. 깨져서 뾰족해진 유리 같은 나를 있는 그대로 꼭 안아주고 같이 선혈을 흘려줄 사람. 미코밖에 없었다.

미코도 자기가 없으면 후미야는 제대로 살아갈 수 없다고 생각하는 경향이 있었다. 미코는 어쩌면 내가 전적으로 의지한다는 사실에 자신의 존재 의미를 발견하고 거기에 매달려 살아가는지도 모른다.

그렇다면 이건 공동의존이다.

치료가 필요한 엄연한 정신장애다.

공동의존이란 두 사람이 서로의 존재에 의존하며 끊임없이 상처를 주면서도 그 수렁에서 빠져나올 수 없는 상태라고 심리학책에 적혀 있었다. 그런 두 사람을 헤어지게 만들려면 서로의 가족까지 정신과 전문의의 도움을 받아야 한다.

가족……. 미코는 조부모 밑에서 자란 모양인데 부모에 대해서는 아무 이야기도 해주지 않았다. 하지만 물어선 안 되었다. 그래도 알고 싶었다. 이 여자의 성장 환경에 대해 알고 적어도 동정이라도 하게 된다면 나도 다정하게 대할 수 있을지도 모르는데……. 그런 생각이 들곤 했다.

내 가족에 대해 말하자면……. 아버지와 어머니와 나, 세 사람 중심에 있어야 할 '기둥'이 없다. 그 '기둥'을 억지로 뽑아내고 나를 지배한 건 어머니였고, 그로 인해 나는 철저히 '혼자'가 되었다.

미코가 이불 속에서 느릿느릿 움직였다.

왜? 하고 나는 생각했다.

왜 어머니는 아버지를 있는 그대로 받아들이지 않았을까? 그 생각만 하면 어머니의 입술 사이로 터져 나온 낮은 목소리가 내 가슴속에서 시커멓게 소용돌이치기 시작한다.

후미야는 저렇게 되면 안 돼.

아버지를 나쁘게 말할 때 어머니의 목소리 톤은 늘 낮았다. 낮지만 비명과도 같은 압력으로 어린 나를 으스러뜨렸다.

아버지는 마을의 소년 야구 팀 감독이었다.

나도 초등학교 1학년 때부터 입단하여 열심히 공을 쫓아다녔다. 장래의 꿈은 프로야구 선수. 어디서나 볼 수 있는 평범한 야구 소년이었다.

고시엔에서 2회전까지 싸운 경험이 있는 아버지는 당시 소속 팀에서 유명한 프로야구 선수가 나왔다는 사실을 늘 자랑스러워했다. 게다가 그 사람은 선발된 게 아니라 후보 선수로 입단하여 주전으로 등용되었다고 한다. 아버지는 그 친구 이야기를 하며 종종 우리에게 '꿈'을 심어주곤 했다.

인간은 세 종류로 나뉜다. 처음부터 꿈을 포기한 사람과, 꿈을 좇다가 도중에 포기한 사람과, 끝까지 포기하지 않은 사람. 꿈을 이룬 사람은 이룰 때까지 포기하지 않은 사람을 말한다고…….

아직 어렸던 우리는 감독인 아버지의 말에 감동받고 눈부신 미래를 응시하며 야구에 더욱 매진했다. 지금 생각하면 야구에 깊이 빠졌던 그 시절이 내 인생에서 유일하게 반짝인 나날이었다.

나는 초등학교 5학년 때 오랜 염원이었던 정규 선수 자리를 꿰찼다. 포지션은 세컨드였다. 하지만 시합에는 한 번밖에 나가지 못했다. 왜냐하면 나는 두 번째 인간이었기 때문이다.

꿈을 좇다가 도중에 포기한 사람.

그것도 어머니의 권력에 의해 강제적으로 포기해야만 했다.

어머니는 내가 야구를 하는 것을 반대했다. 이유는 명쾌하다. 돈벌이가 시원치 않은 아버지처럼 되면 안 되기 때문이었다.

아버지는 고등학교를 졸업하고 마을의 작은 회사에 입사했다고 한다. 처음부터 출세할 전망이라곤 조금도 없는 하찮은 샐러리맨이었다고 어머니는 아버지를 비하했다.

"머리도 좋고 능력도 있고 노력도 하는데, 그저 고졸이라는 이유로 봉급이 싸. 그런 아버지 '불쌍'하지 않아? 아버지는 동기들한테도 뒤에서 무시당하고, 나중에는 퇴직금도 적겠지. 그 때문에 아빠, 엄마는 노후에 가난할 거야. 그러니까 후미야는 절대 아빠처럼 되면 안 돼."

아이들이 존경하는 '감독'을 한심한 낙오자처럼 말하는 어머니 때문에 어린 나는 평형감각을 제대로 갖추지 못했다.

그리고 나는 언젠가부터 소중한 배트와 글러브 대신 칙칙한 회색 학원 가방을 들고 다녔다.

내가 야구를 그만둔 후에도 아버지는 팀의 학부모들에게 사정하여 감독을 계속 맡았다.

나는 학원 가는 길에 펜스 너머로 운동장을 힘차게 뛰어다니는 아이들을 바라보며 마음속 밑바닥부터 어두운 마그마를 조금씩 쌓아갔다. 밝은 편이었던 성격도 나날이 빛을 잃어갔고, 어느새 친구들 사이에서 '어둡고 재미없는 놈'이 되어버렸다. 한 명, 또 한 명, 친구들이 떠나갈 때마다 일상의 모든 장면에서 색채가 사라졌다. 그리고 세계는 학원 가방과 똑같은 회색이 되었다.

나의 '외톨이' 인생은 이렇게 시작되었고, 그 후로 줄곧 '외톨이'인 채 지금까지 살아왔다. 대학 등록금은 돈벌이가 시원치 않아서 '불쌍'한 아버지의 박봉에서 나온다는 사실이 내 신세를 더 음울하게 만들었다.

그래도 지금은 어머니를 원망하지 않는다. 엄마는 엄마대로 아들 잘 되라고 한 일이라는 걸 이 나이가 되어서야 알았다. 아버지도 어머니도 외동아들인 내게 아낌없는 애정을 쏟아주었다. 아버지에 대한 어머니의 모욕이 내 마음을 일그러뜨리고 내 인생을 뒤틀리게 만들었을 뿐이다.

그런데 지금 나의 이 일그러진 마음 때문에 고생하는 사람은 다름 아닌 미코가 아닌가? 엉뚱한 사람한테 화풀이하는 것에도 정도가 있다.

정말로 '불쌍'한 건 아버지가 아니라 미코다.

나는 학원 가방과 같은 회색 한숨을 내쉬고 미코 얼굴로 다가갔다. 길게 말린 눈썹. 눈꼬리 위에 내가 남긴 작은 상처. 갑자기 미쳐버릴 것만 같아서 눈물 흔적이 남은 볼에 키스하고 혀로 핥아주었다. 지난밤 내가 흘리게 한 눈물에 짠맛은 없었다.

볼에서 입술을 떼니 미코의 눈꺼풀이 꽃잎처럼 천천히 열렸다. 멍한 시선이 나를 포착한 직후 이불 속에서 뻗어 나온 하얀 두 손이 내 볼을 다정하게 감쌌다. 그 손이 이번엔 내 얼굴을 천천히 끌어당겼다.

입술에 살짝 키스했다.

"아직 일러. 조금 더 자자."

미코가 갈라진 목소리로 말하면서 이불을 젖혀 나를 온기 속으로 불러들였다. 나는 시키는 대로 미코 옆으로 들어갔다. 미코가 내게 이불을 살며시 덮어주고 내 머리를 양팔로 안아 자기 가슴에 댔다.

그러고 내 머리에 대고 속삭이듯 말했다.

"후미야, 이제 안 울어도 돼."

그 말과는 반대로 나는 미코의 가슴에 얼굴을 묻고 한참을 오열했다.

◇◆◇

이틀 후 저녁에 혼자 집에서 우울한 내용의 순문학을 읽고 있는데 휴대전화가 울렸다. 미코였다.

"여보세요."

소설 세계에서 아직 빠져나오지 못했기에 내가 들어도 우울한 목소리였다. 그 톤을 알아차린 미코가 반대로 가벼운 목소리를 내주었다.

"여보세요, 후미야? 크리스마스이브에 별일 없어?"

"어? 응."

"그럼 데이트하자."

나는 "응" 하고 대답했다가 일단 침을 삼켰다.

"그런데……, 돈이 없어."

"흐음."

미코의 '흐음'에는 비웃음의 기색이 손톱만큼도 없었다. 그건 그냥 '그렇구나'와 같은 의미 없는 '흐음'일 뿐이다.

"그럼 돈이 필요 없는 데이트는?"

"좋지, 만……."

"만?"

"나는 선물 같은 것도 못 할 테고."

전화 저편에서 큭 하고 웃는 소리가 들렸다.

"선물은 신경 안 써도 돼. 나랑 '무덤 체크' 하러 가자."

"무덤…… 체크?"

"응. 성묘하러 가는 게 아니라 체크하러 가는 거야."

나는 "뭐야, 그게"라며 실소를 터뜨렸다.

"우리 집 가족묘를 한번 보러 가는 것뿐이야. 꽃을 준비하거나 경을 읽거나 하지 않아도 돼. 그냥 보는 것만."

"그러니까, 왜?"

미코는 후후후 하고 웃었다.

"말하자면 산책 같은 거야."

"크리스마스이브에? 무덤에서 산책을?"

"돈 안 들고 좋잖아? 돌아오는 길에 맛있는 거 사서 집에 와서 먹자. 내가 살게."

"으응. 그거야 뭐 좋지만."

그리하여 일단 '무덤 체크'인가 뭔가에 동참하기로 했다. '놀이'라고 해도 크리스마스이브를 '혼자' 우울하게 지내는 것보다는 나을 테니.

◇◆◇

이브 오전에는 약간 흐리고 연말답지 않게 미지근한 바람이 불었다. 미코와 나는 가까운 역에서 전철을 타고 삼십 분 정도 가서 완행열차만 서는 간이역에 내렸다.

개찰구를 빠져나오자마자 쓸쓸한 상점가가 눈에 들어왔다.

우리는 보통 커플처럼 손을 잡고 인기척 없는 상점가를 천천히 걸었다. 미코는 평소에 사용하지 않던 큼직한 팥죽색 숄더백을 어깨에 대각선으로 멨다.

"오랜만이다."

셔터가 내려진 가게가 대부분인 상점가를 바라보며 미코가 중얼거렸다.

"좀 쓸쓸하네."

"옛날엔 활기 넘치는 곳이었는데."

미코가 그리움과 쓸쓸함이 반씩 섞인 듯한 목소리로 말하고 살짝 한숨을 내쉬었다.

그때 자위대 항공기가 굉음을 내며 우리 머리 위를 날아갔다.

"내……."

"응?"

항공기 소리가 시끄러웠다.

"내가 살던 집."

"아, 응."

"역 바로 맞은편에 있어."

"그렇구나……."

"응……."

미코의 표정을 살폈다. 평소처럼 얼굴에 엷은 미소가 담겨 있었다.

"모처럼 여기까지 왔는데, 집에 안 들러도 돼?"

나는 조금 두근거리며 물었다.

"못 가. 연을 끊어서."

담담한 목소리로 말하니 오히려 내가 할 말이 없었다.

"그 집에서 할아버지, 할머니랑 같이 살았어."

미코가 앞을 보고 말했다.

항공기는 이제 저 멀리 날아갔다. 비행기 소리가 들리지 않으니 상점가가 아까보다 한층 더 쓸쓸하게 느껴졌다. 미지근한 12월의 바람에 적막감이 감돌았다.

"흐음, 그래서?"

나는 다음 말을 듣고 싶어서 맞장구를 치는 척 은근슬쩍 '질문'을 던졌는데, 그러다 보니 말투가 조금 쌀쌀맞아졌다. 미코는 별다른 낌새를 못 느꼈는지 담담하게 말을 이어갔다.

"나 어릴 때 부모님한테 버림받았거든. 그래서 할아버지, 할머니가 키워주셨어. 할아버지는 솜씨 좋은 목수였는데, 정말 다정한 분이었어."

"목수?"

"응. 가구 같은 걸 만드셨어. 내 방에 상자 있잖아? 그거, 할아버지가 만들어주신 거야."

그걸 발로 차서 부서뜨린 게 나다. 뭐라 할 말이 없었다.

"할머니는 굉장히 무서운 분이셨어. 마귀할멈처럼."

"마귀할멈이라니……."

"지금 생각하면 학대라고도 할 수 있는 일을 많이 당했어."

"학대?"

"응, 궁금해?"

문득 질문 금지라는 규칙이 뇌리에 떠올랐다. 하지만 이 정도는 대화의 흐름이니 상관없을 것이다.

"응."

고개를 끄덕인 후 꿀꺽 하고 침을 삼켰다.

"지금도 그때 생각하면 가슴이 답답해지곤 해."

그렇게 시작한 미코의 이야기는 생각한 것 이상으로 딱한 경험이었다. 하지만 가만히 들어보니 그 학대라는 행위 속에 미코가 느꼈다는 '미움'과는 반대 감정이 얼핏 보였다. 같은 폭력이라도 그냥 화를 쏟아붓는 나하고는 뭔가 근본적으로 달랐다. 나는 나 자신을 지키기 위해 미코를 희생시켰다. 하지만 미코의 할머니는 다르다. 미코를 향한 애정의 반증이 아니었을까? 애정 표현이나 교육 방법이 무척 편향된 탓에 일반적으로는 '바르지 못한 것'으로 분류되는 행동을 취한 게 아니었을까?

그래. 내 어머니처럼.

우리는 상점가를 빠져나가 주택가 안을 걸었다.

편의점이 있는 교차로에서 신호를 기다리며 나는 미코의 옆얼굴을 내려다보았다.

"있잖아, 미코."

"응?"

"할머니 말인데……."

"……."

"지금도 원망해?"

미코는 그대로 앞을 향한 채 "어떨까?" 하면서 어렴풋이 미소 지었다.

"심한 일을 많이 당하긴 했지만 여러 가지로 가르쳐주셨으니."

신호가 초록으로 바뀌었고 우리는 횡단보도를 건넜다.

"여러 가지 뭐?"

또 은근슬쩍 질문을 던졌다

"으음. 바느질이라든지, 요리라든지, 가계부 적는 방법이라든지, 생강홍차 만드는 법이라든지. 가계부는 결국 안 적고 있지만."

이제야 이쪽을 흘끗 쳐다본 미코가 조금 장난스럽게 웃어 보였다. 다시 앞을 향하며 주택가 저편에 우뚝 선 목욕탕 굴뚝을 올려다보았다.

"할머니는 내가 태어난 의미랄까 그런 것도 가르쳐주셨
어……."

태어난 의미?

나는 무슨 뜻일까 궁금해서

"그게……."

라고 말을 이으려 했지만 미코의 환호성에 묻히고 말았다.

"와앗, 아직 있다, 쇼와당!"

"응?"

"으으, 옛날 생각난다. 잠시 들렀다 가자."

미코를 흥분하게 한 건 쇼와시대(1926~1989년) 건물을 그대로
쓴 듯한 자그마한 과자 가게였다. 가게 이름인 '쇼와당'이 붓글씨
체로 적힌 간판이 처마 밑에 걸려 있었다.

미코의 손에 이끌려 나무틀로 된 유리문 안으로 들어가니 고목
과 다다미와 콩가루 냄새가 났다. 나도 옛날 생각이 나서 문득 가
슴이 저려왔다.

"핀볼이랑 소프트글라이더 옛날에 많이 했는데."

"나는 수실 가지고 많이 놀았어."

"아, 가루주스도 있다."

"후미야는 가루주스 그냥 먹었어? 아니면 물에 녹여 마셨어?"

"으음, 나는 가루를 핥아 먹는 편이었어."

"나는 마시는 게 더 좋았는데."

"물에 녹이면 싱겁지 않아?"

"물을 컵에 반만 따르면 딱 좋아."

이런 우리의 대화를 하얀 머리의 주인 할머니가 방긋방긋 웃으며 듣고 있었다. 나는 미코에게만 들리도록 말했다.

"저 할머니도 옛날 그대로야?"

"응. 흰머리가 늘긴 했지만. 굉장히 친절한 할머니야. 종종 깎아주셨는데. 건강하신 것 같아 기쁘다."

우리는 추억의 장난감과 과자를 몇 가지 샀다. 아니, 미코가 사주었다. 그런데 딱 하나 미코가 사달라고 조르는 것이 있었다.

"아, 후미야, 나 이거 사줘."

미코가 가리킨 건 사탕 반지였다. 싸구려 플라스틱 반지에 커다란 보석 모양 사탕이 달려 있었다. 가격은 하나에 20엔. 나는 미코가 무슨 의도로 그러는지 몰라서 "응?" 하고 고개를 갸우뚱했다.

미코는 그런 나를 무시하고 "응, 역시 빨강이 좋겠다" 하면서 빨간색 사탕을 집었다.

"이거, 부탁해."

"아, 응……."

나는 점퍼 주머니에서 지갑을 꺼내어 방긋방긋 웃는 할머니에게 10엔짜리 동전 두 개를 내밀었다.

"네, 학생, 고마워요."

"아, 아뇨……."

할머니가 지나치리만치 정중하게 인사하는 바람에 나는 조금 당황하여 뒤통수를 긁적였다.

그때 미코가 내게 왼손을 내밀었다.

"어……, 지, 지금 끼려고?"

나는 방긋방긋 웃는 할머니 눈앞에서 미코의 새끼손가락에 사탕 반지를 끼워주었다. 아이들을 대상으로 만든 반지라서 넷째 손가락에는 들어가지 않았다.

"고마워. 신난다, 크리스마스 선물 받았다."

미코가 어린아이처럼 후후후 하고 웃으며 새끼손가락에 낀 사탕을 할머니에게 보여주었다.

할머니는 그렇지 않아도 작아진 눈이 이젠 보이지 않을 정도로 활짝 웃으며 깜짝 놀랄 만한 대사를 입에 담았다.

"잘됐네. 너 미코지?"

"어……."

미코도 나도 너무 놀라 할 말을 잃고 말았다.

"웃을 때 얼굴도 목소리도 옛날이랑 똑같네."

"말도 안 돼……. 할머니, 절 기억해주셨어요?"

미코는 양손으로 입을 막고 갈라진 목소리로 말했다.

"나이가 들어서 이제 기억 안 나는 아이도 많지만 미코는 못 잊지. 그렇게 예의바른 아이는 없었거든."

감동했는지 미코 눈에 눈물이 그렁그렁했다.

"할머니……."

"이건 서비스로 주마."

할머니가 그렇게 말하면서 '모치타로'라는 이름의 과자를 내밀었다.

"아하하. 옛날이랑 똑같으시다."

눈물방울이 웃는 미코의 볼을 타고 내려와 허름한 콘크리트 바닥에 뚝 떨어졌다.


우리는 과자 가게에서 나와 다시 주택가를 걸었다.

미코가 걸으면서 숄더백 지퍼를 열고 종이봉투를 꺼냈다.

"자, 이거. 반지에 대한 보답이야."

"어?"

나는 갑자기 떠맡겨진 종이봉투를 오른손으로 받았다. 왼손에는 과자 봉지를 들고 있었다.

"아, 한 손으로는 못 열겠네."

미코가 과자 봉지를 빼앗아서 가방 안에 밀어 넣었다.

"열어봐."

"뭐야, 이거? 선물?"

미코는 고개를 끄덕이며 살짝 수줍어했다.

20엔짜리 반지에 대한 보답이라고 하니 미안한 마음이 앞섰지만 그렇다고 안 받을 수도 없어서 나는 미코를 따라 정중히 "고마워"라고 말했다.

"응."

미코의 얼굴에 작은 웃음꽃이 피었다.

종이봉투 안엔 목도리가 들어 있었다. 와키타가 두른 것 같은 세련된 느낌의 카키색 줄무늬 목도리였다.

나는 살짝 부끄러워하며 목에 둘러보았다.

"어때……?"

"응, 느낌 좋다. 멋져. 그런데 오늘은 좀 덥네."

"아냐, 딱 좋아."

나는 작은 거짓말을 하며 웃음으로 화답했다.

이렇게 따스한 마음으로 거짓말을 한 게 몇 년 만인지…….

문득 그런 생각이 들어 내 변화에 잠시 놀랐지만, 이 기쁨도 '놀이'의 일부라는 걸 모르지 않으니 다시 보폭이 좁아지는 것이었다.

점심때가 되어가자 바람이 한층 더 따뜻해졌다. 땀이 나서 목도리는 두른 채 입고 있던 점퍼를 벗었다.

"더우면 목도리 벗어도 돼."

미코는 곤란한 표정으로 웃었지만 왠지 목도리는 벗고 싶지 않았다.

50미터 정도 더 걸으니 곡선 길이 오른쪽으로 이어졌다. 횡단보도를 하나 건너고 아까 보였던 목욕탕 옆을 지나자마자 전망이 살짝 트였다. 자그마한 묘지가 우리 눈앞에 펼쳐졌다.

"향이라도 준비해 올 걸 그랬나?"

"아니, 괜찮아."

담담하게 말한 미코는 내 손을 끌고 묘지 안으로 들어가서 오른편 안쪽에 있는 묘 앞에 멈춰 섰다.

"후미야는 여기서 기다려."

미코 혼자 성큼성큼 돌계단을 오르더니 무엇 때문인지 묘비 측면으로 돌아가 쭈그리고 앉았다.

다음 순간.

미코의 입술이 살짝 열린 채 얼어붙었다.

시선은 한 지점으로 쏟아졌다.

묘비 측면에 죽은 사람의 이름이 새겨져 있을 것이다.

"미……."

내가 부르려던 순간, 미코가 천천히 움직였다.

손가락이 묘비 측면에 새겨진 이름을 따라 흘렀다. 손가락 끝으로 한 글자 한 글자 덧그렸다.

미지근한 바람이 산들산들 불어와 내 목도리와 미코의 검은 머리카락을 흔들었다.

내가 "미코……" 하고 갈라진 목소리로 부르니, 미코가 웅크린 채 얼굴만 이쪽으로 돌렸다.

"미코……, 괜찮아?"

괜찮지 않다는 것 정도는 표정만 봐도 알지만 왠지 나는 그런 말밖에 할 수 없었다.

"사람들한테……."

"응?"

미코의 입술이 애잔하게 움직였다.

"사람들한테…… 고맙다는 말을 듣기 위해서."

미코는 묘비에 손가락을 댄 채 떨리는 목소리로 말했다.

"나…… 태어났대."

"어……."

"할머니가……, 이 손, 고마운 손이 돼라고……, 말씀하셨어."

거기까지 말했을 때 문득 미코의 입꼬리가 올라갔다.

웃은 것이다.

무척 허무하게 느껴지는 미소이긴 했지만 아무튼 미코는 웃었다.

"미, 미코?"

내가 돌계단에 한 걸음 오르려던 순간, 다시 미코의 입술이 움직였다.

"이름이, 있어."

"어……."

"여기 할아버지랑, 할머니……."

또 미지근한 바람이 불었다.

바람에 나부끼는 검은 머리카락이 미코의 얼굴을 살랑살랑 어루만졌다. 그 머리카락의 일부가 미코의 볼에 달라붙었다. 눈물에 젖은 것이다.

고마운 손.

나는 묘비를 힘없이 어루만지는 미코의 하얀 손을 보았다.

저 손에 내가 얼마나 위로받았던가.

설사 그게 '놀이'였다 해도.

"미코……."

이번엔 확실히 돌계단을 올라 미코의 어깨에 손을 올렸다. 작은 동물처럼 가늘게 떨고 있었다.

쭈그리고 앉은 채 묘비에 이마를 대고 있던 미코가 숨이 넘어갈 듯한 목소리로 울기 시작했다.

"나, 이제 정말 혼자가 됐어……."

◇ ◆ ◇

무덤 체크로부터 나흘이 지난 월요일.

미코가 일 때문에 집을 비우는 저녁 시간을 노려, 갖고 있는 열쇠로 미코 집에 들어갔다.

주방은 깔끔하게 정리되어 있었다. 작은 창을 통해 오렌지색 저녁 햇살이 쏟아져 들어오니 왠지 묘하게 애잔한 공간으로 느껴졌다.

주방을 지나 침대 옆으로 가서 부서진 미코의 보물상자를 들고 고타쓰 위에 조심스레 올렸다.

시시각각 어둠이 짙어지는 방에 형광등을 켰다.

오는 길에 상점에서 산 경첩이랑 나사못을 비닐봉투에서 꺼냈다.

"좀 서툴지만 고쳐줄게."

혼잣말을 하면서 보물상자 뚜껑을 살며시 열었다. 상자 안에 오래된 일기장이랑 색 바랜 종이비행기 같은 잡동사니들이 잔뜩 들어 있었다. 그 잡동사니들 위에 놓인 가장 허접한 물건 하나.

빨간색 사탕 반지.

이런 것까지 보물상자에 넣는 거야?

정말 바보구나…… 이런 미코가 참 사랑스럽다고 생각한 순간, 문득 시야가 흔들렸다.

손목으로 눈물을 닦았다.

그러고 나는 부서진 경첩을 제거하고 새 경첩을 달았다. 원래 붙어 있던 까만 경첩과 비교하면 부실해 보이지만 일단 뚜껑은 꼭 닫혔다.

뚜껑 안쪽에 붙어 있는 이 손거울은 뭐람? 자그마한 의문을 안은 채 나는 일어났다.

수리가 끝난 보물상자는 침대 옆에 살며시 밀어놓았다.

그러고 마음이 변하기 전에 미코 집에서 나왔다.

청바지 주머니에 손을 넣고 열쇠를 꺼냈다.

열쇠 구멍에 넣고 잠갔다.

이 열쇠는 나의 '수호신'이었다

그걸 오른손에 쥔 채 숨을 한번 깊이 들이마신 다음, 현관에 붙어 있는 우편함 속으로 떨어뜨렸다.

찰랑.

문 저편에서 낮은 금속음이 울렸다.

나는 이제 또 '혼자'가 되었다.

미코라는 은신처를 잃고 완전히 '혼자'가 되었다.

나는 양손을 가슴에 얹었다. 흥분인지 공포인지 모를 감정이 순식간에 팽창해갔다.

다시 한번 심호흡을 했다.

한심할 정도로 호흡이 떨렸다.

내가 생각해도 꼴사납다.

하지만 나는 이런 꼴사나운 모습부터 다시 시작할 것이다.

"좋았어."

기운을 내어 일부러 크게 중얼거렸다.

미코 집을 뒤로 하고 되도록 성큼성큼 걸었다.

12월의 차가운 바람이 볼을 스쳤다.

세련된 줄무늬 목도리가 내 목을 따뜻하게 감싼다.

지금 내겐 해야 할 일이 두 가지 있다.

하나는 와키타에게 전화해서 다시 야구 서클에 들어갈 수 있도록 해달라고 부탁하는 것.

또 하나는 고백.

정정당당하게 교제를 신청할 것이다.

사랑하는 미코에게.

이번에는 '놀이'가 아니라 진짜 연인이 되길 원한다고.

거절당하면 그걸로 됐다. 폭행마 하나가 그녀 앞에서 사라질
뿐이다. 하지만 만약 미코가 허락해준다면, 그때는…….

걸으면서 내 두 손을 보았다.

이 손을 '고마운 손'으로 만들 것이다.

점퍼 주머니에서 휴대전화를 꺼냈다.

우선 와키타에게 걸었다. 호출음이 울리기 시작했다.

차가운 바람이 휙 지나갔다.

나는 목도리의 온기를 느끼며 동쪽 하늘에 반짝이기 시작한 별을
올려다보았다.

## 제6장

구 로 키 류 스 케 와 헌 팅 캡

커피밀 손잡이를 천천히 돌려 내 취향에 맞는 원두를 갈았다. 조금 거칠게 분쇄한 원두에 뜨거운 물을 부어 정성껏 커피를 내린다. 혼자 사는 집 주방에 수증기가 피어오르고 은은한 향이 감돈다.

장식 없는 하얀 컵. 선 채로 한 모금 마신 다음 "후우" 하고 짧은 숨을 내뱉었다.

가부키초에서 그리 멀지 않은 신오쿠보의 겨울 아침이다.

아침이라고 했지만 이제 곧 오전이 끝나갈 시각…….

커피를 다 마신 후 추리닝 차림으로 아파트 계단을 내려갔다. 입김이 하얗다. 1층 우편함에 든 신문을 꺼내면서 보니 안쪽에 자그마한 하얀색 상자가 들어 있었다. 빨강과 초록색 리본이 달려 있고 메시지 카드도 끼워져 있다.

뭐지?

나는 일단 신문과 상자를 한 손에 잡고 난방이 켜져 있는 집으로 돌아왔다.

신문은 테이블 위에 던져놓고 상자 리본에 끼워진 카드부터 들었다. 두 겹으로 접힌 카드를 펼치니 파란색 볼펜으로 쓰인 메시지가 나왔다. 글씨는 제법 예뻤다.


생일 축하합니다 ♪
류상에게 꼭 어울리는 파워스톤을 골라보았습니다.
힐링 스톤인 터키석, 건강과 행운의 수정,
성공을 상징하는 청금석입니다.
멋진 생일 보내시길 바랍니다.

— 미코 드림


옆에 놓인 신문으로 시선을 주었다. 날짜를 본다. 그렇군, 오늘은 내 마흔한 번째 생일이다.

미코는 내가 경영하는 업소인 '신주쿠 루비 파라다이스'에서 일하는 '여자애' 중 하나다. '여자애'라고 해도 나보다 열두 살 아래이니 벌써 스물아홉일 것이다. 프로필 상으로는 몇 살 속여 스물

다섯이지만 아무튼 업소 '여자애' 중에서는 최고령이다. 그래도 동안에다 피부가 희고 호리호리해서 실제 나이보다 꽤 어려 보인다.

크리스마스 색상의 리본을 풀고 상자 뚜껑을 열었다. 엷은 청색과 남색과 투명한 보석들이 알알이 연결된 팔찌가 들어 있었다.

왼쪽 손목에 껴보았다. 디자인도 착용감도 나쁘지 않았다.

오늘 아침에 이 선물이 우편함에 들어 있었다는 건 어젯밤 일 마치고 몰래 들렀다는 말인가?

나는 휴대전화를 들고 가게로 전화를 걸었다.

"전화 주셔서 감사합니다. 신주쿠 루비 파라다이스입니다."

정중한 말투로 전화를 받은 건 신입인 다카히로였다.

"수고 많다. 전화 대응법을 잘 익혔군."

"앗, 사장님, 안녕하십니까!"

아직 스무 살 정도밖에 안 된 다카히로는 눈치가 빠른 타입은 아니지만 시키는 일은 완벽하게 해내는 청년이다. 작년에 가출하여 가부키초에서 어슬렁거리던 아이를 거둬줬더니 그걸 은혜로 생각하는지 내 말이라면 마치 충견처럼 따른다.

"미코 나왔나?"

"앗, 미코 씨한테 아까 전화가 왔었는데요. 몸이 좀 안 좋아서 오늘은 쉰다고 합니다."

"미코답지 않네. 감긴가?"

"글쎄요……. 기침을 하는 걸 보니 감기인지도 모르겠습니다.

목소리도 좀 아파 보였고요."

"그래? 알겠다. 나는 오늘 사무소에 안 나갈 거야. 무슨 일 있으면 휴대전화로 연락해."

"예."

그럼 부탁한다, 라는 말로 통화를 끝냈다.

미코에게도 전화를 걸어보았다. 벨이 몇 번 울리더니 음성사서함으로 넘어갔다. 나는 메시지를 남기는 걸 어색해하는 편이라 아무 말도 하지 않고 전화를 끊었다.


신문을 대충 훑어본 후 북쪽의 두 평 남짓한 서재로 들어갔다. 이 방은 볕이 잘 들지 않아서 낮에도 형광등을 켜야 하지만 그 어스레함이 오히려 좋다. 일에 집중할 수 있어서다.

노트북을 열고 메일을 체크했다.

같이 일하는 고모리 유키에게서 메일이 두 건 와 있었다.

고모리와는 공동경영자로서 손을 잡고 회사를 세우기로 했는데, 하나는 그 건에 대한 사무적인 연락이었다. 우선 이쪽부터 읽었다. 그리고 다른 메일의 제목은 '홈페이지 디자인(이미지)'였다. 메일 본문에 있는 주소를 클릭하니 서버에 임시로 저장된 홈페이지로 연결되었다.

메인 화면에 회사 이름인 '원더 재팬'이라는 글자가 붓글씨체로 위풍당당하게 적혀 있었다. 표기는 모두 영어였다. 사진도 디자인도 상상한 것 이상으로 세련됐다.

역시 고모리다.

나는 책상 앞에 앉아 팔짱을 끼고 곱슬머리에 검은 테 안경을 낀 대학 동창의 얼굴을 떠올렸다. 둘이 협력하여 인터넷을 이용한 통신판매 회사를 세우기로 했는데, 취급하는 상품은 분야를 가리지 않고 '전통적인 것'이라면 뭐든 가능하다. 일본식 정원을 만들 때 쓰이는 자갈이나 정원수부터 비단잉어, 일본도, 기모노, 인형, 샤미센(일본의 대표적인 현악기), 초롱에 이르기까지 다양한 상품을 수출할 것이다.

창업에 드는 비용은 업소 경영으로 그럭저럭 돈을 벌고 있는 내가 부담하고, 실무는 고모리가 담당하기로 했다. 고모리는 과거에 십 년간 미국과 유럽 각국을 돌아다니며 수입 대리점 일을 했기 때문에 어학에 능한 데다 해외 인맥도 충분히 보유하고 있다. 그런 고모리가 내게 먼저 제안한 것이다.

"지금 미국 부자들 사이에서 전통에 대한 관심이 유행처럼 번지고 있어. 나랑 손잡고 한밑천 잡아보지 않겠나?"

나는 그 제안에 흔쾌히 응했다.

유흥업소 경영에는 이제 싫증이 났고 지금은 직원 몇 명에게 맡겨놓으면 내가 관여하지 않아도 잘 돌아간다. 건실한 직업을 하나 갖고 있으면 사람들 앞에 나서기도 좋을 것 같았다. '신주쿠 루비 파라다이스'는 만일의 경우에 대비하여 뒷골목 사회에 얼굴이 통하는 오야마 게지를 사외이사에 올려두었다. 뭔가 문제가 생겼을 시에만 나서주는 해결사 같은 존재다.

나는 책상 구석에 밀어둔 새 명함 다발을 손에 들었다. '원더 재팬'이라는 회사 이름 옆에 일본스러운 로고 마크가 새겨져 있다. 내가 아이디어를 내고 그 아이디어를 토대로 젊은 디자이너가 제작한 것이다. 자화자찬이긴 하지만 나도 마음에 들고 고모리도 좋다고 했다. 이 명함을 손에 들고 새로운 비즈니스 세계에서 유유히 헤엄쳐 반드시 성공을 거머쥘 것이다.


고모리에게 답장 메일을 보내자마자 초인종이 울렸다. 택배였다. 현관으로 나가 골판지 상자를 받았다. 표면에 마른 진흙이 묻어 있었다.

내용물은 열어보지 않아도 안다.

또 보냈군…….

마음속으로 투덜거리면서 테이프를 벗기고 상자를 열었다.

비옥한 땅과 태양이 만들어낸 건강한 냄새가 훅 밀려나왔다. 배추, 유채나물, 무, 부추…….  바다가 내려다보이는 밭에서 어머니가 직접 수확한 무농약 겨울 채소 세트다. 몇 년 전에 전화로 "채소 필요 없어요. 이제 보내지 마세요"라고 말했는데, 그래도 상관하지 않고 2~3개월에 한 번씩은 보내온다.

흙 묻은 채소 외에 편지도 늘 두 장씩 들어 있다. 이게 또 성가

시다. 요즘 허리가 아픈데 그렇다고 밭일을 그만두면 거동도 못하는 노인이 될까 봐 무섭다든가, 아버지(내 부친) 무덤에 성묘를 가서 보니 잡초가 많이 자랐다든가, 시골의 겨울은 춥다든가, 휘파람새가 울었다든가, 무릎이 이제 좋아졌으니 걱정하지 말라든가……. 이런 아무래도 좋을 정보를 써서 보내는데, 그 아무래도 좋은 편지 행간에 '가끔 내려오너라'라는 무언의 메시지가 들어 있는 것 같아서 읽을 때마다 가슴이 답답해진다. 그래서 늘 대충 읽고 이 초 후엔 쓰레기통에 넣어버린다.

나는 십칠 년 전 아버지에게 의절당했다.

도쿄에 있는 대학을 졸업한 후 취직도 못 하고 아르바이트로 근근이 살아가는 모습이 일단 마음에 들지 않았을 것이다. 게다가 아버지의 친구 딸이 도쿄에 있는 대학에 입학하자마자 내가 손을 대서 반년 후에 임신시켰다. 그녀는 대학을 중퇴하면서까지 아기를 낳으려 했으나 끝내 임신중독증으로 죽고 말았다. 나로서는 진지하게 연애를 한 결과 이렇게 됐을 뿐이니 내 잘못이 아니라고 말하고 싶었지만, 아버지가 나를 내치고 싶은 마음도 충분히 이해가 됐다. 나는 아무 변명도 하지 않고 아버지의 말을 따랐다.

내 집엔 두 번 다시 얼씬도 하지 말거라.

아버지의 부고를 받은 건 그로부터 칠 년 후, 즉 지금부터 딱 십 년 전의 일이다. 부고를 전해준 건 어머니였다. 어머니가 전화를 걸어와 차분한 목소리로 아버지가 죽음에 이른 경위를 들려주었다. 대장암이 온몸으로 전이되어 고통스럽게 갔다고 했다. 전화가 끝나갈 무렵에 어머니는 더 이상 감정을 감추지 못했다. "그래도 장례식에는……" 하고 몇 번인가 호흡을 가다듬더니 "와줄 거지?" 하면서 눈물지었다.

장례식에는 참석했다.

물론 누나 부부를 포함한 친척들의 냉담한 시선을 견뎌야 했다. 각오는 했지만 내가 설 곳이 없는 장례식은 그야말로 고통이었다.

관 속에 누운 아버지의 얼굴을 본 순간, 문득 내 뇌리에 어린 시절의 기억이 되살아났다. 매미가 울어대던 여름방학 중에 일주일 정도 들여서 아버지랑 같이 마당에 구덩이를 파던 때의 기억이다. 끝난 후 아버지는 "류스케, 수고했다"라며 머리를 쓰다듬어주었다. 큼직하고 거친 손이었기에 쓰다듬으면 내겐 박박 문지르는 듯한 느낌으로 전해졌다. 아버지는 여름 하늘을 배경으로 서글서글하게 웃으며 나를 내려다보았다. 그 구덩이에 콘크리트를 부어서 연못을 만들고 비단잉어를 열 마리 정도 넣고 길렀다.

"류스케. 잉어가 성장하면 용이 된다는 전설이 있단다."

기쁜 듯 먹이를 뿌리며 아버지가 말했다. 그 당시 '류('용'이라는 뜻 - 옮긴이)'라고 불렸던 나는 잉어를 내려다보며 미래를 상상하곤 했다.

죽을 때 고통스러워한 것에 비해 아버지의 얼굴은 온화했다.

어릴 적 나를 귀여워해주셨던 고모 목소리가 아버지를 바라보는 내 등을 찔렀다.

"넌 역시 안 우는구나."

상복을 입고 있는 동안 나는 거의 아무하고도 말을 하지 않고 지냈다. 그리고 장례 절차가 끝나자마자 냉큼 도쿄로 올라왔다. 아직 친척들이 남아 있는 고향 집을 나서는데 문득 그 연못이 눈에 들어왔다. 완전히 성장한 잉어들에게서 기품이 느껴졌다. 잉어들은 아버지가 없는 집에서도 유유히 헤엄치고 있었다.

그때 이후로, 즉 십 년간 한 번도 고향에 내려가지 않았다. 어머니와 마주 앉아 무슨 말을 해야 할지 모르겠고, 그 상황을 생각하는 것만으로 숨이 막혔다.


이번에도 편지가 들어 있었다.

편지와 채소 외에 또 하나 쓸데없는 것이 있었다. 가지런히 누운 채소 위에 백화점 봉투 하나. 내용물은 헌팅캡이었다.

이 나이에 생일 선물인 모양이다.

모자를 손에 들어보았다. 남색 데님 소재인데 일반적인 것보다 챙이 길었다. 마흔을 넘긴 내겐 좀 젊은 디자인이다. 생각해보니 어머니는 벌써 십 년 동안 내 얼굴을 보지 못했다. 기억 속의 나는 상복을 입은 십 년 전 청년의 모습일 것이다.

편지를 읽었다. 내용은 여전했다. 밭에서 내려다보는 겨울 바다가 예쁘다든지, 올해는 무가 풍작이라든지, 감기 걸렸었는데 모과 덕분에 기침이 가라앉았다든지……. 마지막 문장은 늘 그랬듯 '몸조심하거라'였다.

혹시 어머니는 이 편지를 쓰고 싶어서 '채소 선물'을 보내는 게 아닐까……. 문득 그런 생각이 들었지만 나는 상자와 마음의 뚜껑을 동시에 닫고 편지를 쓰레기통에 집어넣어 버렸다.

이 많은 채소를 어떻게 한다지?

순간 미코의 얼굴이 뇌리를 스쳤다.

업소 아가씨로서는 드물게 부지런히 요리를 하는 여자다. 네 살배기 딸 치코 때문이다.

감기 걸린 미코와 한창 자랄 나이인 치코.

무농약 채소가 갈 곳은 정해졌다.

나는 외출복으로 갈아입고 골판지 상자를 안고 밖으로 나왔다.

헌팅캡은 책상 위에 던져놓았다.

◇ ◆ ◇

남색 BMW 트렁크에 골판지 상자를 싣고 조금 혼잡한 신오쿠보 거리를 달렸다. 미코가 사는 히가시나카노까지는 십 분도 걸리지 않는다.

늘 이용하는 코인주차장에 주차한 다음 골판지 상자를 꺼내서

225

안고 아파트 현관으로 들어갔다. 엘리베이터로 3층까지 올라가서 정면에 보이는 집 초인종을 눌렀다.

잠시 후 "네⋯⋯" 하는 목소리가 인터폰에서 들렸다. 역시 감기인지 목소리가 쉬었다.

"팔찌 선물에 보답하러 왔어."

"어, 류상?"

"짐 무거워. 빨리 열어줘."

문이 열렸다.

미코는 멋이라곤 전혀 없는 팥죽색 잠옷에 크림색 점퍼를 걸치고 있었다. 아직 열이 있는지 얼굴이 발그레하다.

"몸 안 좋다며?"

"감기 걸려서⋯⋯."

"들어가도 돼?"

"되긴 하지만, 감기 옮을까 봐⋯⋯."

"나는 감기 안 걸려."

"네?"

"그렇게 정했거든. 정해놓으면 정말로 안 걸려."

나는 말하면서 미코 옆을 지나 집 안으로 들어갔다. 골판지 상자는 냉장고 옆에 조심스레 내려놓았다.

"어머니가 보내준 무농약 채소야. 나는 밥을 안 해 먹으니, 미코가 받아줘."

"어, 전부?"

물론, 이라는 얼굴로 고개를 끄덕였다.

"그리고 이거, 마음에 들어. 고마워."

팔찌 낀 왼쪽 손목을 미코에게 내밀어 보여주었다.

미코는 살짝 미소 지었다가 기침을 한차례 하더니 바로 일회용 마스크를 꼈다.

"얼굴 보니 열이 있네. 밥은 잘 먹고 있어?"

"마침 지금 저녁을 어떻게 할까 생각하던 참이에요."

"그렇군. 뭐라도 배달시켜. 내가 살 테니까."

미코는 고개를 저었다.

"아뇨, 요리할 수 있어요. 약을 먹었더니 열도 내렸고."

미코는 나를 거실 의자에 앉히고 고무줄로 검은 머리를 묶으면서 주방에 섰다.

"무리하지 마."

"괜찮아요. 엄마는 강하니까."

미코는 말하면서 주전자를 불에 올리고 골판지 상자 앞에 쭈그리고 앉아 뚜껑을 살며시 열었다.

"와아, 전골 재료로 딱 좋겠다."

미코가 고개만 이쪽으로 돌렸다. 입술은 마스크 때문에 보이지 않지만 눈이 기쁜 듯 웃고 있었다.

"겨울 채소니까."

"오늘 저녁 반찬은 전골로 해야지. 재료를 썰어서 넣기만 하면 되니까 편하기도 하고."

"몸이 안 좋을 땐 좀 누워 있지 그래."

"나는 감기 걸렸지만 치코는 건강하니까요. 영양가 있는 밥을 먹여야죠."

치코, 치코, 치코……. 미코는 딸을 위해서라면 어떤 상황에서든 노고를 마다하지 않는다. 피곤할 때도, 수면 부족일 때도, 치코를 위해서라면 무슨 일이든 한다.

그렇다고 과잉보호를 하는 건 아니다. 야단칠 때는 무서울 정도로 엄하다. 꾸짖다가도 치코가 반성하는 것 같으면 금세 꼭 안아준다. 이것이 미코의 육아법이다.

여태까지 미코의 인생은 참 파란만장했던 모양이다.

금전 감각이 없는 중년 남자와 사귀다가 치코를 가졌고, 혼인신고를 한 직후 남자가 잠적했다. 그것도 수백만 엔에 이르는 빚을 남기고……. 미코에겐 의지할 가족도 없었다. 태어나자마자 모친에게 버림받고, 부친은 미국으로 가버린 후 행방이 묘연하다. 길러주신 조부모와는 연을 끊었는데, 지금은 돌아가셨다고 한다. 절연한 이유는 조모의 학대를 견디지 못하고 가출했기 때문이란다. 드라마라든지 소설에나 나올 법한 인생인 것 같지만 이 업계에 몸담고 있으면 비슷한 과거를 가진 여자를 종종 만나게 된다. 그러나 이토록 착실하게 생활하면서 자식을 정성껏 기르는 여자는 미코 외엔 알지 못한다.

미코는 신비한 여자다. 일을 대하는 자세가 누구보다도 성실하여 손님들 사이에서도 평판이 무척 좋다. 단골 고객수도 늘 최상위를 겨룰 정도다. 이 일을 하는 아가씨 치고 수수한 편이지만, 오히려 그 점이 손님을 끄는 요인인지도 모른다. 어릴 때 학대를 당했다는데도 성격이 순하고 말씨가 공손하다. 부엌에서 칼질을 하거나 차를 끓일 때 보면 '몸짓' 하나하나가 일본 여성답고 아름답다.

이런 일을 한다는 것만 빼면 지극히 '괜찮은 여자'다.

나는 우리 가게 '여자'한텐 손을 대지 않는다. 미코와도 관계를 가진 적이 없고, 앞으로도 그럴 생각은 없다. 그런데 우리 둘은 왠지 잘 맞다. 어쩌다 보니 미코의 집에 훌쩍 들러서 친구처럼 시간을 보내는 사이가 되었다. 그러는 동안 네 살배기 치코도 나를 잘 따르게 되었고, 나도 그런 치코가 귀엽다.


거실 의자 등받이에 몸을 맡기고 기지개를 켰다. 이 집에 있으면 왜 그런지 내 집에 있을 때보다 마음이 편안하다. 보름 만에 방문한 미코의 집을 별생각 없이 둘러보았다. 그러다 책장에 시선이 멈췄다. 치코의 그림책 옆에 요양보호사 교재가 몇 권 꽂혀 있었다.

"요양보호사?"

주방에 선 가녀린 등을 향해 말을 걸었는데 "잠깐만요"라는 짧은 대답이 돌아왔다. 커피를 내리는 중이었다.

"자, 커피 한잔 드세요."

테이블 위에 꽃무늬 커피 잔 두 개가 놓였다. 미코는 맞은편 의자에 앉아서야 내 질문에 대답했다.

"일단 공부만 해보려고요."

미코가 마스크를 턱까지 내리고 커피를 홀짝였다.

"해서?"

"자격증을 따게 되면 간병 일을 할 수도 있고……. 응, 커피 맛있다."

나는 "그래?"라고 말하고 커피에 입을 댔지만, 미코가 간병 일을 하는 것에 대한 반응인지 커피 맛에 대한 관심인지는 나도 알 수 없었다.

"맛있군. 원두가 좋은 건가?"

"그냥 보통 원두인데."

"그럼, 커피 내리는 법이 특별한가?"

이때 미코가 뜻밖의 대답을 들려주었다.

"맛있어져라, 맛있어져라, 중얼거리면서 내리면 진짜로 맛있어져요."

"뭐야, 그게."

나는 쓴웃음을 지었다.

"같은 어린이집 다니는 치코 친구 엄마가 '카페 곳'이라는 찻집

에 데리고 가졌거든요. 그 가게 주인 할머니한테 배운 마법의 주
문이 '맛있어져라'예요."

"마법?"

"맞아요, 마법. 누군가에게 기쁨을 주고 싶을 때, 작은 마법이라
면 누구든 쓸 수 있대요."

"흐음……."

"좀 멋지죠?"

나는 애매하게 웃으며 넘어갔다. 이 세상에 마법 따위 있을 리
가 없다. 하지만 미코가 내린 커피 맛은 진짜였으니, 그 맛에 경의
를 표하는 뜻에서 굳이 반론은 하지 않기로 했다.

"간병 일을 시작하면 우리 가게는 그만둘 건가?"

"이제 공부를 시작해서 거기까지는 생각 못 했어요. 돈은 필요
하니까 바로 그만두긴 힘들겠죠."

"빚은 이제 없잖아?"

"그렇긴 해도. 치코 장래를 생각하면 돈은 없는 것보다 있는 게
나으니. 그냥……."

"그냥?"

"아직 확실히 정한 게 아니라서 류상한텐 당분간 말하지 않으
려고 했는데……."

"……."

"가까운 시일 내에 류상 가게, 그만둘지도……."

231

놀랐다. 하지만 감정을 얼굴에 드러내지 않을 정도의 인생 경험은 있다.

"그만두고 어쩌려고?"

"SM의 S전문으로 고용해줄 가게를 찾아볼까 해서……. 류상, 미안해요."

미코는 조금 거북한 얼굴로 커피를 홀짝였다.

"사과할 일은 아니지만, 몰랐어, 미코 취향이 그런 줄은."

"앗, 아니에요!"

미코는 웃다가 잠시 콜록거렸다.

"나는 지극히 표준이라니까요. 그런데 말이에요, 역시 성병도 무섭고 체력적으로도 힘들어서, 무슨 일이 생기면 치코한테도 좋지 않을 것 같고……. S전문이라면 내가 알아서 하면 되니까 육체적으로도 편하고 병이 옮을 확률도 적고, 싫은 손님이 내 몸을 만지는 횟수도 적어지잖아요. 기분적으로 편할 것 같아서……."

그렇군. 일리 있는 설명이다.

이 업계에 오랜 경험이 있는 내 인맥을 이용하면 소개는 가능할 것이다. 휴대전화로 미코의 사진을 보내고 부탁만 하면 내일이라도 채용해주겠지. 하지만…….

내가 아무 말 없이 있으니 미코가 목을 움츠렸다.

"류상, 화났어요?"

"설마" 하며 나는 웃었다.

"그냥 잠시 생각했을 뿐이야."

"무슨?"

"우리 가게를 그만두고도 계속 이 일을 하나 싶어서. 치코를 생각하면…… 어떨까."

내 말에 미코가 무슨 말을 하려던 순간 초인종이 울렸다. 미코가 일어나서 거실을 지나 짧은 복도 끝에 있는 현관으로 향했다.

곧 찰칵 하고 현관문 열리는 소리가 들렸다. 그와 동시에 "다녀왔습니다아!" 하는 치코의 통통 튀는 목소리도 크게 울렸다.

"치코, 잘 다녀왔니? 아, 오늘 정말 감사합니다. 덕분에 안 나가도 되어서."

"아냐. 가는 김에 데리고 왔는데 뭐. 그나저나 몸은 어때?"

"약 먹고 나니 열은 내렸어요."

같은 아파트에 사는 또래 엄마가 치코를 어린이집에서 데려다 준 모양이었다.

"그래? 다행이다. 혹시 독감은 아니야? 어린이집에서도 유행이래."

"아뇨, 그냥 감기예요."

치코 외에 다른 아이도 있는 모양이었다. 두 아이의 장난치는 목소리가 복도를 지나 내가 있는 거실 천장에서 울렸다. 그 귀여운 목소리 틈으로 낮게 깔린 목소리 하나가 미끄러져 들어왔다.

"저기, 미코짱. 뒤에서 엄마들이 자기 험담하는 거 알아? 에미짱 엄마랑 그쪽 사람들."

나는 손에 든 컵을 조용히 테이블에 놓았다.

미코는 아무 대답도 하지 않았다.

"치코랑 못 놀게 할 거라고 어른스럽지 못한 말도 하고……. 치코가 무슨 말 안 했어? 괜찮아?"

"네, 괜찮……을 거예요."

"그래? 그렇다면 다행이지만. 그 여자들 말이, 미코가 몸을 판다는 거야. 정말 바보 아냐? 독신에다 미인이니까 질투하는 거야, 틀림없이."

미코는 그 말에도 대답하지 않고 "치코, 얼른 아스카 아줌마한테 감사하다고 인사해야지?"라고 말했다.

혀가 짧은 치코의 "감사합니다"라는 목소리가 들렸다.

"어머나, 착해라. 치코짱, 어린이집에서 친구들이 따돌리거나 하면 선생님한테 꼭 일러……."

"콜록, 콜록."

채신없는 여자의 말을 미코가 과장스러운 기침으로 중단시켰다.

"어머, 미코짱, 괜찮아?"

"아, 예. 오늘 정말 감사합니다."

"아니야, 미코도 가끔 도와주잖아. 그럼 몸조심해."

"네. 감사합니다."

바이바이, 라고 인사하는 아이들의 목소리가 들리고 문이 닫혔다.

실내가 문득 조용해졌다.

곧 경쾌한 발소리를 내면서 치코가 거실로 뛰어 들어왔다. 나를 보자마자 반짝반짝 빛나는 커다란 눈을 더 크게 뜨더니 천진난만한 웃음꽃을 피웠다.

"아, 류짱이다!"

나는 달려온 치코를 무릎 위로 안아 올렸다.

"잘 다녀왔어? 오랜만이네."

"응. 오늘 치코, 어린이집에서 그림 그렸어요. 기린을 그렸는데 말이 돼버렸어요. 아하하. 류짱도 보고 싶어요?"

"보여줄래?"

치코는 "좋아요" 하고 웃으며 내 무릎에서 내려가 노란 어린이집 가방 안에 손을 넣었다.

"이 녀석, 치코, 집에 오면 제일 먼저 뭐 해야 되지?"

"아, 손 씻고 양치질."

미코의 잔소리에 세면대로 달려간다.

"하아. 어이없죠?"

미코가 의자에 앉으며 쓴웃음을 지었다.

치코에 대한 말이 아니라는 건 표정으로 알 수 있었다.

"엄마끼리 관계도 쉽지 않군."

미코는 쓴웃음을 지은 채 살짝 한숨을 내쉬더니 조금 식은 커피를 들이켰다.

"손님이랑 호텔에 들어가는 걸 누가 봤는지도 모르겠어요……."

"그럴지도."

나도 식은 커피를 들이켰다.

텅 빈 컵 속을 가만히 응시하는 미코를 보고 있으니 왠지 나까지 꺼림칙한 기분이 들었다.

치코가 손을 씻고 돌아왔다.

"엄마도 말이 돼버린 기린 보고 싶어?"

치코가 엄마를 보고 천진난만하게 방긋 웃었다.

미코도 "응, 보고 싶어" 하면서 행복한 듯 미소 지었다.

그런 모녀의 모습을 보고 있으니 내 얼굴이 저절로 펴졌다.

치코는 태양이다. 사연 있는 어른들의 마음을 한순간에 밝게 비춰주는 빛.

가족이라…….

마음속으로 중얼거리니 기억 한구석에서 바닷바람 냄새가 느껴졌다.

바다가 내려다보이는 높은 지대의 밭. 수건으로 얼굴을 감싼 채 이쪽을 보고 손을 흔드는 어머니의 웃음이 역광을 받아 희미하게 빛났다. 등에 느껴지는 가방의 무게.

치코가 스르르 내 무릎 위로 기어올랐다.

테이블 위에 실패한 기린 그림을 펼치고 재잘재잘 이야기하기 시작했다.

미코가 생글생글 웃으며 고개를 끄덕였다.

"류짱, 저녁밥 같이 먹을 거지요?"

무릎 위에서 돌아보는 치코에게 나는 고개를 저었다.

"아니, 오늘은 이제 그만……."

감기 걸린 미코에게 신세를 지면 안 된다.

내 말이 채 끝나기도 전에 미코의 목소리가 마스크 안에서 흘러나왔다.

"류상 생일이기도 하고, 전골은 다 같이 먹어야 맛있잖아요."

모녀의 꼭 닮은 눈 네 개가 나를 향하니 체념할 수밖에 없었다.

"그럼 한 끼 신세 질까?"

"신세라뇨, 재료는 류상이 준 건데."

미코는 장난스럽게 미소 지었고, 치코는 "신난다" 하면서 양손을 올리고 기뻐했다.

내 안에 아직 바닷바람이 불고 있었다.

◇ ◆ ◇

다음 날에도 사무소에 나가지 않고 서재에 틀어박혔다. '원더재팬'을 시작하는 데에 필요한 등기신청 서류를 작성해야 했다. 회사를 만드는 것도 오랜만이라 창업 비법서를 펼쳐가며 해야 하는 부담스러운 작업이었다.

한참 후 나는 공복을 느끼고 벽시계를 보았다. 시곗바늘이 오후 1시 50분을 가리키고 있었다. 그러고 보니 오늘은 일어나서 아직 아무것도 먹지 못했다.

"밥 먹을까……" 하고 으스스하게 추운 공기 속으로 혼잣말을 내뱉고 의자 위에서 기지개를 켰다.

주방으로 들어가 어제 편의점에서 사놓은 인스턴트 라면을 끓여 배를 채웠다. 식사라기보다 필요한 칼로리를 섭취하기 위한 '작업'이다.

식후 커피는 원두를 가는 것부터 공을 들였다. 오늘은 브라질의 프렌치로스트 원두를 평소보다 조금 거칠게 갈아서 진하게 내렸다. 신맛은 없지만 브라질 원두의 독특한 쓴맛과 단맛이 마음에 들었다.

TV를 켜니 민영방송 뉴스가 흘러나왔다.

커피를 마시며 멍하니 화면을 보았다.

오늘도 사건 사고가 계속된다. 어떤 남자가 접대부를 살해했다든가, 국가 간에 영토 싸움이 벌어지고 있다든가, 관료와 기업 간의 유착 비리가 적발되었다든가, 학교 폭력을 교육위원회가 은폐했다든가……. 세상의 범죄 대부분은 이권과 욕정 때문에 일어난다. 이제 인간에 대한 기대를 버려야 하는지도 모른다. 인간이란 참 한심한 생물이다.

커피를 다 마셨을 때 휴대전화로 메시지가 들어왔다. 고모리가 보낸 것이었다. 제목은 '거래 성사'였다. 메시지 본문을 열었다.

지금 니가타의 옛 야마코시 마을에 있다. 지진 후에 재기한 잉어 양식업자랑 제휴하기로 했어. 조건도 서로 나쁘지 않고, 잘될 것 같아. 내일은 도쿄로 가서 고물상이랑 만날 예정이야. 이쪽도 잘될 거야. 등기 서류는 부탁해.

메시지에 사진도 첨부되어 있었다. 초록빛 연못 속에서 유유히 헤엄치는 비단잉어 사진이었다.

"나쁘지 않군."

전화기를 향해 중얼거렸다.

나쁘지 않다.

일 처리가 빠르고 열정적인 파트너도, 이 사진 속 비단잉어도.

구 야마코시 마을은 2004년에 니가타 현 주에쓰 지진으로 엄청난 타격을 받은 깊은 산골인데 세계적으로 유명한 비단잉어 산지이기도 하다. 고모리는 어디서 그런 정보를 얻었는지 동작도 빠르게 현지로 찾아가 서로에게 좋은 조건으로 계약을 맺었다. 고모리에 의하면 이 '서로'라는 것이 성공의 법칙이라고 한다. 돈을 잘 버는 사람은 상대도 벌게 만들어준다. 그래서 부자 주변에는 부자만 있다. 이것이 고모리의 지론이었다.

세계를 누비는 파트너에게서 배울 점이 많다.

그에 비하면…….

나는 하찮은 뉴스를 볼 마음이 사라져서 TV를 꺼버렸다. 고모리에게 답을 보내려는데 또 휴대전화가 울렸다. 화면에 '신주쿠 루비 파라다이스'라고 떴다.

문득 불길한 예감이 들었다. 우리 직원들은 웬만해선 사장인 나한테는 전화를 걸지 않기 때문이다

통화 버튼을 눌렀다.

"여보세요."

"아, 사장님, 수고 많으십니다."

다카히로였다. 평소의 발랄한 목소리는 아니었다.

"오오, 수고 많지? 무슨 일인가?"

나는 일부러 가벼운 말투로 물었다. 누구나 궁지에 몰리면 거짓말을 하게 된다. 그 거짓말이 때로 파멸을 가져올 수 있다는 걸 나는 잘 안다.

"저기, 좀 말씀드리기 곤란한데요……."

수화기 저편에서 다카히로가 심호흡을 하는 게 느껴졌다. 나는 "응" 하고만 말하고 다음을 기다렸다.

"저기, 사실은 어제 말입니다. 루미짱한테 전화가 와서 손님이 서비스에 없는 걸 강요한다고 하기에 제가 현장으로 달려갔습니다. 그랬다가, 거기서, 좀……."

다카히로가 얼버무렸다. 그런 식의 말썽은 드문 일도 아니다. 나는 "응. 그래서?"라고 더 가벼운 말투로 물었다.

"저, 저는 우선 루미짱을 지켜야 한다는 생각에 두 사람 사이에 들어갔습니다. 그랬더니 그 아저씨가 갑자기 저를 치는 겁니다……."

그렇게 난투극이 벌어졌다고 한다. 다카히로는 그 남자에게 흉한 꼴로 당했고, 남자는 돌아가면서 다카히로의 가슴주머니에 명함을 한 장 찔러 넣었다고 한다.

"그랬군. 누구던가?"

나는 아직 냉정한 말투를 유지했다.

"그게, 저기……, 쓰지이흥업이라는 곳의 유키 신지라는 사람인데……."

쓰지이흥업이라…….

눈을 감고 한차례 호흡했다. 유키라는 남자는 몰라도 조직 이름은 들은 적이 있다. 내 인맥은 아니지만 아무튼 그쪽 계통이다.

다카히로가 다시 말을 이었다. 목소리에 절박함이 묻어 있었다.

"사실은 오늘 그 회사에서 몇 차례 전화가 왔었습니다. 사장님 바꿔달라고……."

"그랬군."

"저기, 사장님, 죄송합니다……. 저는 일단 루미짱을 지키는 게……."

"됐어."

"아……."

"자네는 거짓말을 안 했으니 용서해주겠다. 한데 어제 일은 어제 보고했어야지."

"죄, 죄송합니다……."

나는 다카히로에게 유키라는 남자의 명함에 적힌 전화번호와 주소를 물어 메모했다. 전화를 끊으려고 하니 다카히로가 기어들어갈 듯한 목소리로 말했다.

"저기……."

"응?"

"유키라는 사람이 우리 가게……, 때려 부수겠다고 했습니다. 만약 그렇게 되면, 저, 사장님께 어떻게……."

나는 쓴웃음을 지었다. 내게도 이런 풋내기 같은 시절이 있었던가? 그런 생각을 했다.

"다카히로."

"예……."

"어른을 얕보지 마."

"……."

"제대로 된 어른은 말이야, 보험을 들어두지. 그러니 이 건은 됐어. 자네는 자네 일에 집중해."

다카히로의 대답을 듣고 전화를 끊었다.

나는 깊은 한숨을 내쉰 후에 오야마 게지의 휴대전화로 전화를 걸었다. 만일의 경우에 대비하여 고용한 사외이사다. 나이는 벌써 육십에 가까운 늙은이지만 연륜은 속일 수 없어서 돈만 주면 도움이 되는 연줄을 쉽게 찾아준다.

오야마는 세 번째 벨이 울린 후에 받았다.

"안녕하세요, 구로키입니다."

거의 동시에 오야마의 갈라진 목소리도 들렸다.

"자네, 쓰지이흥업이랑 말썽이 있었다며?"

역시 빠르다.

"예, 죄송합니다. 우리 젊은 직원이."

"구로키 씨, 쓰지이는 힘들어. 우리 쪽에서 제일 먼 조직이야."

오야마답지 않게 나약한 반응이다.

"수고스럽게 해드려서 죄송합니다. 잘 수습해주신다면 임원 보수에 좀 더 얹어서 보답하겠습니다."

오야마는 "흠" 하고 코웃음을 쳤지만 돈을 싫어하는 남자는 아니다.

"구로키 씨, 나도 할 수 있는 데까지는 해보겠지만, 한동안 조심해야 할 거야. 쓰지이흥업이랑 타협하려면 조금 멀리 돌아가야 해. 시간이 걸려."

"알겠습니다. 조심하겠습니다."

"어느 정도 경비도 들어."

"그렇겠지요."

"뭐, 나도 자네한테 보수를 받는 입장이니, 자네 시체는 보고 싶지 않아."

"불길한 말씀은 하지도 마십시오."

나는 쓴웃음을 지었다. 오야마도 살짝 웃는 것 같았다.

"경과는 필요할 때마다 보고하도록 하지. 농담이 아니라, 정말로 조심해. 혹시 모르니까."

나는 잘 부탁드리겠습니다, 라고 말을 맺고서야 뒤숭숭한 통화를 끝낼 수 있었다.

"후우……."

적막한 공기 속으로 크게 한숨을 내뱉었다.

정말 못 해 먹겠군. 다시 처음부터 시작해야 하는가.

나는 의자에서 일어나 주방으로 향했다.

이번엔 수마트라 섬의 만델링 커피를 꺼내어 정성껏 갈기 시작했다. 쌉쌀하면서도 깊이 있는 향이 뒤틀린 내 신경을 부드럽게 어루만져주었다.

◇◆◇

현란한 장식으로 가득한 교외의 쇼핑몰은 젊은 커플들로 넘쳐났다. 크리스마스이브인 일요일 해질 무렵, 똑바로 걷는 것조차 어려운 인파 속에서 내 양손은 자유롭지 못했다.

오른손에는 어린이용 선물이 든 종이봉투가 있고, 왼손으로는 작은 손을 잡고 있다.

"류짱이랑 엄마, 꼭 부부 같다."

치코가 좌우를 번갈아 올려다보며 미소 지었다. 치코는 지금 나와 미코 사이에서 매달리듯 손을 잡고 있다.

"그렇대요."

이제 건강해진 미코가 나를 보고 장난스럽게 웃었다.

나는 쓴웃음을 지을 수밖에 없었다.

"류상은 인기가 많아서."

"무슨 말이야, 그게."

"가게 '여자애'들 사이에서도 인기예요. 상품으로서가 아니라 인간으로 대해주는 다정한 경영자라고."

나는 어떻게 대답해야 할지 몰라 잠자코 있었다.

"설마 류상이 크리스마스에 같이 놀아줄 줄 몰랐네. 다른 사람 이랑 데이트 약속 있었던 거 아니에요?"

치코가 분주하게 좌우를 올려다본다. 이 대화의 속뜻을 네 살짜리 아이는 이해할까?

"쇼핑은 이제 끝났지?"

나는 화제를 바꿨다.

"네, 쇼핑 완료. 이제 집에 가서 파티 할까요?"

미코의 말에 치코가 "응" 하고 고개를 끄덕이며 태양을 닮은 미소를 머금었다.

셋이 나란히 인파에 밀려 주차장으로 걸어갔다.


크리스마스 파티를 같이하고 싶다는 메시지를 받은 건 이틀 전, 즉 다카히로에게 골치 아픈 전화를 받은 날 밤이었다.


> 류짱이랑 크리스마스 파티 하고 싶어요. 우리 집에 놀러 오세요. 케이크도 살 거예요.                    — 치코 드림


이 메시지를 읽고 '노'라고 대답하긴 힘들었다.

쓰지이흥업의 유키라는 남자는 지난 이틀간 특별한 행동을 취하지 않았다. 그러나 일 처리에 빈틈이 없는 오야마에게 연락이 한 번도 오지 않았다는 점이 조금 마음에 걸렸다.

조수석에 치코, 뒷좌석에 미코를 태우고 BMW를 몰기 시작했다. 차를 탈 기회가 거의 없는 치코의 시선이 창밖으로 흐르는 해질 녘의 거리에 못 박혔다.

고속도로에 올라 전망이 트이자 치코가 내 쪽을 보고 말했다.

"류짱, 도로는 어디까지 이어져요?"

너무나 아이다운 어려운 질문이다.

"가고 싶은 곳까지 이어지지."

"어, 그럼 도로는 끝이 없어요?"

"끝이 있다면, 바다겠지?"

"그럼 도로는 바다까지 이어져요?"

"뭐, 그렇, 겠지……. 바다까지는 반드시 이어져."

치코가 마치 어른처럼 한숨을 쉬더니 엄마 쪽으로 돌았다.

"엄마도 차 사면 좋을 텐데. 그럼 바다에 갈 수 있는데."

미코는 겸연쩍은 듯 후후후 웃었다.

"미안. 엄마는 운전면허증이 없어. 그래서 차 사도 운전을 못 해. 류상한테 부탁해봐. 치코 바다에 데리고 가달라고."

백미러로 뒷좌석에 있는 미코를 보았다. 곧 눈이 마주쳤다. 예상대로 장난스럽게 웃고 있었다. 왠지 나를 시험하는 것처럼 보이기도 했다.

"류짱, 치코 바다에 데리고 가주세요."

네 살인데 벌써 뭔가를 원할 때의 목소리를 구별해서 낼 줄 알다니 역시 여자라는 생물은 무섭다.

교차로에서 핸들을 왼쪽으로 꺾으며 조수석에 앉은 치코를 흘끗 내려다보았다. 맑은 눈동자에 절실함을 담아 나를 올려다보고 있었다.

가능하면 거짓말은 하고 싶지 않다.

하지만 오늘만은 이 따스한 분위기를 깨고 싶지 않았다.

"그럴까? 여름에 가자."

나는 거짓말을 하면서 자그마한 포니테일을 살짝 쓰다듬어주었다.

"신난다. 여름이 빨리 왔으면 좋겠다. 아, 참. 엄마, 치코는 수영 못하니까 튜브 사줘."

순수하게 기뻐하는 치코의 얼굴.

나는 입술을 다물고 한숨을 삼켰다.

치코가 나를 따를수록 '죄책감'으로 가슴이 아프다.

미코를 이 '일'에서 해방시켜주고 싶다.

조촐한 크리스마스 파티 테이블에 차려진 건 치코의 요청대로 크림 스튜와 달걀부침이었다. 스튜는 어디서나 맛볼 수 있는 종류였지만 설탕과 미림으로 단맛을 준 달걀부침은 옛날에 어머니가 만들어준 맛과 비슷하여 자꾸만 손이 갔다.

식후에는 쇼트케이크를 먹었다. 그러고 무슨 이유에서인지 단팥죽이 나왔다. 케이크에 단팥죽…… 너무 달 것 같아서 거절했지만, 조금만 먹어보라고 미코가 강요하여 할 수 없이 먹어봤는데 의외로 맛이 담백하고 괜찮았다.

미코는 치코를 씻기고 드라이어로 머리를 말려준 다음에 거실 옆에 있는 다다미방에서 재웠다. 나는 샴페인을 마시면서 그 모습을 멍하니 바라보았다.

미코는 치코 곁에 누워서 딸의 이마를 쓸어 올리며 행복한 듯 웃었다.

"치코, 엄마 딸로 태어나줘서 고마워."

"응."

치코가 눈을 감은 채 고개를 희미하게 끄덕였다.

일 분쯤 지나자 숨소리가 일정해졌다.

살며시 일어난 미코가 발소리를 죽이고 조용히 거실로 와서 다다미방과 거실 사이의 미닫이문을 닫았다.

"이제 잠들었어요."

말하면서 내 맞은편 의자에 앉았다.

나는 목욕을 끝낸 미코의 잔에 샴페인을 따라주었다.

"류상, 오늘 정말 감사했어요. 이렇게 하루 종일 좋아서 떠들어 대는 치코는 처음인 것 같아."

"나도 즐거웠어."

둘이서 잔을 부딪치고 혀 위에서 톡톡 튀는 술을 맛보았다.

"누우면 금방 잠드나 봐."

"네. 엄마 딸로 태어나줘서 고맙다고 하면 마음이 편안해지나 봐요. 자장가 대신이죠."

"내가 어릴 때는 태어나줘서 고맙기는커녕 낳아줬으니 감사하라고만 했던 것 같은데."

"옛날엔 그랬죠. 나는 어릴 때 부모님한테 버림받았기 때문에 부모의 사랑에 굉장히 굶주려 있었어요. 어른이 된 지금도 완전히 치유되진 않은 것 같아요. 이따금 괜히 서글프고 쓸쓸해지거든요. 치코한텐 절대 그런 기분을 느끼게 하고 싶지 않아요."

그래서 애정 표현을 많이 한다는 뜻인가?

"그렇군. 좋은 생각이야."

미코는 쓸쓸하게 미소 지으며 고개만 살짝 끄덕였다.

내가 앉은 곳에서 냉장고가 보였다. 냉장고 옆에 어머니가 보낸 골판지 상자가 놓여 있었다.

내 시선을 알아차렸는지 미코가 고개를 갸우뚱했다.

"류상의 부모님은 어떤 분이에요?"

미코가 잔을 한 손에 들고 나를 응시했다.

"아버지는 꽤 오래전에 돌아가셨어."

태연하게 말하려고 노력했다.

"어……, 죄송해요."

"괜찮아. 감출 일도 아닌데 뭐."

미안해하는 미코가 오히려 안쓰럽게 느껴져서 재빨리 말을 이었다.

"아버지는 어머니 집에 데릴사위로 들어와서 겸업으로 농사일을 도왔다더군. 평일에는 건설자재 회사에서 일하고, 휴일에 어머니랑 같이 밭일을 하는 식으로 말이야. 비단잉어를 좋아해서 아

250

침저녁으로 먹이 주는 게 취미였던 분이지."

그 아버지한테 의절당한 것까지는 말할 필요 없으리라.

"옛날 분들은 참 부지런한 것 같아요."

"그렇지."

"어머님은?"

"어머니도 보통 시골 할망구야."

"할망구라니……. 채소도 보내주시는데."

미코가 나무라듯 얼굴을 찡그렸다. 물론 장난스럽게.

"어머니는 밭일을 좋아하셔. 바다가 보이는 밭에서 즐겁게 일
하셨지."

"바다가 보이는 밭이라. 멋지네요."

"그런가?"

내가 칭찬받기라도 한 듯 머쓱한 기분이 들었다. 그곳은 어릴
적 나도 좋아했다.

"어릴 때 학교 끝나면 집에 바로 안 가고 친구들이랑 그 밭에
가곤 했어. 간식이라도 얻으면 그루터기에 앉아서 걸신들린 듯이
먹었지."

밭과 바다와 일하는 어머니를 바라보면서.

"간식은 어머니가?"

"응. 어머니 작업복 주머니가 큼직했는데, 거기 늘 과자가 들어
있었어."

그 과자를 흙 묻은 손으로 우리한테 나눠주곤 했다.

"도라에몽의 4차원 주머니 같네요."

미코가 미소 지었다. 나도 쓴웃음으로 답했다.

"편리한 도구는 안 나오고."

"후후. 사랑받고 자랐네요, 류상."

"그 장면만 상상하면 그렇지만. 실제로는 귀염성이 없다는 말을 많이 들었어. 애교 많은 누나만 좋아했던 것 같아. 뭐, 나는 개구쟁이였으니 어쩔 수 없지만."

훗, 하고 나 자신을 비웃으며 샴페인을 입에 머금으니 아까보다 조금 더 씁쓸한 맛이 났다.

"아무리 장난이 심한 개구쟁이라도 엄마 눈엔 다 귀여워요."

미코가 내 잔에 샴페인을 따르며 계속 말을 이었다.

"치코가 아직 아기였을 때 꿈을 꿨어요."

"꿈?"

"네. 기관총을 든 강도한테 쫓기는 꿈. 치코를 안고 필사적으로 도망쳤는데, 강도가 공사 중인 건물 안까지 따라온 거예요. 꿈속이었지만 조금의 망설임도 없이 치코를 감싸고 기꺼이 총알받이가 되었어요. 내 목숨 따위 정말 어떻게 되든 상관없었어요. 무슨일이 있더라도 이 작은 생명은 반드시 지켜야 한다고 생각했죠."

"흐음."

"잠에서 깼을 때 나 혼자 감동했지 뭐예요. 내가 정말로 엄마구

252

나 싫어서 너무 기뻐 울어버렸어요."

여기까지 말했을 때 미코의 눈은 이미 젖어 있었다. 나는 미코의 단정한 입술에서 흘러나오는 말을 묵묵히 듣고 있었다.

"부모는 그런 존재인 것 같아요. 아……, 우리 부모님 같은 예외도 있구나!"

미코는 눈에 눈물을 담은 채 자기가 한 말에 살짝 웃음을 터뜨리며 샴페인으로 입술을 적셨다. 그러고 천천히 일어나 냉장고에서 스모크치즈를 꺼내어 이쑤시개를 꽂은 한 조각을 나에게 내밀었다.

"이거, 류상이 좋아하는 것."

"오, 땡큐."

받아서 입에 넣었다. 고소한 향과 깊은 맛을 음미한 후 샴페인을 한 모금 머금었다. 그런 나를 미코가 쓸쓸한 눈빛으로 가만히 응시했다.

'참 쓸쓸해 보이는 눈이야'라고 생각한 순간, 내 입이 마음대로 움직였다.

"미코는 자기 인생이 마음에 들어?"

어찌된 일인지 마치 타인의 목소리처럼 갈라져 나왔다. 마치 나 자신에게 묻고 있는 것 같은 묘한 기분이 들었다.

"으음, 어떨까……. 다 마음에 드는 건 아니지만 죽고 싶을 만큼 나쁘지도 않아요. 그보다 나는 나 자신을 타인과 비교하지 않거든요."

"비교하지 않아?"

"네. 비교하지 않으면 내 인생도 특별할 건 없죠. 나도 그냥 보통 사람이에요."

"그렇군."

"내 인생이 그리 나쁘지 않다고 생각할 수 있게 된 건 내 눈을 훈련시켜온 덕분일 거예요."

"눈을?"

"네, 작은 보물을 찾아낼 수 있도록."

무슨 뜻인지 몰라서 입을 다물고 있는 나를 보더니 미코가 자리에서 쓰윽 일어났다.

"내 보물, 류상한텐 특별히 보여줄게요."

미코가 벽 앞에서 발돋움하여 책장의 제일 위 칸으로 손을 뻗더니 한 변이 30센티 정도 되어 보이는 나무 상자를 꺼내왔다. 예스러운 전통 가구 같은 상자였다.

테이블 위에서 상자 뚜껑을 조심스레 열고 방향을 획 바꿔 안에 든 것들을 나에게 보여주었다. 색 바랜 일기장, 종이비행기, 돌멩이, 사탕…… 보물이라기보다는…….

"잡동사니로 보이죠?"

내 마음을 읽었는지 미코가 말했다. 그 볼에 부드러운 미소가 떠 있었다.

"응, 미안하지만 잡동사니로 보여."

"후후후. 류상, 솔직하네. 이 잡동사니 하나하나에도 의미가 있다고요."

"그렇겠지."

"사실은 훨씬 더 많았지만 다 안 들어가서 그동안 몇 번 엄선하여 처분했어요. 끝까지 살아남은 녀석들이에요."

미코는 참으로 사랑스럽다는 듯한 표정으로 상자 안을 보았다. 나는 미코가 무슨 말을 하고 싶은 건지 몰라서 잠자코 있었다.

"누구든 살다 보면 싫은 일도 많이 겪게 되잖아요. 하지만 눈을 훈련시켜두면 싫은 일이랑 비슷하게, 아니 그보다 조금 많게 행복을 발견할 수 있어요."

미코가 종이비행기를 집었다. 날개 부분에 글자가 적혀 있는 것 같은데 흐릿해서 알아볼 수 없었다.

"똑같은 잡동사니인데 쓰레기로 보이는 사람도 있고 보물로 보이는 사람도 있다면, 이왕이면 보물로 보이는 눈을 가지는 편이 좋잖아요. 그러면 더 행복해질 수 있대요."

"자기계발서에 적혀 있었어?"

미코는 종이비행기를 바라보며 고개를 저었다.

"아뇨. 배웠어요, 할머니한테. 치코한테도 그렇게 행복을 찾는 방법을 가르쳐주고 싶어요."

나는 샴페인을 마시면서 냉장고 옆으로 흘끗 시선을 주었다.

골판지 상자 안에 들었던 편지와 헌팅캡을 생각했다.

"치코는 행복하게 자라겠구나."

거의 무의식적으로 한 말이었다.

"정말? 그 말을 들으니 왠지 기쁘네요."

종이비행기를 조심스레 상자에 넣고 미코가 이쪽을 보았다. 나는 그 표정에서 이 여인이 살아온 연륜이 만들어낸 견고한 아름다움을 느꼈다. 미코라는 여자는 강한 척해도 사실은 인생에 깊이 지친 상태이고, 그 피폐한 분위기가 오히려 사랑스러운 향기가 되어 그녀에게서 퍼져 나오는 건지도 모른다는 생각이 들었다.

"이 일을 그만둘 마음은 없나?"

미코는 천천히 고개를 저었다.

"치코랑 살려면 돈을 벌어야 되니까."

"가난은 싫은가?"

"싫다기보다, 미래를 생각하면 두려워져요."

솔직하다고 생각했다.

"재혼할 생각은?"

"으음, 류상이라면 해도 될 듯."

미코는 농담처럼 말했지만 시선의 습도가 '여자'의 그것이었다. 나는 순간 꿀꺽 침을 삼켰다. 하지만 그 습도가 오히려 내 마음속에 준비해온 '결의'를 한층 깊게 만들었다.

이 모녀와의 관계를 오늘로써 끊겠다.

만약 미코와 가정을 꾸린다면? 상상한 적은 있다. 하지만 아무리 생각해도 나 같은 인간이 치코를 행복하게 해줄 수 있을 것 같지 않았다. 친구 엄마들한테 손가락질당하게 만들 게 뻔하다. 언젠가 치코가 성장하면 나와 미코의 관계도 알게 되리라. 그때 치코가 불행을 느낀다면 미코도 자동적으로 불행해질 테고, 두 사람이 불행하다면 나도 분명 그럴 것이다.

"재미있지도 않은 농담은 하지 마."

나는 일부러 귀찮은 표정을 지어 보였다.

"아하하. 그렇지요?"

고개를 움츠린 미코의 미소에 실망하는 기색이 어렴풋이 보였다. 나는 일부러 시선을 피하고 잔을 입술에 댔다.

"나, 잠시 화장실."

무거워질 듯한 공기를 바꾸고 싶었는지 마침 미코가 자리를 떴다.

나는 "응" 하고 적당히 대답하고 복도로 사라지는 가녀린 뒷모습을 눈으로 배웅했다. 그러고 재빨리 작은 가방에서 두터운 봉투와 메모를 꺼내어 잡동사니들로 채워진 보물상자 가장 아래쪽에 넣었다.

보물상자 뚜껑을 닫으면서 나도 모르게 우울한 한숨을 쏟아냈지만 아무도 보는 이는 없었다.

준비는 다 됐다.

나는 의자에서 일어나 코트를 입었다. 마지막으로 자는 치코의 얼굴을 보고 갈까 생각했지만 그만두기로 했다.

미코가 화장실에서 돌아왔다.

"어, 류상, 술 마셨는데 가려고요?"

"많이 안 마셨어."

가볍게 대답한 후 웃었다.

내가 생각해도 희한할 정도로 밝게 웃은 듯한 느낌이 들었다.

아파트 밖으로 나오자마자 12월의 밤바람이 나를 덮쳤다. 귓불을 찌를 듯 매서운 바람인데도 오늘은 오히려 상쾌하게 느껴졌다. 문 앞에서 헤어질 때 미코가 말했다.

"내년에도 크리스마스 파티 같이해줄 거예요?"

"아, 그래야······."

미코와 나눈 마지막 말도 '거짓말'이 되어버렸다.

나는 성큼성큼 주차장까지 걸어가 BMW에 올라탔다.

시동을 걸고 휴대전화를 체크한다.

부재중 전화 한 건에 문자 메시지 하나.

오야마가 음성사서함에 메시지를 남겨놓았다.

오야마다. 자네 급히 일주일 정도 어디 숨어 있도록 해.
다카히로라는 빌어먹을 녀석이 거짓말을 했더군. 실제로
맞은 건 다카히로가 아니라 쓰지이흥업의 유키라는 자였
어. 갈비뼈랑 턱뼈가 부서졌다는데, 다카히로 이놈은 잠
적했어. 정말 능구렁이 같은 놈일세.

**오야마는 잠시 쉬었다가 다시 말을 이었다.**

아무튼 일주일은 어디 숨어 있도록 해. 그동안 내가 어떻
게든 해보지. 미리 말해두지만 이번에는 어느 정도 비용
을 각오해야 할 거야.

아무래도 그렇겠지.
**성실해 보이는 다카히로의 얼굴이 떠올라 나는 푹 한숨을 내쉬
었다.**
**문자 메시지를 보낸 이는 고모리였다.**

수고. 오늘 계약도 순조로웠어. 이 회사 역시 대박 날 거
야. 이 년 후엔 오키나와랑 홋카이도에 별장이라도 지을
까!

옛날 노래 가사에도 나오지만 인생은 정말이지 우연의 연속이다. 그 우연이 절묘한 타이밍에 닥치기도 한다.

이런 때에 웬일인지 가슴속 깊은 곳에서 웃음이 복받쳐 히쭉히쭉 웃으며 휴대전화를 만지작거렸다.

미코에게 메시지를 보내려 한다.


자네는 오늘부로 해고다. 내일부터는 손님 받지 말도록. 솔직히 말하면 좀 위험한 사건이 터졌다. 사무소에도 오면 안 돼. 그 대신 보물상자 아래쪽에 퇴직금이랑 메모 넣어뒀어. 당분간 쉬면서 치코랑 놀아줘. 일하고 싶어지면 메모에 있는 전화번호로 연락해봐. 나한테 소개받았다고 하면 취직은 어렵지 않을 거야. 나한테도 연락하지 마. 이상은 사장이 내리는 처음이자 마지막 명령이다.


말미에 〈안녕〉도 〈행복하길 바란다〉는 말도 넣지 않고 그대로 전송 버튼을 눌렀다. 그리고 미코 번호를 차단했다.

이유를 알 수 없는 한숨을 한차례 내쉬었다.

엔진은 이미 데워졌고 아이들링도 안정적이다. 액셀을 밟고 출발했다. 주차장을 나와서 주택가 골목을 달리며 두 번 다시 오지 않을 미코의 집 앞을 지났다.

보물상자에 넣은 후쿠자와 유키치(일본 화폐 1만 엔권 속의 인물

- 옮긴이)는 딱 100명. 메모는 비교적 온건한 SM 클럽을 경영하는 지인의 전화번호다. 일 처리가 빠르고 성격도 시원시원한 믿을 수 있는 친구다. 미코가 요양보호사 공부를 한다는 사실과 그를 위한 시간을 마련해줬으면 좋겠다는 부탁도 사전에 전달해두었다.

자동차 계기판의 시계를 보았다. 0시 35분.

골목을 나오려다가 빨간 신호에 붙잡혔다. 집에 가려면 여기서 오른쪽으로 돌아야 하지만 앞으로 일주일은 숨어 있어야 한다. 나는 핸들을 왼쪽으로 꺾어 고속도로 쪽으로 달렸다.

이 시간이라면 천천히 가도 내일 아침에는 도착할 것이다.

내 안에 그리운 바닷바람이 불기 시작했다.

'원더 재팬'의 첫 번째 명함을 가장 먼저 보여드릴 상대의 얼굴을 떠올려본다. 로고가 비단잉어라는 걸 알면 조금은 기뻐해줄까?

일주일이나 시간이 있으니 성묘도 해야겠다. 묘비를 향해 서서 한마디 하자. "비단잉어뿐이겠습니까? 저는 아버지가 붙여준 이름대로 용이 되어 보이겠습니다"라고.

액셀을 꾹 밟았다.

속도를 내며 글러브 박스로 손을 뻗었다.

안에서 데님 소재 헌팅캡을 꺼냈다.

그걸 머리에 깊숙이 눌러썼다.

261

제7장

치
코
와
공
예
차

세상이 평소보다 반짝반짝 빛나 보일 때가 있다.

조금은 특별한 날, 마음이 '즐거운 제어 불능' 상태에 빠져 있을 때가 그렇다.

예를 들면 짝사랑하는 상대가 말을 걸어온 날 집으로 돌아가는 길이라든지, 싸웠던 친구와 화해한 날에 걸은 비 오는 거리라든지, 합격자 발표 게시판에 뜬 자기 번호를 발견하고 만세를 불렀을 때 올려다본 하늘이라든지, 산 지 얼마 안 된 자전거를 타고 서서 달릴 때의 내리막길이라든지, 그때 느꼈던 신선한 바람이라든지……

12월 24일.

크리스마스이브의 긴자 거리.

오후 2시 정각.

바람은 없지만 공기가 싸늘하게 차갑고 희읍스름한 하늘에서 당장이라도 가랑눈이 내릴 것 같은 토요일. 이날도 왠지 반짝반짝 빛나 보였다. 아마 내 마음이 오늘 밤과 내일을 생각하며 가벼운 제어 불능에 빠져서일 것이다.

"으으, 추워……. 쯧, 이쪽에도 저쪽에도 커플뿐이야. 짜증나니까 우리도 커플처럼 걷자."

회사 동기 중에서 가장 친한 마에카와 유리가 장난을 치며 내 팔에 매달렸다.

"미안해, 이런 날에 따라오라고 해서."

"혼자 집에서 쓸쓸히 지내는 것보다는 치코랑 있는 게 나으니까 괜찮아."

유리는 조금 입이 험한 데다 걸걸한 여장부 스타일이지만 모델처럼 늘씬하고 키가 큰 미인이다. 이 주 전쯤에 애인이랑 헤어져서 지금은 혼자다. 삼 년간 유리한테 달라붙어 있던 자칭 촉망받는 뮤지션 지망생(말하자면 백수)인 그를 냉정하게 버린 결과, 크리스마스이브에 약속이 없는 것이다.

유리가 회사에서 "치코, 심심해, 심심해" 하고 화장실까지 따라다니며 노래를 부르기에 "그럼 이브 날 점심때 엄마 선물 사러 갈건데 따라올래?"라고 기껏 말해줬더니 어쩌된 일인지 내가 미안

265

해하고 있다.

"유리, 내가 같이 있어달라고 했던가? 아니면 내가 같이 있어주
는 건가?"

"아, 그대는 금붕어, 나는 거기 붙은 똥이지요."

"알면 됐어."

"저야 영광이로소이다."

이렇듯 말장난을 치면서 이 거리에서 오랜 전통을 지닌 유명
백화점 쪽으로 향했다. 입구의 두꺼운 유리문을 열고 안으로 들
어가니 화장품 코너에서 짙은 향기가 확 풍겼다.

"후텁지근하다……."

키가 큰 유리가 팔짱을 꼈던 손을 빼고 나를 내려다보며 계속
말을 이었다.

"으음, 그건 그렇고 좀 기분이 이상해."

"뭐가?"

"우리 오늘도 만났고 내일도 만나는데, 내일의 치코는 오늘의
치코와 다르다는 생각이 들어서."

"무슨 말이야?"

"너, 내일이면 성이 바뀌잖아. 어떤 의미에서는 다른 사람이 되
는 거 아냐?"

"말도 안 돼. 성만 바뀌지 이름은 그대로야. 사람도 똑같잖아.
게다가 성이라면 벌써 보름 전에 바뀠어."

"아, 그래? 혼인신고를 미리 했구나."

"응. 유리한테도 메시지 보냈잖아. 혼인신고 완료라고."

"아, 맞다. 그랬지?"

"그걸 까먹냐?"

나는 에스컬레이터 앞에 선 유리의 등을 콕 찔렀다.

"꺅, 등은 찌르지 마, 간지럽단 말이야."

"그럼, 옆구리? 맛 좀 봐라."

"으악, 거긴 더 안 돼."

위층으로 올라가면서 화장품 냄새가 떠다니는 공기층으로부터 서서히 벗어났다. 거리를 가득 메운 크리스마스이브 특유의 떠들썩한 분위기에서도 멀어졌다. 에스컬레이터를 타고 한 층 올라온 것만으로 세상이 꽤 바뀌었다.

오늘에서 내일로 날짜가 바뀌면 나도 바뀌는 걸까?

상상하니 두근거리기도 하고 무섭기도 하고 서글프기도 하고, 좀 묘한 기분이었다.

내일, 일요일.

도쿄에 있는 호텔에서 결혼식을 올린다.

오늘은 내가 이 세상에 태어나 이십육 년간 줄곧 함께했던 엄마와의 생활에 마침표를 찍는 날이다. 그런 특별한 날이라서 아무래도 마음이 제어 불능 상태에 빠지는 모양이었다.

2층에서 3층으로 올라가는 에스컬레이터로 갈아타려는데 문득 유리가 돌아보았다.

"참, 너, 오늘 예비 신랑 안 만나?"

"지금쯤 집에 있을 거야. 크리스마스이브는 각자 가족이랑 지내기로 했거든."

"안 만나는구나."

"응, 어차피 내일부터 같이 사니까."

"호오, 치코답지 않게 쿨하네. 역시 결혼이란 그런 건가 봐."

"응, 그런 거라고 생각해."

나는 작은 거짓말을 했다.

사실은 '그런 것'이 아니었다. 그는 지난달 내게 크리스마스이브 데이트를 신청했었다. 그런데 결혼 전 마지막 크리스마스이브는 엄마랑 보내고 싶어서 내가 거절했다. 아직 어렸던 그 시절처럼 둘이 마주 보고 앉아서 다 먹지도 못할 큼직한 케이크에 알록달록 가느다란 초를 꽂고 선물을 교환하고 케이크도 먹고…… 그러고 나서 엄마가 만든 단팥죽을 먹고, 배를 문지르며 "크리스마스, 참 좋다" 하고 수다나 떨면서 함께 웃고 싶었다. 엄마 옆에 이불을 깔고 편안한 마음으로 깊이깊이 잠들고 싶었다.

내가 가려고 했던 여성복 매장은 3층과 4층이었다. 우리는 조금 혼잡한 3층에서 어슬렁어슬렁 걸었다.

"치코 엄마 연세가 어떻게 되셔?"

"음, 쉰하나."

"훨씬 젊어 보이시는데?"

"응, 동안이야."

"그럼 이런 건 어떨까?"

유리가 선반에서 따스한 색상의 세련된 숄을 들어 보였다.

"아, 그런 것도 괜찮겠다."

나는 숄을 받아서 내 어깨에 걸쳐보았다. 거울 앞에 서서 내 모습을 확인했다. 엄마를 별로 닮지 않은 거울 속의 나와 눈이 마주쳤다. 내 얼굴은 아마도 잠적해버린 아버지를 닮았을 것이다.

엄마 닮았으면 좋았을 텐데……라고 옛날에는 자주 생각했지만 지금은 아무래도 좋다. 내 얼굴이 본 적도 없는 아버지를 닮았다 해도 엄마가 나를 사랑한다는 사실에는 거짓이 없으니까.

"으음, 역시 엄마 나이엔 너무 화려한가?"

유리가 내 옆에 서서 거울 속의 나에게 말했다.

"그런가?"

"응, 이 색깔이 더 좋겠다."

유리가 다른 색상의 숄을 내밀었다. 고상한 갈색 계열이다.

이번엔 펼쳐서 목에 둘러보았다.

"아, 그러네. 이쪽도 나쁘지 않다."

중얼거리면서 거울로 다가가는데 턱 아래의 작은 흉터가 눈에 띄었다. 이제 거의 티는 안 나지만 태어난 후 처음 입은 큰 상처였다.

초등학교 2학년 겨울이었다. 지하철 선로 근처에 있는 한적한 공원에서 외발자전거를 타다가 연습 중에 넘어지면서 벤치 등받이에 턱을 박은 것이다. 너무 아파서 소리도 못 내고 일단 양손으로 턱을 눌렀는데 손가락 사이로 피가 뚝뚝 떨어졌다. 그런 내 모습을 본 엄마가 굳은 얼굴로 나를 거칠게 안아 올리더니 근처 병원으로 달렸다.

치료가 끝날 때까지 내 눈물샘은 계속 터진 상태였다.

치료가 끝나자 이번엔 엄마의 눈동자가 젖었다.

"엄마는 왜 울어?"

대기실 벤치에 앉아서 옆에 있는 엄마를 올려다보고 물었다.

"아하하하, 미안. 왜 그런지 치코가 아프면 저절로 눈물이 나와…….."

울면서 웃는 엄마를 보니 내 눈에서 다시 눈물이 넘쳤다. 다섯 바늘 꿰맨 턱이 아파서 운 게 아니라, 엄마가 안고 있는 고독의 한 조각을 느꼈기 때문이라고 생각한다. 이때 나는 울면서도 일종의 환희를 느꼈다.

그리고 나는 확신했다.

엄마와 딸은 보이지 않는 빛으로 마음과 마음이 연결되어 있다고.

그래서 내가 아프면 엄마도 울고, 엄마가 슬프면 나도 우는 것이다.

병원에서 나왔을 때 이미 하늘이 어두워지고 있었다.

"아, 맞다. 치코. 외발자전거 공원에 두고 왔네."

"응."

나는 턱에 커다란 반창고를 붙인 채 엄마와 손을 잡고 공원으로 향했다. 아스팔트에 내 턱에서 떨어진 검붉은 핏자국이 점점이 남아 있었다.

우리는 공원에 도착하자마자 그 벤치 뒤로 시선을 보냈다. 그곳에 넘어져 있어야 할 자전거가 없었다. 좁은 공원을 휙 둘러보았지만 역시 아무 데도 없었다.

나는 잡은 손에 꼭 힘을 주었다.

엄마는 숨을 훅 들이마시더니 "치코 손 차다"라고 밝은 목소리로 말하고는 내 손을 엄마 코트 주머니에 쏙 넣었다.

"조금만 더 연습하면 잘 탈 수 있었는데."

"……."

"또 사줄게. 이번엔 치코가 좋아하는 색깔로 사자."

엄마는 말하면서 주머니 속의 내 손등을 엄지손가락으로 다정하게 쓰다듬었다.

"치코, 사실은 노란색 갖고 싶었지?"

"응……."

잃어버린 외발자전거는 핑크색이었다. 자전거를 사러갔을 때 공교롭게도 노란색은 재고가 없었다.

271

"그럼 이번엔 노란색으로 결정!"

엄마가 즐겁게 웃으며 나를 내려다보았다.

"응⋯⋯."

나도 애매하게 미소 지었다.

우리 집, 돈 별로 없는데, 괜찮을까.

나는 우울한 죄책감과 어두운 기쁨 사이에서 흔들렸다. 마취가 풀려서 욱신욱신 아프기 시작한 턱. 속죄하기 위해 이 고통을 느껴야 한다고 생각했다.

그로부터 며칠 지난 날 밤, 일을 마치고 돌아온 엄마의 손에 예쁘게 포장된 커다란 상자가 들려 있었다.

"이것 봐라, 치코. 사 왔어."

엄마는 피로한 기색을 감추고 피부만 능숙하게 움직여서 나에게 웃는 얼굴을 보여주었다. 오늘이 아마 엄마 월급날이었지⋯⋯라고 2학년인 나는 생각했다. 그래서 선물을 받을 때의 내 미소도 어쩌면 표면적인 것이었는지도 모른다.

그렇게 얻은 노란색 외발자전거는 내가 5학년이 될 때까지 소중히 타다가 같은 아파트에 사는 1학년 동생에게 물려주었다. 그 여자아이에게 "소중히 사용해줘"라는 말은 하지 않았다. 처음부터 소중히 사용할 것 같은 아이를 잘 골라서 물려줬기 때문이다.

그때까지 나는 엄마를 '미코'라고 불렀다. 다른 친구들이 자기 엄마를 '어머니'나 '엄마'라고 부르는 걸 보니 나도 '엄마'라고 부르고 싶어졌다. 그때 일을 똑똑히 기억한다. 엄마와 함께 목욕을 하고 있었다. 엄마는 눈썹을 팔자로 내리고 "그렇구나, 치코는 엄마라고 부르고 싶구나. 미코랑 치코, 사이좋은 짝꿍 같아서 마음에 들었는데" 하면서 아쉬워했지만, 금세 평소처럼 초승달 모양의 눈으로 웃으며 "뭐, 우리는 모녀 사이니까, 엄마도 좋겠지? 그럼 치코, 연습해보자. 엄마라고 불러봐"라고 말했다.

조금 어색했지만 용기를 내어 불러보았다.

"엄마."

"후후후. 느낌이 의외로 나쁘지 않네. 한 번 더 불러봐."

"엄마."

"왜?"

"응? 엄마가 불러보랬잖아."

"후후후, 그랬지?"

"응."

그러고 왠지 간지러운 듯한 기분으로 서로의 등을 씻어주었다.


야, 내 말 듣고 있냐?


갑자기 유리 목소리가 귓전에서 터져 화들짝 정신을 차렸다.

"아, 뭐라고 했어?"

"무슨 생각을 그렇게 해? 다른 것도 보러 가자니까."

273

"아, 응."

얼른, 이쪽, 이쪽, 하면서 유리가 먼저 걷기 시작했다.

숄은 일단 보류다.

우리는 3층 구석으로 가서 이번엔 유리 진열장 안으로 시선을 주었다.

부드러운 조명 아래 단아하게 진열된 손목시계들이 마치 보석처럼 반짝였다. 하지만 가격을 보고 침을 꿀꺽 삼켜야 했다. 중견 여행사 직원인 내 박봉을 원망스럽게 생각하면서.

하지만 이십육 년간의 보은이라 생각하면 이 정도 가격은 충분히 감수할 수 있었다.

"어떤 물건을 찾으시나요?"

발레리나처럼 늘씬한 점원이 말을 걸어왔다.

"아, 저기, 엄마한테 선물할 건데요……."

발레리나 씨는 참 멋진 선택을 하셨다는 듯이 영업 미소를 지으며 열쇠로 진열장을 열어주었다.

"어머님께 드리는 선물이라면 요즘은 이런 걸 많이 하세요."

발레리나 씨의 하얗고 가느다란 손가락이 비교적 저렴한 은색 시계를 조심스레 꺼냈다. 아마 내 옷차림을 보고 적당한 수준의 시계를 골라줬을 것이다. 그래도 내가 생각했던 예산과는 자릿수 자체가 달랐다.

"한번 껴봐도 되나요?"

"물론이죠."

나는 가늘면서도 묵직한 시계를 왼쪽 손목에 둘러보았다.

아, 이거, 괜찮다. 직감적으로 그렇게 느꼈다.

작고 하얀 문자판에 초침은 없었다.

엄마한테 잘 어울리겠다. 나이가 들어도 오래오래 괜찮을 것 같았다.

나는 손목을 돌려가며 세세한 디자인까지 꼼꼼하게 관찰했다.

문득 하얀 손목을 지나는 혈관에 시선이 갔다.

그때의 상처는 이제 남아 있지 않다.

중학교 2학년 때였다.

내 인생에서 유일하게 '없었던 것'으로 하고 싶은 계절.

그 무렵의 나는 색채라곤 없는 세계에 둘러싸여 있었다. 내 주위는 조금의 틈도 없이 탁한 회색으로만 칠해져 있었다.

내겐 친구가 없었다.

엄마가 유흥업소 출신이라는 소문이 퍼졌기 때문이었다.

몇몇 아이들이 내 피를 '더럽다'고 했다.

처음에는 피가 어떻게 더러울 수 있냐고 반박했지만, 외톨이로 지내는 날이 길어질수록 내 안을 흐르는 미지근한 액체에 조금씩 자신이 없어졌다.

나는 누구도 믿을 수 없게 되었다. 다 싫었고, 미웠고, 원망했고, 저주했다. 사실은 모든 인간의 피가 더러운 게 아닌가라는 생각마저 들었다.

생리가 시작됐을 때 나는 화장실에 앉아 생리대에 묻은 선혈을 멍하니 응시했다. 이 붉은 액체는 더러운가? 라고 생각하면서.

따돌림 당한 지 반년이 지났을 때부터 나는 더 이상 견디지 못하고 '죽고 싶다, 죽고 싶어'라고 속으로 비명을 질러댔다.

학교에서 돌아오자마자 욕실로 뛰어 들어가 아무도 몰래 자해를 했다.

엄마의 눈을 피해 반복적으로 손목을 그었지만, 면도칼은 늘 하얀 피부와 핑크빛 살만 조금 찢어놓았을 뿐 맥박 치는 녹색 혈관까지는 이르지 못했다.

어?

왜 안 죽지?

단순히 그게 궁금해서 몇 번이나 시도했다. 하지만 하얀 손목에서는 단 한 번도 피가 분출되지 않았다.

어느 날 문득 깨달았다.

죽음을 원하는데도 죽을 수 없는 이유를.

냉혹한 급우들과 교사들. 내 마음은 그들에 의해 갈기갈기 찢어져 치사량에 이를 만큼의 피를 뚝뚝 흘렸다. 하지만 피투성이가 된 내 마음 한가운데에 '은신처'가 존재했고 그곳만은 상처 없이 보호받고 있었다. 그 '은신처' 안에 내 '본질'이 있는 게 틀림없었다. '본질'이란 머리로는 알 수 없는 무언가이며, 어쩌면 '무의

276

식'이라 불러도 되는지도 몰랐다. 혹시 '무의식'은 '사랑'이라는
단어에 가까운 걸까?

아무튼 내 마음 한가운데에 있는 '은신처'가 '무의식'을 줄곧 지
켜주었고, 그 '무의식'에 새겨진 말이 내가 나 자신을 죽일 수 없
었던 이유인 건 틀림없었다.


사람은 살아 있는 것만으로 행복한 거야.


내 '무의식'에는 이렇게 새겨져 있을 것이다. 만약 그렇지 않다
면 나는 이미 이 세상에 없을 테니까.

나는 그 사실을 깨달은 후로 더 이상 면도칼을 들지 않았다. 어
차피 죽을 수 없다면 조개처럼 껍질을 닫고 폭풍우가 지나가기를
기다리면 되지 않을까?

이때 엄마는 업소에 나가지 않고 간병 일에만 전념했다. 근무
시간이 긴 데다 중노동이어서 이따금 웃음을 잃고 "피곤하다" "쉬
고 싶다"라는 약한 소리를 자주 했다. 그 약한 소리 뒤에는 늘 내
게 이런 부탁을 했다.

"치코, 부탁이야. 꼭 안아줘."

그러면 나는 거실 의자에 힘없이 앉은 엄마의 허벅지 위에 올
라타 엄마의 상반신을 꼭 끌어안아주곤 했다. 엄마도 나를 안고
목덜미와 머리카락 냄새를 맡으며 "으음, 치코, 고마워. 이제 힘이

난다"라며 미소 지었다.

엄마를 안고 있으면 내 양팔에 늘 전율이 흘렀다. 학교에서는 존재감 없는 무력한 아이라도 엄마에게는 힘이 될 수 있다. 그 기쁨은 무척 근원적이고 확고하여 '내가 이 세상에 살아도 되는 유일한 이유'로 느껴지기까지 했다.

그러던 어느 날 밤, 엄마가 내 손목의 상처를 보고 말았다. 내가 가장 길고 깊게 낸 상처였다.

"어……. 치코, 이 상처…….."

조금 강한 힘으로 손목을 잡힌 나는 반사적으로 몸을 굳혔다. 긴장한 채 뭐라고 변명할지 생각했다.

그때 엄마가 뜻밖의 행동을 취했다.

쪽.

딱지 앉은 내 손목에 살며시 키스해주었다. 그리고 내 목에 양팔을 두르고 끌어안으며 속삭이듯 말했다.

"고마워."

"어…….."

엄마가 내 귓전에서 후우, 하고 깊은 한숨을 쉬었다가 다시 한 번 속삭였다.

"고마워, 치코. 살아 있어 줘서."

"……."

엄마의 그 말이 완벽한 온도를 유지하며 조금의 저항도 느껴지지 않도록 내 마음의 '은신처' 속으로 부드럽게 침투했다.

나는 오열했다.

목이 쉬도록 한참을 울었다.

탁한 회색으로 칠해진 세계가 순식간에 붕괴되는 것을 느끼며, 나는 엄마에게 매달린 채 하염없이 울었다. 울면서 친구들에게 따돌림 당하고 있다는 사실을 고백했다.

엄마는 그로부터 얼마 지나지 않아 이사 갈 준비를 시작했다.

엄마의 결심은 빨랐다.

나를 '따돌림'에 맞서게 하지 않고 '도망'이라는 길을 선택하게 했다.

현실에 적응하지 못하고 꽁무니를 빼는 나 자신이 한심하고 분했다. 하지만 새로운 환경에서 친구를 만들고 여태까지와는 전혀 다른 평안한 나날을 보낼 수 있을지도 모른다고 생각하면 역시 이사하는 곳에서의 생활에 기대를 걸고 싶어지는 것이었다.

이사 당일에 짐을 모조리 보내고 엄마와 둘이서 완행열차를 탔다. 평일 낮의 열차는 서글플 정도로 텅텅 비어 있었다.

"치코, 중간에 앉자."

"응."

우리는 차량 한가운데 좌석에 자리를 잡고 나란히 앉았다. 우리 모녀는 소박한 자존심과 장난기를 앞세워, 어차피 도망치는 거라면 당당하게 도망치자고 큰소리쳤다.

이윽고 문이 닫히고 창밖의 풍경이 천천히 흘렀다.

엄마가 내 왼손을 자기 허벅지 위로 끌어당겨 이제 완전히 나은 손목의 상처를 어루만지면서 말했다.

"치코, 신기한 거 가르쳐줄까?"

"뭐?"

"듣고 싶어?"

엄마가 여느 때처럼 장난스럽게 웃으며 나를 보았다.

"그렇게 말하는데 안 듣고 싶은 사람이 어디 있겠어?"

"후후후. 맞아."

"뭐야, 빨리 가르쳐줘."

친숙한 동네 풍경이 서서히 멀어져간다.

엄마의 입술이 "있잖아, 사실은" 하고 말했다. 그리고 살짝 한숨을 내쉬었다. 잠시 후 내 손목을 쓰다듬으며 이야기하기 시작했다.

"사람의 마음은, 아무리 상처를 입혀도 상처 입지 않게끔 만들어져 있어."

"응?"

"진짜 그래."

"……"

"마음은 상처 입는 게 아니라 연마되는 거거든. 거칠거칠한 사포 알지? 사포로 문지르면 따끔따끔 아프겠지만 한 번 두 번 문지르다 보면 결국 반들반들 빛이 나잖아."

"……."

"치코 마음도 사포로 닦이고 있었으니 굉장히 아팠을 것 같아. 하지만 그 덕분에 지금 반짝반짝 빛나는 마음을 갖게 됐잖아. 바로 여기."

엄마가 그렇게 말하면서 봉긋하게 솟은 내 가슴을 콕 찔렀다.

나는 콧속이 찡했지만 애써 눈물을 참고 엄마를 보았다.

엄마도 역시 울고 있었다.

내가 아프면 엄마도 울고, 엄마가 슬프면 나도 운다.

"응……, 알겠어. 고마워, 엄마."

대답한 순간, 내 눈물샘도 터져버렸다.

열차가 마을에서 자꾸자꾸 멀어져간다.

다음 역에서 승객 몇 명이 탔다.

우리는 황급히 손수건으로 눈물을 닦고 조금 쑥스러운 표정으로 큭 하고 웃었다.

이 순간부터 엄마와 내가 함께 살았던 추억의 땅이 과거의 장소로 바뀌기 시작했다.

"그렇구나. 치코 엄마, 좀 멋지신데?"

앤티크풍의 자그마한 테이블 맞은편에서 내 이야기에 가만히 귀 기울이던 유리가 미소 지으며 말했다.

조금 전 발레리나 씨가 권한 손목시계를 선물로 구입하고 잠시 더 구경하면서 돌아다니다가 허브티로 유명한 찻집에 들어왔다.

"그래도 좀 괴짜야. 무슨 생각을 하는지 알 수 없을 때도 종종 있고."

"괴짜라도 멋지셔. 마음은 상처 입지 않는다, 연마될 뿐이다, 라니 누구나 할 수 있는 말이 아니잖아."

유리가 팔짱을 끼면서 그렇게 말했을 때 긴자에 무척 잘 어울리는 예쁜 점원이 공예차를 가지고 와서 유리포트에 뜨거운 물을 부어주었다.

"와아, 예쁘다……."

내가 여고생 같은 들뜬 목소리로 감탄했다.

"그러게, 정말 화려하다."

유리도 비슷한 목소리다.

공예차는 유리포트에 뜨거운 물을 부으면 단단히 닫혀 있던 꽃이 활짝 펴지는 일명 '꽃 피는 차'이다.

메뉴에 나란히 적힌 공예차 중에서 우리가 고른 건 화개길상이었다. 백합이 천일홍을 다정하게 감싸듯이 피는 차인데, 중국에서는 '행운의 꽃'이라 불린다고 한다. '이 꽃이 피면 당신에게 최고의 행복이 찾아옵니다'라는 메뉴 옆 문구도 마음에 들었다.

"치코는 걸핏하면 엄마, 엄마야."

"그랬나?"

"응. 싸우진 않아?"

"설마. 당연히 싸우지. 보통 모녀보다 싸우는 횟수가 많았을 것 같은데?"

싱글맘 가정에서 자랐기에 사춘기 시절 엄마를 많이도 원망했고, 한 번도 본 적 없는 아버지에 대한 증오심도 컸다. 물론 엄마도 인간인지라 내가 내뱉는 예민한 말에 똑같은 말로 받아치면, 또 내가 한술 더 떠서 더러운 말로 엄마를 매도했다. 뺨을 맞은 적도 있었다. 그래도 우리 모녀의 사이가 좋았던 건 화해 방법이 친구끼리의 그것과 비슷했기 때문이라고 생각한다. 비 온 뒤에 땅이 굳는다는 말이 있듯이 싸우고 화해할 때마다 우리의 결속은 유연하면서도 굳건해져갔다.

유리포트 속의 꽃잎이 서서히 벌어지기 시작했다.

화사하고 부드러운 향기가 테이블 위에 감돌았다.

"이제 마셔도 되지 않아? 색깔 보니 대충 우러난 것 같은데?"

내가 흔들거리는 꽃송이를 응시하며 말했다.

"응, 마시기 아깝지만."

유리가 하얀 도기 컵 두 개에 차를 따랐다.

"좋다, 향기까지 활짝 핀 꽃 같다."

"역시 긴자는 다르다아. 세련미가 넘치네."

유리가 괜스레 촌스러운 티를 내며 혼자 웃었다.

"잘 먹겠습니다."

"잘 먹겠습니다."

화개길상은 뒷맛이 깔끔하고 산뜻한 느낌의 허브티였다.

"응, 맛있다. 담백해서 단 과자하고도 잘 어울리겠다."

술꾼이면서 단 것도 좋아하는 유리가 행복한 얼굴로 그렇게 말했을 때 퍼뜩 좋은 생각이 떠올랐다.

엄마가 만들어주는 크리스마스 단팥죽에 이 부드러운 차가 잘 어울릴 것 같았다.

"응, 어울리겠다. 나 이거 사 갈래. 전용 유리포트도 파는 것 같던데."

"호오, 엄마 선물 제2탄이야?"

"응, 단팥죽에 잘 어울릴 것 같아서."

"응? 단팥죽?"

"아하하하. 사실은……."

우리 집에서는 매년 크리스마스이브에 케이크 외에도 단팥죽을 먹는다는 것과, 지금도 종종 엄마랑 같이 목욕을 한다는 것, 일 년에 한 번은 여행을 한다는 것과, 서로에게 연애담을 털어놓는다는 것, 좋아하는 남자 스타일이 비슷하다는 것까지 우리 모녀의 사생활에 대해 주저리주저리 늘어놓았다.

"너, 마마걸이구나."

"네. 맞습니다."

나는 착한 초등학생처럼 씩씩하게 대답하고는 혼자 킥킥 웃었다.

우리는 행운의 차를 마시면서 한 시간 반이나 수다를 즐긴 후 자리에서 일어났다. 공예차 세트도 잊지 않고 구입했다.

가게를 나서자 유리가 "와아" 하고 소녀처럼 하늘을 올려다보았다.

캄캄한 하늘에서 가랑눈이 부슬부슬 내리고 있었다.

"아아, 뭐야. 화이트크리스마스야? 안 그래도 혼자라서 쓸쓸한데."

유리가 하늘에 대고 불평했다.

"유리, 내년에도 혼자면 신혼집으로 놀러 와."

"흥, 너는 이제 걱정 없단 말이지?"

우리는 가랑눈이 흩날리는 건물과 건물 사이 골목을 걸었다. 바람은 불지 않았지만 거리의 공기는 한층 더 차가웠다.

쥬오 거리로 나왔을 때 유리가 내 등을 톡 두드렸다.

"그럼, 치코. 내일 봐."

"응."

"최고로 예쁜 신부가 되는 거야. 눈물 흘릴 준비 단단히 하고 갈게."

"아하하하, 고마워."

"안녕" 하고 손을 흔든 다음, 유리는 교바시 방면으로, 나는 4번 가 방면으로 발길을 돌렸다. 산타클로스 복장을 한 아저씨가 내 눈앞을 빠른 걸음으로 가로질렀다.

크리스마스이브…….

나는 화려한 도시 한복판의 푸르스름한 밤하늘을 올려다보았다.

조금 전보다 더 커진 눈송이가 가로등과 건물의 불빛을 반사하며 마치 은색 깃털처럼 하늘하늘 내렸다.

엄마는 지금쯤 단팥죽 만들어두고 기다리고 있을까?

나는 평소보다 큰 보폭으로 성큼성큼 지하철 쪽으로 걸었다.

긴자에서 유리와 헤어진 후 나는 어느 남성의 집에 들렀다가 귀가했다.

방 두 개짜리 임대아파트에 도착했을 무렵에는 이미 눈이 어렴풋이 쌓이기 시작했다. 가로등 아래 희미하게 빛나는 은색 길이 언젠가 꿈속에서 걸은 것 같은 기시감을 느끼게 했다.

엘리베이터로 3층까지 올라가 현관문을 열었다. 역시 달콤한 단팥죽 냄새가 났다.

응, 이게 크리스마스 냄새지.

신발도 벗기 전에 우선 달콤한 공기를 가슴 가득 빨아들였다. 그 공기를 다시 내뱉으면서 "다녀왔습니다" 하고 복도 안쪽 방의 불빛을 향해 인사했다.

"어서 와."

엄마의 대답이 작게 들렸다. 요즘 나랑 닮았다는 말을 많이 듣는 조금 높고 가는 목소리다.

엄마는 거실에 없었다. 옆방에 있는 모양이었다.

"엄마, 들어가요."

나는 말하면서 두 평 남짓한 방의 문을 열었다.

"응. 일찍 왔네."

엄마는 잠시 돌아보았다가 곧 다시 컴퓨터로 향했다.

"그렇게 심각한 얼굴로 뭐 하는 거야?"

엄마의 굽은 등을 향해 물었다.

"옛날 사진 정리하고 있어."

"사진 정리?"

등 뒤에서 어깨 너머로 들여다보았다. 컴퓨터 마우스 옆에 낡은 종이 사진이 아무렇게나 흩어져 있었다. 그렇군. 이 사진들을 스캔하여 컴퓨터에 저장하려는 모양이었다.

"우와, 이 사진. 옛날 생각난다……."

소프트아이스크림을 입 주변에 잔뜩 묻힌 내 사진이 제일 위에 있었다. 세 살쯤 됐을까? '좋아하는 아이스크림을 실컷 먹어 행복해요'라고 적힌 말풍선을 붙여주고 싶어진다. 배경을 보니 그리움에 가슴이 먹먹해졌다. 옛날에 살았던 아파트 부엌이었다.

"와아, 이 주전자랑 행주걸이 기억나."

287

"이제 추억이 됐네. 이 사진도 봐, 치코가 이렇게 작았어."

엄마가 보여준 사진은 테두리가 조금 구겨졌다. 한 살 정도의 내가 의자를 잡고 서서 카메라를 보고 방긋 웃는 사진이었다.

"오오, 내가 봐도 귀엽다."

"후후후. 치코는 아기 때 정말 잘 웃었어. 그 웃음이 엄마한테 얼마나 큰 힘이 되었는지……"

엄마는 과거의 그 장면을 마치 실제로 보고 있는 것처럼 평온한 표정으로 웃었다.

눈꼬리에 잔주름이 여러 개 새겨져 있었다.

나는 엄마에게 들키지 않게끔 살짝 한숨을 내쉬었다.

나이 든 엄마의 옆얼굴이 사랑스러웠다.

고생과 행복을 다양하게 경험하고 여러 가지 감정을 골고루 느끼며 살면 분명 이런 얼굴이 되리라는 건방진 생각도 해본다.

지금 엄마에겐 나이 차가 제법 많이 나는 애인이 있다. 조금 무뚝뚝한 구석은 있지만 마음이 무척 따뜻한 사람이다. 엄마는 일주일에 나흘 정도 그분이 경영하는 회사에 나가 사무를 도우면서 쉬는 날엔 취미로 사진을 찍으러 다닌다.

엄마가 찍는 사진은 늘 엄마다웠다.

흔한 일상 속의 특별할 것도 없는 평범한 순간을 찍었을 뿐인데도, 자세히 들여다보면 엄마의 사진에선 늘 '소소한 평화'가 느껴진다.

엄마는 촬영한 사진을 거의 매일 블로그에 올리고 있는데 의외로 인기가 있어서 요즘은 같은 취미를 가진 사람들과 인터넷상에서 즐겁게 교류하는 모양이었다.

"옛날에는 앵글이나 조명도 신경 안 쓰고 대충 찍어서 기술적으로는 형편없지만……, 그래도 왜 그런지 나쁘지 않아."

"흐음. 초심자의 행운 같은 건가?"

"아아, 그럴지도? 그 당시에 지금 같은 촬영 기술이 있었다면 치코를 더 귀엽게 찍어줄 수 있었을 텐데……."

엄마가 깊은 한숨을 쉬니 내 입에서 웃음이 터졌다.

"그렇게 진지하게 후회할 일은 아니야."

"후후후, 그렇지?"

그때 내 배에서 꼬르륵, 하는 소리가 들려 둘이 같이 소리 내어 웃었다.

"엄마, 배고파. 빨리 파티 하자."

"응. 곧 끝나니 조금만 기다려."

"어어어~, 사진 정리는 언제든 할 수 있잖아."

"안 돼, 오늘 해야 돼. 종이 사진은 치코한테 주고 싶거든."

"왜?"

"치코와 나의 추억이잖아. 같이 나눠야지. 이것도 혼수품이야."

엄마는 이런 농담을 하면서 양손을 모으더니 "그러니까, 미안" 하고 다시 스캐너에 사진을 올렸다.

그렇다면 어쩔 수 없다. 나는 밥 달라고 투덜대는 배를 달래면서 엄마 방에서 나왔다. 거실 의자에 걸터앉아 아무 생각 없이 TV 스위치를 켜려는데, 못 보던 판지 상자가 테이블에 놓여 있었다. 원래 신발이 들었던 상자 같은데 뚜껑에 먼지가 살짝 앉았다.

사진을 보관했던 상자인가? 그렇게 생각하고 뚜껑을 열어보았다.

상자 안에 든 건 열 권이 넘는 낡은 수첩이었다. 상자의 왼쪽 반에는 수첩이 겹겹이 쌓여 있고 오른쪽 반은 텅 비었다. 수첩은 그대로 두고 스캔할 사진만 가지고 간 모양이었다.

엄마의 옛날 수첩은 직장 다니는 아가씨들이 즐겨 쓸 것 같은 손바닥 사이즈의 비즈니스 수첩이었다. 커버 색상은 해마다 다르게 빨강이거나 갈색이거나 했지만 상표는 다 똑같았다.

왼쪽 제일 위에 놓인 수첩 커버를 보니 내가 태어난 해의 연도가 찍혀 있었다. 혹시…… 하고 수첩을 들었는데 역시 그 아래에 있는 건 다음 해 수첩이었다. 수첩은 연대순으로 정리되어 있었다. 엄마는 내가 태어난 해부터 수첩을 쓰기 시작한 모양이었다.

살짝 양심의 가책을 느끼면서 내가 태어난 해의 수첩을 팔랑팔랑 넘겨보았다. 나는 4월생인데 그해 1월부터 매일 뭔가 한마디는 기록되어 있었다.

태동. 힘차게 배를 찼다 / 계단 아래에 군청색 잡초가 자랐다 / 아기 이름을 생각하고 있는데 배 속에서 부지런히 움직였다 / 모자 수첩 일러스트가 귀엽다 / 전철에서 자리 양보해주신 분, 고마워요 / 저녁 해가 딸기색이다! / 오랜만에 나나짱한테 전화. 격려해줘서 기뻤다 / 구름이 하트 모양. 좋은 일이 생길 것 같다 / 구미짱 애인 생겼대. 잘됐네! / 공터에서 노랑나비를 발견했다. 태어나면 같이 쫓아다니자 / 예쁜 갈색 깃털을 발견했다

나는 이 기록들이 뭔지 곧 눈치챘다.

오늘의 보물이다.

엄마는 어릴 때부터 매일 작은 보물찾기를 하면서 살아왔다. 어릴 적 나에게도 이렇게 묻곤 했다.

"치코, 오늘 보물은 뭐야?"

그 때문에 즐거운 일, 기쁜 일, 감사한 일, 좋아하는 것을 발견해서 기억에 담아두는 습관이 생겼다.

나는 다시 수첩을 넘겼다.

이름, 결정! '사치코' 행복한 아이로 하자! / 배가 빵빵하다. 건강하게 자라줘서 고마워. 사치코 때문에 엄마도 행복해 / 입원 준비. 사주고 싶은 장난감이 많다는 게 기쁘다 / 오늘 예정일인데, 조금 더 엄마 배에 있고 싶은가? / 나 혼자 출산하는 게 아니야. 사치코와 함께이니 힘낼 수

291

있어! / 사치코는 아직 배 속이 좋아? 엄마는 빨리 만나고 싶은데 / 평소엔 치코라고 불러야지 / 배가 좀 아프다. 진통일까……

내 생일에는 이렇게 적혀 있었다.

인생에서 가장 행복한 순간. 눈물이 멎지 않는다.
치코, 고마워. 사랑해, 사랑해, 사랑해

세 번째 '사랑해'라는 글을 눈으로 읽고 있을 때 시야가 흔들렸다. 다음 순간, 아…… 하면서 엄마 수첩에 눈물을 한 방울 떨어뜨리고 말았다.

다급히 옷소매로 닦았다. 볼펜으로 쓴 글자라서 번지지는 않았지만, 얇은 종이가 조금 구겨져버렸다.

내가 태어난 후로 수첩에 기록된 엄마의 '오늘의 보물'은 거의 대부분 내가 한 행동이었다.

치코 손톱 귀여운데, 잘라줄 때 무섭다 / 치코가 처음 웃었다. 기뻐서 눈물이 났다 / 치코 잘 자는 날. 무럭무럭 자라네 / 나나짱이 보내준 천사 잠옷을 입혀보았다. 귀여워! / 젖을 빠는 힘이 나날이 강해진다

다음 해도 그다음 해도 엄마의 '오늘의 보물'은 거의 대부분 나에 관한 것이었다.

아아, 위험하다. 또 눈물이 나올 것 같아.

미련이 남았지만 수첩을 과감히 덮고 원래대로 상자 안에 되돌려놓았다. 그리고 일부러 뾰로통한 목소리로 옆방을 향해 소리쳤다.

"엄마, 아직 멀었어?"

"미안, 조금만 더."

"빨리 좀 해."

빨리 안 하면 더 읽고 싶어지잖아. 읽으면 또 울어서 내일 눈이 퉁퉁 부을 텐데.

"신부가 못생기면 다 엄마 탓이야……."

혼자 중얼거리는데 또 눈물이 나왔다.

사진 스캔을 끝내고 엄마가 "기다렸지?" 하면서 거실로 들어왔다. 의심하는 기색조차 없는 얼굴로 수첩이 든 낡은 상자를 복도 옆 벽장에 넣었다.

둘만의 크리스마스 파티는 예년대로 조촐하게 지냈다. 켄터키 후라이드 치킨을 전자레인지로 데운 다음 오븐토스터에 살짝 구워 접시에 담고 차가운 샴페인으로 건배. 이제 선물 교환이다.

선물에 자신 있는 나부터 먼저 건넸다. 상자를 연 엄마가 "어······" 하고 놀란 얼굴을 했다. 반짝반짝 빛나는 가느다란 시계가 엄마의 손목을 감쌌다. 딸이라서 하는 말이 아니라 정말로 잘 어울렸다. 하지만 엄마는 예쁜 디자인의 문자판을 시원찮은 얼굴로 바라보았다.

어, 설마, 마음에 안 드나······.

살짝 불안해진 나는 일부러 밝은 목소리로 말했다.

"어디어디, 좀 보여줘 봐. 아, 예쁘다. 응, 어울린다."

"그래?"

"응, 딱 엄마 거네. 역시 내 안목은 탁월해."

엄마가 눈웃음을 지었다.

"그래도 이거, 비싸지 않았어?"

뭐야, 역시, 그건가?

엄마의 말에 가슴을 쓸어내린 나는 이참에 걱정 많은 엄마를 놀려주기로 했다.

"아, 역시 눈치챘나? 맞아, 엄청 비쌌어. 그 때문에 내 신혼생활이 가난해져서 먹을 게 없어지면 그 사람이랑 올 테니 맛있는 거 많이 해줘."

진지한 얼굴로 엄살을 떠는 나를 보고 엄마가 웃음을 터뜨렸다. 이번엔 기쁜 표정으로 "치코, 고마워"라고 말해주었다.

엄마의 선물은 초보자용 일안리플렉스카메라였다.

"이게 더 비싼 거잖아."

"응, 엄청 비싸. 노후에 돈이 없어서 냉장고가 텅 비면 치코 부부네 집으로 들어갈 테니까 맛있는 밥 많이 만들어줘."

이번엔 내가 웃음을 터뜨릴 차례였다.

"좋지. 그땐 엄마처럼 요리도 잘할 거야."

"후후후. 이제 노후는 안심이네."

엄마는 이렇듯 농담을 즐기면서 맛있게 샴페인을 마시고 치킨을 먹었다.

나는 새 카메라 본체에 렌즈를 끼워보았다. 28~80미리 줌렌즈다. 묵직한 느낌에 가슴이 뛰었다.

"뭘 찍을까?"

"행복한 순간을 많이 찍어봐."

"엄마처럼?"

엄마는 조금 쑥스러워하며 애매하게 고개를 끄덕였다.

"치코한텐 작은 보물을 찾을 수 있는 눈이 있으니 찍고 싶은 게 많이 보일 거야."

"어릴 때부터 엄마한테 훈련받아서."

"그렇지?"

"당장 찍어볼까? 배터리는?"

"아직 충전을 안 했으니까 내 카메라에 든 전지 넣고 시험적으

295

로 찍어봐."

"응. 일단 자동으로 찍는 법 가르쳐줘."

"잠깐 줘봐. 으음…… 우선 이 스위치로 전원을 켜고 다이얼을 초록색 사각형에 맞춰. 그러고 셔터를 살짝 눌러서 초점을 맞춘 후에 바로 찍는 거야. 플래시를 안 터트리고 싶으면 P라고 적힌 곳에 다이얼을 맞추면 돼."

"오케이. 이렇게 들면 돼?"

나는 카메라를 들고 엄마처럼 자세를 취했다.

"응, 그래. 제법 멋진데?"

"그렇지? 엄마보다 좋은 사진 찍을 거야."

그와 동시에 테이블 저편에서 웃고 있는 엄마 쪽으로 카메라를 돌렸다.

"어, 아, 좀."

나는 쩔쩔매는 엄마를 무시하고 기념할 만한 첫 번째 사진을 찍었다.

찰칵.

카메라가 기분 좋은 셔터 소리를 냈다.

"그렇게 갑자기 찍는 게 어디 있어."

"작은 행복을 찍으라며."

나는 웃으면서 뒷면 액정으로 사진을 확인했다. 조명 때문에 조금 음영이 강한 사진이 되어버렸지만, 기쁜 듯 난처한 듯 미묘한 엄마 표정이 나쁘지 않았다.

"자, 이렇게 찍혔어."

엄마에게 보여주었다.

"별로잖아. 찍는다고 미리 얘기해야 표정을 예쁘게 짓지."

엄마는 투정을 부리면서도 지우라는 말은 안 했다.

다시 샴페인으로 가볍게 입을 적신 후 두 번째 선물을 받았다. 아까 스캔한 사진 다발이다.

"자, 이거. 치코가 어른이 되면 주려고 찍은 거야."

"응. 고마워."

"또 그 사진을 보관할 곳이 필요할 것 같아서."

엄마가 방에 가서 낡은 오동나무 상자를 가지고 나왔다.

"여기 넣어두면 어떨까 해서."

"어……."

엄마의 뜻밖의 행동에 나는 할 말을 잃고 말았다. 엄마가 옛날부터 소중히 간직해온 '보물상자'였다. 증조할아버지가 직접 만든 것이라는데, 뚜껑 안쪽에는 엄마가 그토록 무서워했다는 증조할머니의 손거울이 붙어 있다.

"좀 낡았지만 오동나무라서 오래갈 거야."

"응, 그래도……."

엄마도 내 마음을 읽었을 것이다. 엄마는 아무 말도 하지 않고 그저 천천히 고개를 끄덕여주었다.

"상자 안에 든 건?"

나는 묻지 않을 수 없었다. 엄마의 소중한 보물이 가득 들어 있던 상자니까.

"아, 안에 든 건 너무 오래되고 낡아서 버렸어. 벌레라도 나오면 어쩔까 싶고."

"어……."

"전부 사진으로 찍어뒀으니까 괜찮아."

엄마는 말하면서 테이블 위의 보물상자를 내 쪽으로 밀었다.

"버리다니……. 그렇게 소중히 간직했는데? 전부 버렸어?"

"응. 전부, 완전히."

"괜찮아?"

엄마가 큭 하고 웃었다.

"괜찮다니까. 추억은 여기 그대로 남아 있고, 사진으로도 찍어 뒀으니까."

엄마는 자기 심장 쪽을 손가락으로 가리키며 말했다.

나는 눈앞에 있는 상자를 내려다보았다.

한번 심호흡을 한 후에 자물쇠를 풀고 조심스레 뚜껑을 열었다.

뚜껑은 120도 정도까지 열렸다.

오동나무 고목의 향긋한 냄새가 흘러나왔다.

안은 텅 비어 있었다.

그런데…….

그 순간 나는 한 가지 사실을 깨달았다.

"엄마."

"응?"

엄마가 미소 지은 채 고개를 갸웃했다.

"엄마 보물이 아직 하나 들어 있는데?"

"어, 아닐 텐데?"

눈을 둥그렇게 뜬 엄마를 보고 있으니 왠지 무척 근사한 기분이 들었다. 그래서 좀 거드름을 피우며 점잖은 목소리로 말했다.

"엄마의 가장 소중한 보물이 뭐야?"

"응?"

나는 사진에 찍힌다면 이런 미소가 좋겠다고 생각되는 표정을 지어 보였다.

"아직 모르겠어?"

"······."

어리둥절한 표정의 엄마가 사랑스러웠다. 무척.

나는 더 이상 기다리지 못하겠다는 듯 "나잖아" 하면서 내 얼굴을 가리켰다.

"엄마의 보물, 거울에 비쳐."

"······."

보물상자의 거울에 상자를 연 내 얼굴이 비쳤다.

"있잖아, 엄마. 이 거울을 붙여준 무서운 할머니, 사실은 엄마를 보물이라 생각했던 거 아냐?"

"어……?"

"소중한 거울을 보물상자 뚜껑 안쪽에 붙여서, 엄마가 열면 늘 엄마 얼굴이 비치도록 한 거야. 할머니의 보물이 늘 들어 있도록. 가장 소중한 보물은 미코니까."

할머니가 엄마에게 보낸 메시지.

응, 분명 그렇다.

나는 할머니의 증손녀니까 직감으로 알 수 있다.

"치코……."

갈라진 목소리로 내 이름을 부른 엄마의 얼굴에 부드러운 미소가 담겼다. 가장 기쁠 때의 엄마 얼굴이다. 두 눈에서 눈물이 주르르 흐르고는 있었지만.

"치코, 고마워……."

나는 "아냐" 하고 고개를 저으면서 보물상자 방향을 돌려 엄마 쪽으로 살며시 밀었다. 엄마는 보물상자 안의 거울에 비친 울면서 웃는 자기 얼굴을 한동안 응시했다.

엄마의 기억장치 속 시계가 아마도 지금쯤 반대로 돌아가고 있으리라.

나는 잠자코 엄마를 바라보았다.

잠시 후 테이블 위에 있던 휴지로 눈물을 닦은 엄마가 묻지도 않은 옛날이야기를 풀어놓기 시작했다.

"이 보물상자, 할아버지랑 할머니가 크리스마스이브 밤에 엄마 머리맡에 몰래 놓아주셨거든. 그때 왜 그런지 잠이 안 와서 그냥 눈 감고 누워 있었어."

"자는 척?"

"응, 맞아. 깨어 있으면 야단맞을 거라 생각했거든. 산타 할아버지 대신 할머니랑 할아버지가 보물상자를 주셔서 엄마는 너무 기뻤어. 나도 모르게 웃었는데, 들킬까 봐 잠꼬대하는 척했지."

이 이야기는 처음 듣는다. 엄마는 조곤조곤 이야기하면서 무척 은혜로운 눈빛으로 나를 보았지만, 어쩌면 나를 넘어선 저편에 엄마가 두고 온 과거를 응시하고 있었는지도 몰랐다.

"그토록 무서웠던 할머니가 거칠거칠한 손으로 내 이마를 다정하게 쓰다듬어주셨어……. 그때 할아버지한테 이렇게 말씀하시더라. 이 보물상자가 가득해지면 좋겠다고. 그러면 분명 미코는 행복한 거라고."

엄마의 눈에 또 빛나는 눈물방울이 그렁그렁 맺혔다.

"그때 처음으로 할머니의 따뜻한 손에 안도감을 느꼈어. 어쩌면…… 사랑받고 있는지도 모르겠다고 생각했단다."

엄마가 얼굴을 찌푸리더니, 울었다.

엄마의 이야기를 내가 거들었다.

"할머니의 그 손, 고마운 손이었네?"

엄마는 묵묵히 고개를 끄덕이더니 휴지를 두 장 뽑아서 눈시울

301

에 댔다.

어느새 눈물 많은 나도 따라 울고 있었다.

아아, 위험해. 내일 결혼식인데.

"좀, 엄마, 나까지 울게 되잖아. 내일 눈 부으면 어떡해."

"아하하하, 미안."

엄마가 또 울면서 웃는다.

하지만 이 웃음은 아까보다 조금 상쾌하게 느껴졌고, 나는 엄마를 그저 순수하게 '예쁘다'고 생각했다.

은혜로울 혜惠.

메구미.

엄마의 이름.

배 속에 있을 때부터 줄곧 나에게 은혜로운 말과 은혜로운 생각을 전해준 엄마. 내가 태어난 후로는 은혜로운 눈빛까지 내려준 한 여인.

메구미의 '미'를 따서 미코.

나는 이 눈물 헤픈 엄마의 딸이라서 정말 행복했다.

미코의 딸은 치코.

행복한 아이.

행복한 나는 은혜로운 엄마의 딸에 내일부터는 행복한 아내가 된다.

엄마도…….

인생의 '은혜'를 한 가지 정도 더 누렸으면 좋겠다.

나는 그렇게 생각하면서 치마 주머니에 오른손을 슬며시 넣었다.

"있잖아, 엄마."

"응?"

눈물을 다 닦은 엄마가 그제야 얼굴을 들었다.

"그만 애태우고 이제 받아줘."

"뭘?"

나는 눈에 눈물을 담은 채 장난스럽게 웃었다.

"잠깐 왼손 줘봐."

아직도 내 의도를 읽지 못한 엄마가 테이블 너머로 슬금슬금 왼손을 내밀었다. 아기 때부터 온 정성을 쏟아 나를 이만큼 길러준 엄마의 '고마운 손'을 내 왼손으로 잡고 치마 주머니에서 꺼낸 반지를 넷째 손가락에 얼른 끼워주었다.

"어……. 이, 이거."

낯익은 반지를 확인한 엄마가 멍한 얼굴로 나를 보았다.

"후후후. 내가 전해준다고 했어."

부끄럼쟁이 류상한테, 조금 전에.

"류상이랑 엄마 결혼하면 우리 더블데이트 하자. 우선 바다로 드라이브 어때?"

내 머릿속에 류상의 신형 BMW로 더블데이트 하는 영상이 떠올랐다.

됐다. 머릿속에서 영상화된다는 건 분명 현실이 된다는 소리다.

나는 혼자 행복해하며 싸구려 잔 두 개에 샴페인을 따랐다

그러고 잔을 들었다.

엄마도 울상이 된 얼굴로 잔을 들어주었다.

"엄마, 메리 크리스마스."

"메리 크리스마스."

"이십육 년간, 정말로……."

가장 중요한 말을 하려는 순간, 또 눈물이 앞을 가려 엄마의 모습이 흔들리고 말았다. 나는 단팥죽 냄새가 밴 공기를 힘껏 빨아들이고 말했다.

"정말로, 고마워요~오."

말끝이 아이처럼 우는 소리가 되어버렸지만, 마음은 제대로 전해졌을 것이다.

엄마도 소리 내어 울었다.

나와 똑같은 목소리로.

둘이서 엉엉 울면서 잔을 쨍 하고 부딪쳤을 때 생각났다. 행운의 꽃, 화개길상을 사 왔다는 걸.

이 샴페인을 다 마시고 나면 행복의 꽃을 활짝 피울 것이다. 그 순간을 사진으로도 남겨야지.

작은 보물을 찾는 눈으로 파인더를 들여다보고, 고마운 손으로 셔터를 누르자.

엄마가 만들어준 단팥죽을 실컷 먹으면서.

은혜롭고 행복한 이브, 성스러운 밤에.

《미코의 보물상자》는 미코의 모델이 된 '제리탄'이라는 여성과의 만남으로 탄생할 수 있었습니다. 이 책의 일본어판 표지와 각 장의 대문 사진을 찍어준 사진작가 후지사토 이치로 씨의 소개로 만난 것이 계기가 되었습니다.

취재할 수 있는 기회는 딱 한 번뿐이었습니다. 패밀리레스토랑에서 이야기를 나누는 동안, '제리탄'은 자신의 과거를 돌아보며 몇 번이나 눈물을 흘렸습니다. 특히 사랑하는 딸 이야기가 나오면 무조건 눈물부터 흘렸지요. 나는 그 모습을 보고 '엄마와 딸 이야기를 만들자'라고 생각했습니다.

유흥업소에 나가고 힘든 간병 일을 하면서도 그녀는 무척 밝고 예의 바른 데다 행복하게 웃는 여성이었습니다. 강인함과 현명함을 겸비한 그녀의 모습이 참 멋져 보였습니다.

아시다시피 이 소설은 픽션입니다. 스토리도 캐릭터도 거의 대부분 저의 창작으로 탄생한 것입니다. 거기에 '제리탄'이 경험한 현실을 살짝살짝 흩뿌렸습니다.

　여러분이 이 책을 읽은 후 미래가 조금이라도 반짝반짝 빛나 보인다면 무척 기쁠 것 같습니다.

　마지막으로 감사드려야 할 분들이 있습니다. 디자이너 시라타니 도시오 씨, 사진작가 후지사토 이치로 씨, 교열부 여러분,《소설 보석》에 이 이야기를 실어주신 오구치 미노루 편집장님, 이 책의 담당 편집자인 요시다 아키코 씨, 정말 감사합니다.

　그리고 이 책을 읽어주신 당신께도 진심으로 감사드립니다.


모리사와 아키오

# 인생을 조금은 더 빛나게 해줄
# 자신만의 보물상자를 찾아서

크리스마스 아침, 머리맡에 놓인 선물을 보고 함박 미소를 지은 경험은 누구에게나 한번쯤 있을 것이다. 해마다 이맘때가 되면 유년 시절 어느 크리스마스 아침에 받은 과자종합선물 세트가 떠오르고, 그 안에 들어 있던 묽은 케첩 같은 토마토주스 맛이 혀 안쪽에서 되살아난다. 그로부터 어느덧 삼십여 년이 훌쩍 지나 크리스마스를 앞두고도 더 이상 설레지 않는 나이가 되었지만, 그때 내 머리맡에 선물을 놓으며 행복한 미소를 지었을 젊은 부모님의 얼굴이 생각나 가끔씩 코끝이 찡해지곤 한다.

미코에게 가장 값진 크리스마스 선물이라면 분명 다섯 살 때 받은 보물상자일 것이다. 다섯 살 때 받아서 쉰하나가 될 때까지 간직했으니, 미코는 이 보물상자와 일생을 함께했다고 말해도 좋으리라. 할아버지와 할머니가 주신 그 보물상자에 매일매일 미코의 보물이 한 가지씩 더해지는데, 미코의 보물은 예쁜 돌이기도 하고 종이비행기이기도 하고 사탕 달린 가짜 보석 반지이기도 하고 뜻밖의 기쁜 일이기도 했다. 어쩌면 미코는 매일 보물을 발견했기에 괴로운 일상을 견뎌낼 수 있었는지도 모른다.

태어나자마자 부모에게 버림받고 무서운 할머니의 손에 자라면서, 초등학교 시절엔 심각한 따돌림까지 경험한 미코. 중학교 시절엔 자신을 버린 부모에 대한 막연한 그리움으로 무조건적인 애정을 갈구했으며, 성인이 되어서도 정상적인 연애를 하지 못하고 놀이 상대로만 남자를 대했다. 그리고 미코는 결코 평범하다고는 할 수 없는 직업의 길을 걷는다.

어느 한 시기도 행복했던 시절이 없었을 것 같은 미코의 반생이다. 읽을수록 음울하고 비참하고 절망적이다. 하지만 마지막 장에 초로의 여인으로 등장한 미코는 험난한 과거에도 불구하고, 아름답다. 이유가 뭘까? 저마다 다른 상처와 결핍을 지닌 주변인의 삶에 긍정적인 변화를 준 미코의 '고마운 손'에 대한 보상이 노년에 주어진 걸까? 아니면 우리의 눈엔 불행한 인생으로 보일지라도 미코가 생각하는 자신의 인생은 다를 수 있음을 인정해야 하는 것일까?

우리는 이 책을 읽으며 한 여자가 다섯 살, 초등학교 5학년, 중학교 3학년, 스물아홉 살, 쉰하나로 나이 먹어가는 걸 보았다. 이렇듯 그녀의 일생을 따라 걸었지만, 정작 그녀에 대해 아는 것이 별로 없다는 걸 뒤늦게 깨닫는다. 아마도 이 책이 미코의 주변인

(저마다 다른 방식으로 미코를 사랑한 사람들)의 눈으로 미코를 둘러싼 세상을 그렸기 때문일 것이다. 다정한 할아버지 품에 안긴 미코, 초등학교 동급생이 만만히 여겼던 미코, 애정에 주린 보건교사가 기댔던 미코, 사랑하기에 때릴 수밖에 없는 남자 옆의 미코가 그들 입장에서 그려졌을 뿐, 그녀의 진짜 속마음을 헤아릴 수 있을 만한 단서는 얼마 되지 않는다. 그러하기에 이 책을 읽은 우리 머릿속엔 지금쯤 각각 다른 마음을 지닌 미코가 존재할지도 모른다. 각자의 삶이 투영된 저마다 다른 모습의 미코가.

이 책은 여태까지 한국에 소개된 모리사와 작가의 작품과는 사뭇 다른 느낌이다. 《무지개 곶의 찻집》과 《당신에게》를 읽고 잔잔한 감동을 느꼈던 이에겐 충격일 수도 있을 에로틱한 장면 때문이리라. 첫머리부터 펼쳐지는 결코 아름답다고 할 수 없는 섹스 신이 표지의 저자 이름을 다시금 들춰보게 만든다.

미코는 유사성매매 업소 중에서도 SM 클럽에서 일하는 여성으로 나온다. 물론 20대 한때의 직업이었을 것으로 추정되지만, 미코의 SM 플레이에 화들짝 놀란 독자 여러분도 많을 듯하다. 그런 여러분을 위해 살짝 덧붙이자면…….

사디즘Sadism과 마조히즘Masochism의 약자인 SM은 우리나라에선 변태 행위로 간주하지만 일본인들은 그에 대해 훨씬 관대한 입장을 취한다. 번쩍번쩍한 가죽 옷, 매서운 눈매, 야한 망사스

타킹, 짙은 색 립스틱, 까만 부츠, 팔꿈치까지 올라오는 장갑과 가면 따위를 착용하고 한두 시간 가학과 피학이 섞인 플레이를 즐긴 후 개운해진 얼굴로 다시 양복을 걸쳐 입고 일상으로 복귀하는 사람들. 그들도 보통 사람이다. 그저 취향이 다를 뿐이라고 말한다. 평범한 사람들도 한번쯤은 해볼 수 있는 어른의 놀이 정도로 인식한다는 점을 알고 보면, 윤리 문제를 떠나 미코의 인생을 이해할 수 없다는 듯한 시선으로 바라보지 않아도 될 것이다. 누구의 삶이든 나름대로 독특하니까. 평범한 인생이란 어디에도 없으니까.

직업에 대한 미코의 고민은 비록 책 속에 깊이 언급되진 않았으나 상상할 수는 있을 것 같다. 하루 종일 간병 일을 하여 버는 돈과 같은 금액을 불과 삼십 분 만에 벌 수 있는 이 일을 그만둘 수가 없다는 말 한마디로 정리될 만큼 인생이 가볍지 않다는 것 정도는 미코도 알고 있으리라.


얼마 전 이 책에 관련된 저자의 인터뷰 기사를 읽었다. 이 소설의 모델이 된 제리탄이라는 여성에 관한 이야기다. 저자는 단 한 번의 취재를 통해, 소설로 쓰면 오히려 현실감이 옅어지겠다고 생각했을 만큼 드라마틱한 인생을 접했다고 말했다. 모리사와 작가는 이 책에서도 어김없이 취재력을 발휘하여, SM 플레이에 사용하는 도구까지 그녀의 가르침을 받아 집필했고, 자신이 모르는 세계임에도 현실을 꽤 많은 부분 반영했다.

저자가 또 한 가지 주의 깊게 다룬 부분은 '학대'로까지 이어진 엄격한 훈육이다. 미코의 할머니도 알고 보면 애정 표현에 서투른 한 여인이었다. 손녀는 가엾고 예쁘지만 아들의 무책임한 행동에 분을 삭이지 못하는 할머니의 내면적 갈등이 잘못된 형태의 양육으로 표출되었다는 걸 소설 밖에 있는 우리는 느낄 수 있었다. 안타깝게도 미코만 몰랐을 뿐. 이 소설을 통해 학대를 받고 자란 사람들의 기억이 치유되어 트라우마에서 해방되길 바란다는 저자의 메시지를 이 지면을 통해 전달한다.

이참에 우리도 보물상자 하나 마련해보면 어떨까? 그날의 보물이 작은 물건이라면 상자에 보관하면 되고, 손에 넣을 수 없는 것이라면 사진에 담아도 좋을 테고, 눈에 보이지 않는 것이라면 가슴속에 넣어두면 될 것이다. 하루를 보내고 난 후 어두운 창밖을 바라보며 오늘의 보물은 무엇이었는지 생각해보는 시간을 갖는다면, 앞으로의 인생이 아주아주 쪼끔은 더 빛날 것 같기도 하다. 상자 뚜껑 안쪽에 거울을 붙이는 건 기본이다. 그런다고 더 행복해지진 않으리라는 걸 알지만, 그래도 이번 크리스마스를 앞두고는 왠지 좀 설렌다.

2015년 12월
이수미

# 미코의 보물상자

**1판 1쇄 인쇄** 2016년 1월 8일
**1판 1쇄 발행** 2016년 1월 15일

**지은이** 모리사와 아키오
**옮긴이** 이수미
**펴낸이** 김성구

**책임편집** 김동규
**단행본부** 박혜란 박유진 이미현 김민기 나성우
**디자인** 여종욱 문인순
**저작권** 이은정
**제 작** 신태섭
**책임마케팅** 손기주
**마케팅** 최윤호 송영호 유지혜
**관 리** 김현영

**펴낸곳** (주)샘터사
**등 록** 2001년 10월 15일 제1-2923호
**주 소** 서울시 종로구 대학로 116 (03086)
**전 화** 02-763-8965(단행본부) 02-763-8966(영업마케팅부)
**팩 스** 02-3672-1873 **이메일** book@isamtoh.com **홈페이지** www.isamtoh.com

한국어 판권 ⓒ (주)샘터사, 2016, Printed in Korea.

ISBN 978-89-464-2018-2 03830

이 도서의 국립중앙도서관 출판예정도서목록(CIP)은 서지정보유통지원시스템 홈페이지(http://seoji.nl.go.kr)와
국가자료공동목록시스템(http://www.nl.go.kr/kolisnet)에서 이용하실 수 있습니다.(CIP제어번호: CIP2015035160)

값은 뒤표지에 있습니다.
잘못 만들어진 책은 구입처에서 교환해 드립니다.

# '제2의 아사다 지로' 모리사와 아키오

**가장 흔한 곳에서 가장 소중한 것을 길어 올리는
따스하고 유쾌한 시선!**

1969년 일본 지바 현에서 태어나 와세다대학 인간과학부를 졸업한 작가 모리사와 아키오는 소설·에세이·논픽션·그림책 등 다양한 분야에서 필력을 발휘해왔다. 과거와 현재, 카페 여주인에서 웨이트리스, 방황하는 이 시대의 청춘까지 다양한 주인공을 넘나드는 모리사와 아키오 작품을 관통하는 공통점은, 작지만 소중한 것들과 하루하루의 일상에 대한 따스한 시선이다.

별다를 것 없는 에피소드, 주변에서 흔히 볼 수 있는 인물들, 누구나 한 번쯤은 느끼고 겪어봤을 상처와 기쁨들. 그러나 이러한 평범한 사람과 사건들이 모리사와 아키오의 재치 있고 간결한 문장을 거쳐 아주 특별하고 소중한 순간으로 탈바꿈한다. 커다란 각오나 부담감 없이 모리사와 아키오의 책을 펼친 독자들은, 가끔은 키득키득 웃다가, 이내 흐뭇하게 미소 짓다가, 어느새 눈가를 촉촉이 적시는 감동에 젖어들게 될 것이다.

언제나 소설에 등장하는 배경과 유사한 인물들을 찾아 실제 장소를 찾아가 영감을 얻고 집필에 활용한다는 작가 모리사와 아키오는 《라스트 사무라이 외눈의 챔피언 다케다 고조》로 제17회 미즈노 스포츠라이터 우수상을 받았다.

작품 중 《쓰가루 백년 식당》과 《당신에게》《무지개 곶의 찻집》은 일본에서 영화로도 큰 사랑을 받았다. 《당신에게》는 〈철도원〉의 주연으로 익숙한 다카쿠라 켄을 비롯, 다나카 유코, 쿠사나기 츠요시(초난강), 기타노

다케시 등 호화 캐스팅으로 주목받았다. 제36회 몬트리올 국제영화제 특별상, 제36회 일본 아카데미 남녀 조연상을 수상한 이 영화는 2014년 유명을 달리한 일본의 국민 배우 다카쿠라 켄의 유작이 되었다.《무지개 곳의 찻집》도 나루시마 이즈루가 감독, 요시나가 사유리, 다케우치 유코, 아베 히로시 등의 배우들이 출연해 영화로 제작되어 2014년 개봉했다. 〈이상한 곳 이야기〉라는 제목의 이 영화는 제38회 몬트리올 국제영화제 에서 심사위원 특별상을 수상한 바 있다.

　이렇듯 반복되는 일상과 익숙한 사람들을 더 특별하고 소중하게 만드 는 작가 모리사와 아키오의 마법은《미코의 보물상자》《히카루의 달걀》 《푸른 하늘 맥주》《붉은 노을 맥주》《여섯 잔의 칵테일》《나쓰미의 반딧 불이》《바다를 품은 유리구슬》《아오모리 드롭 킥커즈》등의 출간작 모 두에서 변함없이 빛나고 있다.